W0334312

GÜNTER NEUWIRTH

Totentrank

RACHE IST SÜSS Nach dem Tod ihres Ehemannes quittiert Christina Kayserling den Polizeidienst und widmet sich der Renovierung eines alten Winzerhofes in der Südsteiermark. Dabei begegnet sie dem jungen Handwerker Edgar. Sie schließt mit der Trauer ab und wagt einen Neuanfang. Doch dann geschehen in der Gegend zwei Giftmorde. Zuerst will Christina nichts von den Fällen wissen, doch die Verbrechen üben eine dunkle Faszination auf sie aus. Christina wendet sich an eine Quelle aus ihrer Zeit als Kriminalistin, den IT-Experten Friedel Holzmann. Er soll Informationen beschaffen. Wie besessen sucht sie nach Spuren und geht dabei unkonventionelle Wege. Die Ermittlungen der Grazer Polizei stocken. Wann passiert der nächste Anschlag? Klar scheint nur, dass jemand einen Rachefeldzug führt. Doch Rache wofür? Eine emotional aufwühlende Mörderjagd beginnt.

© Mike Markart

Günter Neuwirth, geboren 1966, wuchs in Wien auf. Nach einer Ausbildung zum Ingenieur und dem Studium der Philosophie und Germanistik zog es ihn für mehrere Jahre nach Graz. Der Autor verdient seine Brötchen als Informationsarchitekt an der TU Graz und wohnt am Waldrand der steirischen Koralpe. Günter Neuwirth ist Autodidakt am Piano und trat in jungen Jahren in Wiener Jazzclubs auf. Eine Schaffensphase führte ihn als Solokabarettist auf zahlreiche Kleinkunstbühnen. Seit 2008 publiziert er Romane, vornehmlich im Bereich Krimi.

www.guenterneuwirth.at

Bisherige Veröffentlichungen im Gmeiner-Verlag:
Hoffmanns Erwachen (E-Book Only, 2016)
Fichtes Telefon (E-Book Only, 2016)
Paulis Pub (E-Book Only, 2016)

GÜNTER NEUWIRTH
Totentrank

Thriller

GMEINER SPANNUNG

Besuchen Sie uns im Internet:
www.gmeiner-verlag.de

Im Ehnried 5, 88605 Meßkirch
Telefon 07575/2095-0
info@gmeiner-verlag.de

1. Auflage 2017

Lektorat: Claudia Senghaas, Kirchardt
Herstellung: Mirjam Hecht
Umschlaggestaltung: U.O.R.G. Lutz Eberle, Stuttgart
unter Verwendung eines Fotos von: © matom / Fotolia.com
Druck: CPI books GmbH, Leck
Printed in Germany
ISBN 978-3-8392-2067-2

Personen und Handlung sind frei erfunden.
Ähnlichkeiten mit lebenden oder toten Personen
sind rein zufällig und nicht beabsichtigt.

GEGENWART

Sie tauchten erst in dünne Schleier, bald aber sahen sie kaum die Hände vor Augen. Im Steilhang hing der Nebel. Ein feiner Sprühregen schlug ihnen entgegen. Immerhin war es nicht kalt. Rita stieg hinter David den Bergpfad hinauf. An manchen Stellen lagen noch Schneeinseln. In ein paar Tagen würden sie geschmolzen sein. Hinter Rita schritten Astrid und Bernd, alle vier waren schwer bepackt. Material genug für Davids Camp. Der Aufstieg war nicht weit, selbst mit 20 Kilogramm am Rücken würden sie in nicht einmal einer Stunde auf dem Hochplateau sein.

Der Mann mit dem dunkelblonden Vollbart hielt inne und schaute hinter sich.

»Wir sind gleich da.«

Bei der Waldbesetzung an der Schwarzen Sulm hatten sie sich kennengelernt. David und seine Ehefrau Astrid waren Biologen, Veganer und kategorische Umweltschützer. Die Öko-Task-Force. So hatte sich David einmal selbst bezeichnet. Fand Rita okay. Davids Fachgebiet war die alpine Vogelwelt. Astrid war eine ausgewiesene Kennerin der heimischen Insekten. Sie hatte ihre Doktorarbeit über die ökologischen Leistungen verschiedener Ameisenarten in naturbelassenen Wäldern geschrieben. Rita hatte zu den beiden innerhalb kurzer Zeit Vertrauen gefasst. Mit ihrem Wissen und ihren Vorschlägen waren sie schnell die informellen Anführer der Besetzungsgruppe geworden. Ganz selbstverständlich hatten alle bei David und Astrid um Rat oder um eine Entscheidung angefragt.

Und Rita machte sich da gar nichts vor, sie fand David einfach sexy. Schlank, tiefe blaue Augen, kräftig gebaut, von unerschütterlicher innerer Ruhe und fabelhafter Kondition. David hatte einfach das Zeug, bei Frauen Anfang 20 Schmetterlinge im Bauch aufzuscheuchen. Sofern natürlich die jungen Frauen darauf abfuhren, monatelang in einem Camp tief im Wald zu leben, das Essen am Lagerfeuer zu braten und in eiskalten Bächen zu baden. Aber David hatte Ritas Blicke kaum bemerkt oder übersehen, er hatte nur Augen für Astrid. Üblicherweise jedenfalls.

Als sie sich dem Hochplateau näherten, lichtete sich der Nebel. Auffrischender Wind schlug ihnen entgegen. Die Sonne ließ sich blicken. In maximal zwei Stunden würde der Morgennebel verschwunden und die Höhenzüge der Koralpe in prächtiges Frühlingslicht getaucht sein.

»Hier ist die Stelle!«, rief David und warf den Rucksack in die Wiese.

Sie waren mit dem Auto bis zum Parkplatz auf die Weinebene gefahren und dann zur Handalm hochgestiegen. Für erfahrene Bergwanderer ein kleiner Fußmarsch, ein kurzer steiler Anstieg, mehr war da nicht. Sie bauten im Windschatten einer hervorspringenden Felsformation das Camp auf. Der weite Rundrücken der Handalm auf 1.800 Metern Seehöhe war als Ort für Windräder in den Fokus der Energiewirtschaft gekommen. Das hatte die Gruppe von Umweltschützern, die seit vielen Monaten für die Erhaltung der letzten Reste natürlicher Räume auf der Koralpe kämpfte, auf den Plan gerufen. David war es dank seiner hervorragenden Kontakte im Wissenschaftsbetrieb der Steiermark gelungen, für den gesamten Frühling ein Projekt zu starten. Die Wanderbewegungen der Zugvögel über die Nord-Süd-Achse der Koralpe würden beobachtet werden. Die Handalm war für die nächsten Wochen Davids Wohnzimmer.

Der Vogelschlag an Windrädern war relativ gering, in den Flugkorridoren von Zugvögeln konnte dieser aber problematische Ausmaße annehmen. Daher war es wichtig zu wissen, wann und wie verstärkte Bewegungen im Gang waren. Die Kraftwerkbetreiber konnten mit zeitweiligen Abschaltungen bei geringem Wind und hohen Wanderbewegungen den Vogelschlag deutlich minimieren. Und die Daten für diese Regelung lieferten die Biologen durch Beobachtung am jeweiligen Standort.

Bald war das Camp eingerichtet. Die beiden Männer marschierten zu einer Inspektionsrunde los. Astrid packte Brot, Tofu und Paprika für das Mittagessen aus. Rita trat an das Stativ und ließ den Blick durch das Fernglas schweifen. Ein absolutes Hochleistungsglas, gebaut für wissenschaftliche Vogelbeobachtung. Die ferne, noch vollständig mit Schnee bedeckte Wand des Hohen Speiks schien zum Greifen nahe. Die Fernsicht war optimal, die letzten Nebelfetzen hingen in den Baumwipfeln der Senken.

»Und, taugt das Gerät auch etwas?«

Rita blickte hoch. Astrid war neben sie getreten und schaute in die Ferne.

»Es ist riesig. Man sieht kristallklar.«

»War auch nicht gerade billig.«

Rita drückte wieder ihre Augen an das Okular.

»Wird dir David nicht abgehen, wenn er drei Monate hier oben im Zelt haust?«

Astrid lachte.

»Ich komme klar. Ist ja nicht das erste Mal, dass wir ein paar Wochen getrennt sind.«

Das stimmte. Im Vorjahr hatte Astrid sechs Wochen an der Uni Innsbruck zu tun gehabt, während er im Lager an der Schwarzen Sulm geblieben war. In der Zeit war Rita dreimal mit David zusammen gewesen. Bei Wanderungen tief im Wald hatten sie miteinander geschlafen. Sie hatte ihn herumgekriegt.

»Kann mich noch erinnern.«

»Und du? Wird das jetzt etwas mit Bernd?«

Rita starrte Astrid mit ungläubigen Augen an.

»Mit Bernd?«

»Na ja, so wie er dich die ganze Zeit anschaut. Das ist doch ziemlich eindeutig.«

Rita blickte um sich, ob David und Bernd außer Hörweite waren. Rita verdrehte die Augen.

»Bernd ist gruselig. Findest du nicht auch?«

»Na ja, schon irgendwie, aber er hat doch auch seine guten Seiten.«

Rita schüttelte entschieden den Kopf.

»Nein, echt nicht. Es genügt vollkommen, dass er mir andauernd über den Weg läuft.«

»Aber ist das nicht ein Zeichen dafür, dass er auf dich steht?«

»Bernd ist ein Psycho. Ich fange da sicher nichts an.«

»Ich finde, du tust ihm unrecht.«

»Dann lass du dich mit ihm ein.«

Astrid lachte. Das souveräne Lachen einer klugen und attraktiven Mittdreißigerin mit einem ausgeprägten Selbstbewusstsein. Für dieses Lachen liebte und bewunderte Rita ihre ältere Freundin.

»Ich habe schon einen Kindskopf zu versorgen.«

Jetzt lachte auch Rita.

»Und, schon die ersten Sichtungen gemacht?«, rief David aus der Ferne.

Rita schaute wieder durch das Okular. Sie schwenkte das Fernglas in Richtung des nicht allzu fernen Glashüttenkogels.

»Ein paar Felsen hab ich entdeckt. Vögel leider noch nicht.«

David trat an das Fernglas, Rita machte ihm Platz.

»Lass mal sehen, ob die Einstellungen passen.«

David schaute durch die Linsen und sah die Felsformation gestochen scharf.

»Perfekt. Rita, du hast Talent zur Vogelbeobachtung.«

»Na ja, ich könnte von dir bestimmt noch viel lernen.«

David bewegte das Fernglas ein wenig. Er stockte.

»Da liegt einer!«

Der Tonfall war alarmierend. Sie schauten mit verkniffenen Augen hinüber zum Glashüttenkogel, konnten aber mit freiem Auge auf die Entfernung nichts erkennen.

»Was ist?«

»Da liegt ein Mann. Ein Stück unterhalb des Gipfels. Was ist mit dem?«

»Lass mich schauen.«

Astrid lugte durch das Fernglas.

»Siehst du ihn?«

»Na klar. Schaut ernst aus. Wahrscheinlich ist er gestürzt und verletzt.«

»Scheiße!«

David rannte zu seinem Rucksack und holte das Telefon. Er setzte sofort einen Notruf ab. Nun drückte sich Bernd an das Okular.

»Er rührt sich nicht«, sagte Bernd mit merkwürdig unbeteiligtem Tonfall. »Der Mann ist tot.«

»Red keinen Blödsinn! Los jetzt!«

David rannte los, Astrid und Rita hetzten hinter ihm her. Bernd blieb zurück am Fernglas und hielt seinen Blick auf den Mann gerichtet. Er war sich sicher, dass der Mann tot war. Völlig sicher.

EIN JAHR ZUVOR

Er hielt inne und spitzte die Ohren. Das Klavier. Wie lange hatte er schon das Klavier nicht mehr gehört?

Anna war mit ihrem Spiel nie zufrieden gewesen, hatte diese oder jene Passage bemäkelt, hatte stets an der Schnelligkeit und Sicherheit ihrer Finger gearbeitet. Er hingegen hatte ihr Spiel immer genossen, die angeblichen Fehler in Annas Spiel hatte er kaum gehört. Curd war als Musiker untalentiert, verstand wenig von der spieltechnischen Präzision und lauschte in Wahrheit nur den Empfindungen der Musik. Vor allem liebte er die »Morgenstimmung« von Edvard Grieg in einer Transkription für Klavier. Er hatte Anna immer wieder gebeten, dieses Stück zu spielen.

Und jetzt? Ein paar wahllos angeschlagene Töne.

Curd Brendelberg ließ den Trolley stehen und schritt bedächtig in den Salon. Anna saß im durch die Fenster brechenden Morgenlicht am Flügel, ihr Blick verlor sich auf den 88 Tasten. Curd wartete. Ein bitterer Abschied. Er sah es seiner Frau nur allzu klar an.

»Anna.«

Sie war nicht anwesend. Wahrscheinlich hörte sie noch den längst verklungenen Nachhall der angeschlagenen Saiten, wahrscheinlich lauschte sie einer Sonate, einer Serenade oder einer jener Etüden, mit denen sie ihre Übungsstunden eingeleitet hatte. Sie hatte nie den Ehrgeiz entwickelt, Konzertpianistin zu werden. Das Klavierspiel hatte ihr immer nur als Vergnügen gedient. Für professionelles Spiel war ihr die Musik zu wertvoll gewesen.

»Wir sollten langsam aufbrechen.«

Sie tauchte aus ihrer Versenkung hoch.

»Wie bitte?«

»Es ist acht Uhr. Wir sollten losfahren.«

»Schon acht Uhr?«

Curd schob den Rollator auf den Klavierhocker zu und half Anna beim Aufstehen.

»Halte dich fest.«

Vor einem Jahr war die Amyotrophe Lateralsklerose diagnostiziert worden. Damals hatte sie bei Wanderungen eine nachlassende Sicherheit im Schritt festgestellt und war zum Arzt gegangen. Erst nach einigen Untersuchungen hatte der Arzt die Diagnose als gesichert bezeichnet. Sie hatte sich viele Monate gut gehalten, aber zuletzt war die Krankheit substanziell schlimmer geworden. Nicht nur die Bewegungssicherheit der Beine hatte gelitten, auch die der Arme und Hände. Der Hände! Innerhalb weniger Wochen hatte sich ihr Klavierspiel drastisch verschlechtert. Und Anna wollte es scheinbar nicht wahrhaben, aber Curd hatte es eindeutig bemerkt, auch ihre Sprechweise litt unter der Nervenkrankheit. Für Außenstehende weitgehend unauffällig, nicht aber für ihn als Ehemann. Dabei hatte sie eine so schöne Sprechweise. Ihre kultivierte Wortwahl und präzise Artikulation waren ihm sofort aufgefallen, damals, als sie sich in der Tanzschule kennengelernt hatten.

»Hast du das Gepäck?«

»Natürlich. Und den Wagen habe ich vorgefahren.«

Er begleitete sie durch den Salon in die Vorhalle. Anna hielt inne und schaute Curd von der Seite an.

»Vier Wochen. So lange waren wir noch nie getrennt.«

»Ich werde dich so oft wie möglich besuchen.«

Anna schaute ihren Ehemann voller Dankbarkeit an.

»Lass dich küssen.«

Curd lächelte und beugte sich näher. Sie hauchte ihm ein Küsschen auf die Lippen.

»Jetzt aber los. Um zehn Uhr müssen wir in der Klinik sein.«

Der Weg nach Bad Radkersburg war nicht allzu weit, ungefähr eine Stunde Fahrzeit mussten sie einplanen. Die Reha-Klinik war auf Patienten mit neurologischen oder orthopädischen Erkrankungen spezialisiert, Anna hatte von ihrem Hausarzt die Empfehlung erhalten, dorthin zu gehen. Anfangs war Curd skeptisch gewesen, immerhin war das eine allgemeine Klinik, aber Anna hatte mit ihm geschimpft, er solle kein Snob sein, vier Wochen im Kreise von normalen Menschen aus dem Volk würden ihr nicht schaden, im Gegenteil, sie freue sich, nicht in einer dieser überteuerten Privatkliniken unterzukommen, in denen die Neureichen ihre Wehwehchen kurierten. Dann schon lieber alte Bäuerinnen, denen ein künstliches Hüftgelenk eingesetzt worden war, oder Sekretärinnen mit Multipler Sklerose, die einen Krankheitsschub hinter sich hatten.

»Hilf mir bitte mit dem Sicherheitsgurt.«

»Natürlich. Komm her. So, fertig, wir können starten.«

Curd setzte sich hinter das Steuer. Vier Wochen würde Anna in guter Pflege sein. Vier Wochen musste er sich keine Sorgen um sie machen. Vier Wochen würde er in der Villa alleine sein. Vier Wochen Einsamkeit und Stille. Die Stille hatte er immer gemocht, nicht aber die Einsamkeit. In der Einsamkeit lauerten die dunklen Träume. Anna hatte sie mit ihrer Anwesenheit fern gehalten. Curd wusste jetzt schon, dass er in diesen vier Wochen viel arbeiten würde. Im Büro war immer etwas zu tun.

Der Wagen rollte in gemächlichem Tempo die kurvenreiche Strecke talwärts.

*

Curd speicherte und schloss die Excel-Datei. Er ließ sich in die Lehne des Schreibtischstuhls sinken und den Blick aus dem Fenster schweifen. Eben fuhr ein Laster mit einer neuen Ladung aus dem Steinbruch ein. Das günstige Wetter musste ausgenutzt werden, also hatte der Sprengmeister um neun Uhr Vormittag eine Ladung gezündet. Den ganzen Tag schon rollten die zwei Laster vom Steinbruch in das Firmenareal, der Bagger kam nie zum Stillstand, der Betrieb lief heute wie geschmiert. Curds Großvater hatte mit dem Steinhandel begonnen, die Firma Brendelberg & Söhne war seit Jahrzehnten eine fixe Größe in der Wirtschaft des steirischen Koralpengebiets. Die Stainzer Platte sicherte nicht nur seiner Firma das Auskommen, auch andere kleinere Unternehmen brachen und verkauften den Hartgneis aus den Bergen. Der Stein nahm durch Verwitterung häufig eine angenehm rötliche Färbung an, eine Folge des Eisengehalts im Material. Daher rührte seine Beliebtheit als Baumaterial für Außenanlagen.

Curd hatte sich schon als Kind von der Begeisterung seines Großvaters für Mineralien mitreißen lassen, und daher auch Angewandte Geowissenschaften an der Montanuniversität in Leoben studiert. Sein Vater teilte diese Leidenschaft für Erdkunde nicht, er hatte sich vor allem für die wirtschaftlichen Belange des Unternehmens interessiert, mit der Folge, dass er nach seinem zweiten Herzinfarkt Curd ein gut organisiertes und einträgliches Geschäft übergeben hatte können. Curd war 40 Jahre alt, seit vier Jahren leitete er die Firma, und niemand in seiner Familie, auch nicht in der sehr anspruchsvollen Familie seiner Frau, fand an der Führung des Unternehmens Anlass zu Kritik. Curd ließ einfach die betriebswirtschaftlichen Strategien seines Vaters weiterlaufen und holte sich von Mal zu Mal von ihm einen Tipp. Die Belegschaft arbeitete gern für Curd, weil der Junior, wie er genannt wurde, etwas vom

Fach verstand, seine Arbeit liebte und sich über besonders schöne Platten aus dem Steinbruch wirklich freuen konnte. So hatte er sich Respekt verschafft. Auch bei seinen Kunden.

Das Handy klingelte. Er schaute auf die Anzeige.

»Hallo, Alexander.«

»Hallo. Störe ich gerade eine Besprechung? Sitzt du im Auto?«

»Nein, ich bin im Büro und erledige das Organisatorische.«

»Gut. Wie laufen die Geschäfte?«

»Ich kann nicht klagen.«

»Na toll. Du, Curd, warum ich anrufe. Hast du am Wochenende schon etwas vor?«

Curd dachte an die vor ihm liegenden stillen Tage in seinem Haus. Kein sehr angenehmer Gedanke.

»Nun, ich werde am Sonntag nach Bad Radkersburg fahren und meine Frau besuchen.«

»Ach ja, sie ist ja jetzt auf Reha. Wie geht es ihr?«

»Danke der Nachfrage, recht gut. Sie hat sich in den Kurbetrieb schnell eingefunden und lobt die Freundlichkeit des therapeutischen Personals.«

»Höre ich gerne.«

»Wieso fragst du? Hast du etwas vor?«

»Na ja, du kannst dich bestimmt erinnern, im letzten Herbst haben wir doch mal beiläufig über eine Motorradtour gesprochen.«

»Ich kann mich erinnern.«

»Der Frühling ist da! Zeit, die Öfen aus dem Schuppen zu holen. Am Samstag machen wir eine Tour. Der Wetterbericht hört sich gut an.«

»Ich verstehe.«

»Herwig steht zu seinem Angebot. Er würde dir eine seiner Maschinen leihen.«

Curd ließ sich den Gedanken durch den Kopf gehen. Er besaß kein eigenes Motorrad, eigentlich interessierte er sich nicht besonders für Motorräder, er hatte als 18-Jähriger den Führerschein ohne bestimmte Ambitionen gemacht. Aber warum eigentlich nicht? Besser, als zu Hause zu sitzen und den Flügel im Salon anzustarren.

»Tja, ich bin lange nicht gefahren.«

Alexander Stadler lachte ins Telefon.

»Kein Problem. Wir machen eine komplette Einschulung und fahren extra langsam. Wir müssen ja auch erst aus dem Winterschlaf erwachen.«

Curd gab sich einen Ruck.

»Also gut, ich bin dabei.«

»Das hört sich toll an. Wir treffen uns um zehn Uhr Vormittag bei Herwig. Weißt du, wo er wohnt?«

»Ja.«

»Okay, also bis Samstag.«

»Bis Samstag. Schönen Tag noch.«

Curd legte lächelnd das Telefon zur Seite. Ein sympathischer Mann, obwohl er ein Anwalt war. Curd mied Anwälte, so gut es ging. Als Unternehmer konnte er nicht umhin, immer wieder einmal Rechtsbeistand zu suchen, aber da vertraute er auf die Kanzlei in Leibnitz, die schon seit 30 Jahren das Unternehmen im Fall des Falles vertrat. Aber er musste Alexander ja nicht beruflich konsultieren. Wie und wann hatte er den Mann eigentlich kennengelernt? Curd wusste es gar nicht mehr. Es musste irgendwann im letzten Herbst gewesen sein.

Eine Motorradtour! Mal etwas ganz Neues. Was würde Anna dazu sagen?

*

Aus der Kurve heraus gab er Gas. Er hatte den Bogen mittlerweile heraus, konnte die Geschwindigkeit, die Kurvenlagen und Bremswege vollständig einschätzen, und er fand allmählich Spaß an der Sache. Das Tempo und der ihm entgegenschlagende Fahrtwind, die Beschleunigung und Kurvenlagen versetzten ihn unweigerlich in einen Rauschzustand. Schnelligkeit setzte Adrenalin frei. Seine Arterien waren voll davon. Die Honda 500 war ein für Einsteiger optimales Gefährt, nicht zu schwer, nicht zu stark, nicht zu schnell. Herwig Poschauer hatte das Motorrad für seine Frau gekauft, das Ehepaar Poschauer hatte zu zweit auch einige Touren unternommen. Dann war Herwigs Frau bei schlechter Sicht und nasser Fahrbahn von der Straße abgekommen und in einem Maisfeld gelandet. Der Sturz war glimpflich ausgegangen, die Lenkerin hatte nur ein paar Prellungen und das Motorrad lediglich ein paar Kratzer und Dellen davongetragen, aber sie war nie wieder auf ein Motorrad gestiegen. Herwig selbst fuhr eine wesentlich schwerere Maschine.

Curd sah die drei Bikes auf dem Parkplatz am höchsten Punkt der Passstraße, er betätigte den Blinker und bremste. Die drei Männer zogen ihre Helme von den Köpfen und grinsten Curd an. Auch er nahm den Helm ab.

»Na, du hast ja richtig Feuer gefangen!«

Curd lachte und stellte das Fahrzeug ab.

»Ich komme ganz gut zurecht.«

»Das sieht man. Das waren jetzt vielleicht 30 Sekunden Verspätung. Wenn man bedenkt, dass die Honda nur halb so viel PS hat wie mein Renner, dann ist das toll.«

Alexander klopfte Curd anerkennend auf die Schulter. Die Skilifte hatten ihren Betrieb bereits eingestellt, der Schnee war auch hier oben weitgehend verschwunden, und Temperaturen deutlich im Plusbereich machten den Einsatz der

Schneekanonen unmöglich, dennoch war das Gasthaus beim Parkplatz geöffnet.

»Ich lade euch auf einen Espresso ein«, rief Herwig Poschauer.

Die vier Männer betraten das Gasthaus und suchten einen freien Tisch. Sie waren nicht die einzigen Motorradfahrer, die die Passstraße über die Koralpe für die erste Ausfahrt im Frühling nutzten. Die Biker begrüßten einander. Der Kellner servierte den Kaffee, die vier Männer besprachen ihre Tour. Seit drei Stunden waren sie unterwegs. Die erste Stunde hatte Curd Blut und Wasser geschwitzt, danach war er immer sicherer geworden. Alexander Stadler, Herwig Poschauer und Albin Ninaus trafen sich seit einigen Jahren regelmäßig zu Touren. Einmal waren sie gemeinsam nach Schweden gefahren, ein andermal in die Provence. Anfangs hatte sich Curd in diesem Kreis wie ein Fremdkörper gefühlt. Nun, er war kein besonders attraktiver Mann, weder hatte er ein kantiges Kinn noch breite Schultern, er war nicht besonders draufgängerisch und schon gar kein Frauenheld, er hielt sich in Gesellschaften in der Regel im Hintergrund und drängte sich nie in ein Gespräch. Die drei Männer, mit denen er hier unterwegs war, waren auf die eine oder andere Art genau das Gegenteil von ihm. Alexander etwa, der Anwalt, gut aussehend, schlagfertig und scharfzüngig, oder Herwig, groß gewachsen und athletisch, ein sehr erfolgreicher Bauunternehmer, und dann Albin, der sowohl im Krankenhaus als auch in seiner Privatpraxis nicht über mangelnde Anerkennung als Internist zu klagen brauchte. Der stets gut gelaunte Marathonläufer war der Schwarm vieler seiner Patientinnen. Drei Siegertypen. Und die drei hatten Curd in ihren Kreis aufgenommen. Wie anders war zu erklären, dass Herwig ihm ein Motorrad, Albin eine Lederkluft und Alexander ihm einen Sturzhelm geliehen hatte? War er auch ein Siegertyp? Nun, er war ein gut situierter Geschäftsmann, aber als Siegertyp hatte er sich nie gesehen. Das Selbstbewusstsein, das die drei Männer ausstrahlten, griff auf Curd über. Es fühlte sich gut an.

Herwig fasste Curd ins Auge.

»Du bist hoffentlich am Abend auch dabei.«

Curd zog die Augenbrauen hoch.

»Am Abend?«

»Hat dir Alex nichts gesagt?«

»Was gesagt?«

Albin stieß Alexander mit großem Hallo an die Schulter. Alexander winkte ab.

»Hab ich vergessen. Sorry.«

»Du und etwas vergessen! Ihr Anwälte vergesst doch nichts. Man weiß ja nie, was man einmal vor Gericht gegen jemanden gebrauchen kann.«

Die vier Männer lachten lautstark.

»Also jetzt im Klartext«, setzte Herwig fort. »Ich gebe heute Abend eine Party. Nur in kleinem Rahmen, 15 bis 20 Gäste, ein paar Drinks, ein paar Happen, Small Talk und lockeres Ambiente. Du bist herzlich eingeladen.«

Curd schluckte betreten. Sollte er auf eine Party gehen? Ohne Anna? Oder sollte er alleine in seinem großen Haus sitzen?

»Und wann?«

»Nicht so genau. Wie gesagt, alles total easy. 18, 19 Uhr, offenes Haus für geladene Gäste.«

Albin lehnte sich zu Curd hinüber.

»Herwig bestellt das Catering im Steirergarten. Nur vom Feinsten. Solltest du dir nicht entgehen lassen.«

*

Unmöglich. Er konnte seine Augen nicht abwenden. Fiel sein Gaffen auf? Curd leerte das Cocktailglas. Wenn er noch mehr trank, würde er das Auto stehen lassen und ein Taxi rufen müssen. Was für eine attraktive Frau. Und wie sie tanzte! Atemberaubend.

Curd stand neben einer kleinen Palme am Rand des riesigen Wohnzimmers und schaute der kleinen Gruppe beim Tanzen zu. Die Musik lief in erträglicher Lautstärke, präsent genug für ein Tänzchen, nicht so laut, dass man sich gar nicht mehr unterhalten konnte. Drei Frauen und zwei Männer tanzten in freiem Stil.

Er hatte eine Stunde gebraucht, um sich einzukleiden. Zuerst hatte er den Smoking probiert. Vor dem Spiegel hatte er sich wie ein dressierter Pinguin gefühlt. Der Smoking passte zu einem Ball, nicht aber für eine Cocktailparty. Der helle Anzug war dann zu sommerlich, Bluejeans und T-Shirt waren zu beiläufig gewesen. Irgendwann hatte er sich für eine dunkle Hose, ein weißes Hemd und ein hellbraunes Cordjackett entschieden. Salopp und doch einigermaßen distinguiert. Curd war in Fragen der Mode immer irgendwie überfordert. Anna hatte stets den richtigen Tipp für den jeweiligen Anlass parat gehabt. Mit großer Erleichterung hatte er festgestellt, dass sein Auftreten sich gut in das Ensemble fügte.

Herwigs Haus spielte alle Stücke. Nagelneu, weiträumig, auf unaufdringliche Art luxuriös, eine prächtige Villa mit schönem Garten. Und auch die Schwimmhalle war nicht ohne. Ein paar Gäste hatten sich gleich nach ihrem Eintreffen ins Wasser gestürzt. Curd hatte beobachtet, wie Albin mit ein paar erstaunlich schnell gezogenen Längen die Aufmerksamkeit der Damen auf sich gezogen hatte. Eine echte Sportskanone. Curd hatte kein Badezeug dabei, und auf das Angebot, sich von Herwig eine Badehose auszuborgen, war er nicht eingegangen. Das wäre ihm peinlich gewesen.

Er hatte sich nicht alle Namen gemerkt, die ihm bei der Vorstellungsrunde genannt worden waren, aber ein Name hatte sich in sein Gedächtnis förmlich eingebrannt.

Luise.

Ihr Blick beim Händeschütteln hatte ihm Schauer über den Rücken gejagt. Seit drei Jahren waren sie und Alexander verheiratet. Ihr Haar war vom Schwimmen noch nass, sie trug ihren Bikini und hatte sich ein Tuch um die Hüften geschlungen, so tanzte sie. Barfuß. Sexy. Der Musik in fließenden Bewegungen ihrer Arme und Beine völlig hingegeben. Curd konnte kaum seinen Blick von ihren Hüften und Schultern abwenden.

Alexander kam mit zwei Cocktailgläsern auf Curd zu.

»Ich sehe, du sitzt auf dem Trockenen.«

Curd gestikulierte ausweichend.

»Entschuldige, aber ich sollte jetzt nichts mehr trinken. Ich muss noch zu meinem Auto finden.«

»Der Abend ist viel zu angenehm, um Groschen oder Promille zu zählen. Nimm ein Taxi, wenn es zu viel wird. Herwig kann einem seiner Leute sagen, deinen Wagen am Montag zu bringen.«

»Ich brauche den Wagen morgen für die Fahrt nach Bad Radkersburg.«

»Okay, dann diesen Drink und danach ist Schluss. In den nächsten zehn Minuten wirst du ja hoffentlich nicht aufbrechen.«

»Das nicht.«

Die beiden Männer stießen an, nippten und standen Schulter an Schulter neben der Palme.

»Sieh dir nur den Hintern an. Wahnsinn. Und wie sie tanzt.«

Curd lächelte betreten.

»Wenn ich nicht schon mit ihr verheiratet wäre, würde ich ohne zu zögern rüber gehen und ihr einen Antrag machen. Aus dem Stegreif. Ist sie nicht eine total sexy Frau?«

Curd kicherte verlegen.

»Nun, sie fällt auf. Selbst unter den schönen Frauen in diesem Haus.«

»Ich habe Luise in einem Nachtclub in Wien kennengelernt.«

»In einem Nachtclub?«

»Ein Klasseladen in der Innenstadt. Freizügige Tänzerinnen, perfekt gemixte Cocktails, ein Barpianist. Und mit Glück kann man auch die eine oder andere Schöne der Nacht kennenlernen. Ich kann dir einen Besuch dieses Etablissements nur empfehlen.«

»Luise war … sie war eine …«

»Tänzerin. Ja, sie war Tänzerin in diesem Laden. Das ist kein schäbiges Bordell, das ist ein nobler Nachtclub. Luise hat während ihrer Studienzeit eine Zeit lang als Escortgirl gearbeitet, dann als Tänzerin. Schau, wie sie sich bewegt. Eine Königin. Ich habe sie gekriegt. Was für ein Glückspilz ich doch bin.«

Veränderte sich Curds Einstellung der Frau gegenüber, weil er jetzt wusste, dass sie früher im Rotlichtgewerbe gearbeitet hatte? Nun, wer konnte sich sein Schicksal schon aussuchen? Wer wusste, was sie dazu bewegt hatte?

»Willst du sie kennenlernen?«

»Herwig hat uns einander schon vorgestellt. Als ich angekommen bin.«

Alexander wandte sich Curd zu und musterte ihn halb amüsiert, halb überrascht.

»Deine Frau ist doch jetzt vier Wochen außer Haus. Du wirst doch hoffentlich nicht asketisch leben.«

Curd hüstelte in seine Faust. »Was meinst du damit?«

Alexander führte mit einer souveränen Handbewegung sein Glas an die Lippen.

»Du weißt noch nicht viel von uns.«

»Klär mich bitte auf.«

»Siehst du die blonde schlanke Frau, die sich bei Albin eingehakt hat?«

»Heike. Die Freundin von Albin. Auch sie ist mir vorgestellt worden.«

»Ich war mit ihr über Neujahr drei Tage in einer Therme. Massagen, Sauna, Baden im Thermalwasser, Schwitzen im Fitnessstudio, Spaziergänge im Schnee und viel Sex. Sehr viel Sex. Zur gleichen Zeit war Luise mit Albin in Zell am See zum Skifahren. Na, bist du wirklich so überrascht? Wir sind erwachsene Leute, wir können tun, was uns gefällt. Albin hat Luise ein paar Tage für sich haben wollen, also war ich mit Heike unterwegs. Hat uns allen Spaß gemacht. Auch Herwig war dann und wann mit Luise zusammen. Aber bitte behalte das unbedingt für dich. Seine Frau Edith ist nicht sehr flexibel in diesen Dingen, sie ist ein Heimchen und neigt zur Eifersucht. Nun, sie und Herwig haben zwei Kinder. Kinder machen viele Frauen prüde. Das ist meine Meinung, aber vielleicht täusche ich mich ja auch. Oder Magda, die Frau mit den dunklen Haaren. Siehst du sie? Die im blauen Kleid. Mit ihr habe ich vor einem Jahr eine süße, leider viel zu kurze Affäre gehabt. Irgendwann muss ich sie wieder ins Bett kriegen. Sie ziert sich noch.«

Alexander leerte sein Glas. »Bist du prüde?«

Curd schnappte nach Luft. »Ich … nun, wie soll ich sagen …«

Alexander lachte und deutete einen Kinnhaken an.

»Finde ich toll, dass du deine Frau so liebst und ihr treu bist. Vor allem jetzt, wo sie unheilbar krank ist. Wirklich, ich kann das respektieren. Für seine Lieben da zu sein, ist großartig. Aber beschränkt das deine Freiheit? Ich bin ein freier Mensch. Ich will das auch sein. Manche sagen, ich wäre ein egoistisches Arschloch. Habe ich da und dort gehört. Ist das so? Wenn ich die schönste Frau des Abends mit meinen Freunden teile, bin ich da egoistisch? Ich weiß es nicht. Ich bin, wie ich bin.«

Curd kaute hart an diesen Worten. Dieses Selbstbewusstsein. Unglaublich. Alexander lachte und drehte sein leeres Glas in den Fingern.

»Also ich muss heute nicht mehr Autofahren und werde aus diesem Grund noch einen Drink nehmen. Wir sehen uns.«

Damit ließ er Curd irritiert stehen. Curd schaute wieder hinüber zur improvisierten Tanzfläche. Eben endete ein Lied. Luise und eine andere Frau traten ab, sie lachten glücklich und waren einfach nur schön. Luise warf wie aus dem Nichts Curd einen Blick zu. Was für ein Blick! Ihm wurde heiß und kalt in einem. Ein freier Mensch? War er das? Was bedeutete das schöne Wort »Freiheit« überhaupt?

GEGENWART

Christina verteilte in gleichmäßigem Tempo die weiße Farbe auf der Wand. Seit vier Tagen tat sie nichts anderes. Sie liebte diese Arbeit, versank dabei in eine Art Meditation. Vielleicht hatte sie schlicht und einfach den Beruf verfehlt. Vielleicht hätte sie Anstreicherin werden sollen. Und nicht Kriminalpolizistin. Aber der Job war jetzt weit fort, sie konnte sich an ihre Dienstzeit gar nicht mehr richtig erinnern. Es war, als ob sie vor Jahren einen guten Roman gelesen hätte, an dessen entscheidende Stellen sie sich noch erinnerte, der aber mit ihrem Leben nichts zu tun hatte. Eine Menge guter Romane waren in den Bücherkartons verpackt. Wann immer sie dazu gekommen war, hatte sie ihre Nase in Bücher gesteckt, in zeitgenössische Romane, in esoterisch angehauchte Bücher über keltische Mythologie und in Fachbücher über wissenschaftliche Forensik.

Als junge Frau hatte sie auch viele Krimis gelesen. Das vermied sie jetzt. Teilweise, um sich nicht über die Recherchefehler der Krimiautoren zu ärgern, vor allem aber, um sich nicht auch noch in der Freizeit mit Mord und Totschlag auseinandersetzen zu müssen. Viel lieber tauchte sie die Rolle in den Farbeimer und färbte die Wände ihres neuen Hauses weiß. Sie hatte da eine neue Seite an sich entdeckt. Christina, die fleißige Handwerkerin. Bei den Ausbesserungsarbeiten an der Scheune hatte sie mit der Kreissäge Bretter zugeschnitten, beim Betonieren hatte sie drei Tage Zement und Sand in die Mischmaschine geschaufelt, und beim Dachdecken hatte sie mit den Zimmermännern im Dachstuhl Balancekunststücke vollführt. Anfangs hatten die Männer ihr gut zugeredet, vielleicht doch wieder abzusteigen und lieber das Gulasch für die Mittagspause zu kochen. Christina hatte sich nicht beirren lassen, und schließlich hatten die Männer eingesehen, dass gegen ihre Sturheit kein Kraut gewachsen war. Nach ein paar Stunden hatten sie Christina ohne viel Aufhebens in die Arbeit eingebunden.

Die Arbeit hatte ihr Leben gerettet.

Sie ließ die Farbrolle sinken und besah die Arbeit des heutigen Tages. Zum Glück hatte sie den Boden gut ausgelegt, echte Profis hätten wohl weniger Farbe verspritzt und bestimmt da und dort die eine oder andere Stelle sauberer ausgearbeitet. Für ihr Verständnis war die Arbeit ausreichend. Damit war auch das Hinterzimmer ausgemalt. Morgen würde sie mit der Reinigung beginnen. Die Renovierung des alten Bauernhauses lag im Zeitplan.

»Frau Kayserling.«

Christina schaute über die Schulter zur offenstehenden Tür zum Elektriker.

»Ja?«

»Ich bin jetzt fertig.«

»Die Leitungen sind drinnen?«

Der junge Mann lächelte.

»So ist es.«

Die beiden Elektriker hatten die Stromleitungen im Kellerstöckl verlegt.

»Toll. Ihr Kollege holt Sie also jetzt ab?«

Christina hatte durch das Fenster gesehen, dass der ältere Elektriker vor einer halben Stunde mit dem Firmenwagen abgefahren war.

»Nein. Der Josef hat heute einen Termin. Irgendetwas Familiäres.«

Christina stemmte ihre Hände in die Hüften.

»Interessant. Wie kommen Sie jetzt wieder nach Hause?«

Der junge Mann winkte ab.

»Ach, ich geh ein Stückchen. Unten auf der Straße mache ich dann Autostopp.«

»Und Sie glauben, dass irgendjemand Sie einsteigen lässt? In dreckiger Arbeitsmontur.«

»Ich habe saubere Sachen im Rucksack. Das geht schon.«

Christina lachte verwundert. Ihr Haus lag abseits der Straße mitten im südsteirischen Weinland, die nächste Ortschaft war vier Kilometer entfernt.

»Das klingt aber recht optimistisch. In ein paar Minuten ist es stockdunkel. Ich fürchte, Sie werden kaum jemanden finden, der Sie mitnimmt. Also ich würde bei Dunkelheit keinen verirrten Mann von der Straße sammeln.«

»Ich finde immer jemand. Hab ich schon oft gemacht.«

»Und warum sind Sie nicht mit Ihrem Kollegen aufgebrochen? Morgen sind Sie ohnedies wieder hier.«

Der Elektriker zuckte mit den Schultern.

»Ich wollte die Arbeit noch abschließen.«

Christina warf die bekleckste Mütze in die Ecke.

»Dann werde ich Sie zur nächsten Busstation fahren.«

»Echt jetzt?«

»Eine bessere Möglichkeit sehe ich nicht.«

»Na ja, ich könnte auch in der Scheune übernachten. Wenn Sie eine Decke haben. Und morgen Früh kann ich dann gleich mit der Montage der Steckdosen beginnen. Ich könnte heute Abend noch zwei, drei Überstunden anhängen.«

Christina kniff die Augen zusammen und maß den Mann.

»Ihr Diensteifer überrascht mich ein bisschen. Und irgendwie klingt der Vorschlag so, als wäre er Ihnen nicht gerade in diesem Moment eingefallen.«

Der Mann winkte betreten ab.

»Nein, nein! Ich will auf keinen Fall aufdringlich sein! Packe mein Zeug und marschiere los. Kein Thema.«

Christina überlegte kurz.

»Sie wissen, dass ich Polizistin war?«

»Ja, der Josef hat mir das gesagt.«

»Ich besitze eine Schusswaffe, habe mehrere Selbstverteidigungskurse absolviert, bin geprüfte Scharfschützin und kann kratzen und beißen.«

»Ich bin schon so gut wie unterwegs. Entschuldigen Sie bitte. Und morgen machen der Josef und ich mit den Steckdosen weiter.«

»Wie heißen Sie?«

»Edgar.«

»Also Edgar, mein Name ist Christina. Wir hängen noch eine Überstunde an, ich suche eine Decke für dich raus und am Abend schmiere ich ein paar Butterbrote und entkorke eine Weinflasche. Wie klingt das?«

Edgar grinste übers ganze Gesicht.

»Klingt super.«

*

Christina kaute versonnen das Brot, nahm dann und wann einen Schluck Welschriesling und lauschte der Erzählung. Sie hatte das Malerwerkzeug gesäubert und sortiert, die Farbeimer verstaut und das Hinterzimmer einer groben Reinigung unterzogen. Bei Tageslicht würde sie den Rest erledigen. Sie war dann auch zum Kellerstöckl hinübergegangen und hatte die Arbeit von Edgar in Augenschein genommen. Auch er war gut vorangekommen, die Hälfte der Steckdosen und Lichtschalter war montiert. Jetzt saßen sie in der spartanisch eingerichteten Stube beisammen und genossen das Abendessen.

»Und nach der Zeit als Zivildiener habe ich beschlossen, die HTL-Matura nachzuholen.«

»Ein ehrgeiziges Projekt. Den ganzen Tag über die Arbeit auf der Baustelle und dann noch die Schulbank drücken. Da bleibt nicht viel Freizeit.«

»Mein Chef ist eh total lässig. Ich habe einen Teilzeitjob. Vier Tage in der Woche am Bau, drei Tage zum Lernen. Ich komme gut klar.«

»Und wie weit bist du schon?«

»Im Mai trete ich zur Matura an.«

Christina drückte die Daumen.

»Toitoitoi. Ein gelernter Elektriker, der dann auch noch eine Ingenieursausbildung als Elektrotechniker absolviert hat, wird sich um einen Job nicht lange anstellen müssen.«

»Mich interessiert die Branche. Ich mache das nicht nur, weil ich dann einen besseren Job haben kann, sondern weil mich Strom immer schon fasziniert hat. Schon als Bub habe ich kaputte Elektrogeräte zerlegt und manchmal auch repariert. Den Mixer meiner Oma habe ich dreimal wieder in Gang gesetzt. Aber irgendwann war er dann einfach hin.«

Flirtete der junge Mann mit ihr? Flirtete sie mit ihm?

»Wie alt bist du eigentlich?«

»25.«

Christina griff zum Glas und schwenkte den Wein darin. Ihr Blick verlor sich. Die Glühbirne in der Mitte des Raumes hing lose am Kabel, im Raum lag trotz der gekippten Fenster der Geruch feuchter Farbe, an der Wand neben dem Holzofen standen eine Werkzeugkiste, Kartons mit Kabelrollen und ein alter Pappkoffer mit Arbeitskleidung. Ihr Haus nahm nach und nach einen bewohnbaren Zustand an. Wenn sie sich zurückerinnerte, in welchem Zustand der alte Bauernhof noch vor einem halben Jahr gewesen war, konnte sie zufrieden sein.

»Wohnst du da wirklich alleine?«

Christina tauchte aus ihrer Grübelei hoch.

»Ja.«

»Du bist Witwe, stimmt das?«

»Ja.«

»Wann ist er gestorben?«

Christina hörte Wilhelms Lachen, hörte seine angenehme Stimme, spürte seine kratzenden Bartstoppeln auf ihrer Wange, schaute in seine klugen Augen.

»Vor zehn Monaten.«

»Krebs? Ein Verkehrsunfall?«

»Zwei Gehirnschläge innerhalb weniger Tage.«

»Das tut mir leid.«

»Mir auch.«

»War er reich?«

Christina zuckte mit den Achseln.

»Was ist schon reich?«

»Na ja, du warst Polizistin. Also ich weiß nicht, was man bei der Polizei verdient, aber so viel wird das auch nicht sein. Sich mitten in den Weinbergen ein altes Bauernhaus zu kaufen und von Grund auf zu renovieren, muss man sich wahrscheinlich auch als Polizistin gut überlegen.«

»Wilhelm war Unternehmer. Ja, er war wohlhabend, ja, Martin und ich haben einiges geerbt. Martin ist Wilhelms Sohn aus erster Ehe. Ich habe das Haus in Molln verkauft und dieses gekauft. Der alte Hof ist ja nicht so groß und war auch nicht sehr teuer.«

»Teuer ist eher die Renovierung.«

»Das ja.«

»Molln? Wo liegt denn das?«

»In Oberösterreich. Im Steyrtal.«

»Ein völliger Tapetenwechsel also.«

»Manchmal ist ein Neuanfang die einzige Möglichkeit.«

Die beiden saßen eine Weile schweigend beisammen.

»Ich weiß, wie das ist, wenn man plötzlich ganz alleine ist.«

Christina schaute Edgar an, dessen Blick sich im Weinglas verlor.

»Das weißt du also.«

»Ganz alleine ist nicht richtig, ich habe eine jüngere Schwester. Als ich zwölf war, sind meine Eltern tödlich verunglückt. Rita und ich sind dann bei meinen Großeltern untergekommen. Das war schon hart.«

Wollte sie seine Geschichte hören? Christina war sich nicht schlüssig. Nicht heute Abend. Draußen am Waldrand, auf der Wiese, bei den alten Obstbäumen und drinnen im Weinglas waren schon zu viele Gespenster aufgescheucht worden. Nicht mehr davon. Christina leerte das Glas und erhob sich.

»In der Scheune ist es bestimmt kalt, da wird die Decke nicht reichen. Du kannst hier auf der Ofenbank übernachten. Ich ziehe mich jetzt zurück. Gute Nacht.«

*

Den ganzen Vormittag über hatte Josef ein merkwürdiges Gesicht gezogen. Als er morgens mit dem Firmenauto angekommen war und seinen jungen Kollegen schon bei der Arbeit vorgefunden hatte, hatte er seine Stirn in Falten geworfen und Christina misstrauisch beäugt. Sie hatte die Blicke geflissentlich ignoriert. Was andere über sie dachten, war ihr nie sehr wichtig gewesen. Und dass in den letzten Monaten manche der Handwerker ein bisschen verwundert über die ehemalige Frau Inspektor waren, die da mitten in den Weinbergen ein altes Bauernhaus beziehen wollte, war für Christina kaum zu übersehen gewesen. Irritieren hatte sie sich davon nicht lassen. Auch Josef, der ältere Elektriker, hatte im Laufe des Tages einfach nur seine Arbeit erledigt. Sie bezahlte die Rechnungen pünktlich, war in Gesprächen höflich, aber distanziert, arbeitete hart, damit konnten oder mussten sich die Leute der Montagetrupps abfinden.

Christina wischte die Böden. In den Wohnräumen war erstklassiger Parkettboden verlegt worden. Sehr groß war das Haus nicht, eine Küche, eine Stube und drei kleine Zimmer. Das Dach war ausgebaut worden und bot zwei weitere Zimmer sowie einen halbwegs geräumigen Speicher. Neben dem Haus stand die Scheune, in der jetzt die Garage und eine Werkstatt untergebracht waren. Das Wohnhaus besaß keinen Keller, der befand sich im etwas abseits gelegenen Kellerstöckl und war zwar verwinkelt, aber führte ein gutes Stück in den Hang hinein. In den Zeiten, als hier noch die Winzerfamilie gelebt hatte, hatten im Kellerstöckl die Weinfässer gestanden. Die Weinhänge, die ehemals zum Hof gehört hatten, waren längst an andere Winzer verkauft worden, Christina hatte nur mehr die Gebäude, die Wiese mit den alten Obstbäumen und ein Stückchen Wald hinter dem Haus erstanden. Sie plante ohnedies nicht, mit dem Weinbau zu beginnen. Sie hatte bei einem Ausflug die Immobilie entdeckt, sich sofort in das Haus und dessen abgeschiedene Lage verliebt und auf der Stelle entschieden, es zu kaufen.

Ihr ehemaliger Chef im Polizeikommando Steyr hatte in einem langen Gespräch versucht, Christina davon abzuhalten, den Dienst zu kündigen. Er hatte ihr ein Sabbatjahr angeboten, um über den plötzlichen Tod ihres Mannes hinwegzukommen, er hatte eine Beförderung und ein eigenes Büro in Aussicht gestellt, er hatte sich sogar dazu hinreißen lassen, sie streng zu ermahnen, weiterhin so tüchtig ihre Pflicht zu tun. Christina war höflich geblieben und hatte ihre Kündigung eingereicht. Es war aus und vorbei. Noch am offenen Grab Wilhelms hatte sie beschlossen, die Arbeit als Kriminalpolizistin zu kündigen und aus Steyr fortzuziehen. Es war unausweichlich gewesen.

Christina hatte es anfangs genossen, aus Kartons und Koffern zu leben, aber mittlerweile freute sie sich auf die vollständig eingerichtete Küche und das Schlafzimmer, auf die Bücherregale, auf die Sitzecke und den Schreibtisch. Die meisten Möbel aus dem Haus in Molln hatte sie verkauft oder verschenkt, nur ein paar ihr liebgewordene Stücke hatte sie behalten. Und die Wohnung in Steyr besaß sie zwar noch, hatte sie aber an zwei Studentinnen vermietet.

Christina leerte das schmutzige Wasser in die Toilette und spülte. Sie hörte Schritte in der Stube.

»Halt! Nicht mit den dreckigen Schuhen rein. Der Boden ist ganz frisch aufgewaschen.«

»Entschuldigung.«

Edgar trat drei Schritte zurück und schaute zu Boden.

»Oje! Jetzt hab ich alles versaut.«

Christina wischte über die Schuhabdrücke.

»Ist ja nichts passiert. Schon erledigt.«

»Alle Spuren des Verbrechens sind beseitigt.«

»Wenn nur alle Verbrechen so harmlos wären.«

Christina musterte Edgar. Irgendetwas hatte er auf Lager, so viel war an seiner Miene abzulesen. Sie stützte sich auf den Wischer und wartete, bis er Mut fasste.

»Du, Christina, ich habe mir gedacht …«

»Was hast du dir gedacht?«

»Na ja, du hast da ja noch total viel Arbeit im Haus, also wenn du willst, dann könnte ich am Wochenende herkommen und ein bisschen mit anpacken.«

Christina wiegte den Kopf.

»Arbeit fällt noch genug an, das ist richtig. Willst du dir etwas dazu verdienen?«

»Ja. Nein. Um das Geld geht es mir nicht.«

»Worum geht es dir?«

»Ich will helfen.«

»Ein schöner Satz, ein lobenswertes Motiv, aber musst du nicht für die nächste Prüfung lernen?«

»In den nächsten drei Wochen stehen keine Prüfungen an.«

»Und deine Kumpels vermissen dich am Wochenende nicht?«

»Ich habe nicht so viele Kumpels.«

»Und wie schaut es mit deiner Freundin aus?«

»Bin solo.«

Christina zog die Gummihandschuhe von ihren Händen und musterte ihre Haut. Seit sie hart arbeitete, waren ihre Hände rau, da half die Handcreme nur wenig.

»Edgar, was soll denn das werden?«

»Ich ... ich bin gerne mit dir zusammen.«

»Ich bin 14 Jahre älter als du. Ein Mann mittleren Alters und eine junge Frau, das ist keine Seltenheit. Andersrum aber schon.«

»Ich will dir ja nur bei der Arbeit helfen.«

Christina seufzte.

»Warum suchst du dir keine Freundin in deinem Alter?«

Edgar schaute sie direkt an. Sie fand seinen Blick aufwühlend. Er gefiel ihr. Jung, kräftig, ein bisschen hilflos und verloren. Er hatte tiefe Augen. Und ein markantes Kinn. Edgar gestikulierte.

»Die Regale in der Werkstatt müssen aufgestellt werden, die Schränke für das Kellerstöckl müssen zusammengebaut werden, hinterm Haus liegt ein Berg Schutt, der weggeräumt werden muss, und ...«

»Ich weiß, was zu tun ist.«

»Soll ich kommen und anpacken?«

Christina lächelte.

»Samstag um neun? Passt dir das?«

*

Christina streifte Jacke und Latzhose ab und warf sie in den Korb für die Arbeitskleidung. Morgen nach dem Frühstück würde sie Jacke und Hose wieder anziehen. Wer in einer Baustelle wohnte, durfte in Sachen Reinlichkeit nicht penibel sein. Sie fühlte sich gut. Der sonnige und milde Märztag hatte ihre Stimmung hoch gehalten, sie und Edgar waren gut vorangekommen, das Plansoll für den Tag war mehr als erfüllt worden. Es hatte sich auf eine eigentümliche Art und Weise richtig angefühlt, gemeinsam mit ihm Möbelteile aus den Transportkartons zu schneiden und zusammenzubauen. Ein paar Wochen noch, dann würden Haus, Scheune und Kellerstöckl fertig eingerichtet sein.

Vermisste sie ihren Beruf? Christina sinnierte. Gar nicht. Sie schmunzelte. Vielleicht sattelte sie ja doch noch auf Handwerkerin um.

Sie trat in das Badezimmer. Die Küche und die Sanitäranlagen des Hauses waren zuallererst fertig gestellt worden, darauf hatte Christina Wert gelegt und auch keine Kosten gescheut. Sie musterte ihr Spiegelbild. Wer war die Frau, die ihr da entgegenblickte? Sie zog den Haargummi vom Zopf ab und schüttelte ihr Haar aus. Vor der Beisetzung hatte sie ihr langes Haar im Friseursalon ziemlich kurz schneiden lassen, seitdem hatte sie keinen Gedanken mehr an ihr Haar verwendet, es einfach wachsen lassen, sich ohne jede Mühe gekämmt und auf jedes Färbemittel verzichtet. Ein paar graue Strähnen waren da. Warum auch nicht? Sie war fast 40 Jahre alt, da durfte im Haar einer Frau schon die eine oder andere graue Strähne durchschimmern, und Krähenfüße in den Augenwinkeln spiegelten in einem Gesicht doch Lebenserfahrung wider. Über mangelnde Lebenserfahrung konnte Christina nicht klagen. Was lag da nicht alles hinter ihr? Begegnungen, Abschiede, Freude, Trauer, Wut, Euphorie, fast vier Jahrzehnte Leben. Ihre Großmutter war

80 Jahre alt geworden. Wenn sie auch dieses Alter erreichen sollte, so war sie jetzt genau in der Mitte ihres Lebens. Zeit für die Midlife-Crisis? Christina schmunzelte ihr Spiegelbild an. Ihre Menstruationszyklen kamen regelmäßig, sie hatte nicht im Entferntesten das Gefühl, bereits ins Klimakterium zu rutschen. Also von einer körperlichen Krise konnte sie nicht sprechen.

Christina warf die leere Shampoo-Flasche in den Mülleimer und griff nach einer neuen. Sie hatte Handtücher bereit gelegt. In der Küche hörte sie Edgar mit dem Geschirr klappern.

»Edgar!«

Keine Antwort. Sie rief lauter.

»Edgar! Hörst du mich?«

»Ja.«

»Könntest du bitte kurz damit aufhören, mein Geschirr zu zerschlagen und für einen Augenblick zu mir kommen.«

Edgar folgte ihrer Bitte. Sein Blick streifte über Christinas nackte Oberschenkel.

»Ich habe eine Frage.«

»Und zwar?«

»Wie du siehst, ist mein Badezimmer sowohl mit einer Dusche als auch mit einer Badewanne ausgerüstet.«

»Weiß ich doch. Habe ja alle Lichtschalter montiert.«

»Das ist auch mein Wissensstand. Jetzt aber Folgendes.«

Christina stellte das Shampoo ab und zog ihr Arbeitshemd aus.

»Aus Gründen, die zu vertiefen vielleicht zu weit führen würde, habe ich bislang stets die Dusche verwendet.«

Edgars Augen weiteten sich, als Christina den Büstenhalter abstreifte.

»Nun erscheint es mir angeraten, die Funktionstüchtigkeit der Badewanne auch einmal zu erproben. Hält sie dicht, ist der Abfluss verstopft, reicht das Wasser im Warmwasserbehälter, um die Wanne zu füllen? Solche Dinge.«

Christina trat an Edgar heran und knöpfte seine Arbeitsjacke auf.

»Und dann wäre unbedingt zu klären, ob die Wanne auch das Gewicht zweier Menschen aushält. Ich müsste mich auf der Stelle beim Installateur beschweren, wenn das nicht der Fall wäre.«

Wilhelm hätte bestimmt gewollt, dass sie irgendwann wieder das Leben einer Frau führte. Christina beschloss, dass nach zehn Monaten die Trauerzeit vorüber war. Hier und heute.

»Jetzt meine Frage.«

Edgar schlang seine Arme um ihre Hüften.

»Ich bin ganz Ohr.«

Die beiden drückten ihre Nasenspitzen aneinander. Sie strich mit den Handflächen über seine Schultern und presste ihr Becken gegen das seine.

»Siehst du dich der immensen Verantwortung gewachsen, mit mir gemeinsam die Badewanne zu erproben?«

EIN JAHR ZUVOR

Sie hatte sich bei ihm eingehakt. Langsam verließen sie die Klinik, jeder Schritt ein Erfolg. Anna ging frei, Curd stützte sie nur ein wenig. Nach ein paar Tagen Aufenthalt schon ein Fortschritt? Oder kostete es Anna unendliche Mühe, aufrecht zu bleiben? Sie umrundeten das Klinikgebäude und steuerten auf die Kurkonditorei zu. Curd kannte Bad Radkersburg gut, in der Kindheit hatte er in den Sommerferien viele Wochen bei seiner Tante verbracht und mit seinem gleichaltrigen Cousin am Ufer der Mur oder in den umliegenden Wäldern die abenteuerlichsten Spiele gespielt. Zur Linken lag das Thermalbad. Die Renovierung in den letzten Jahren hatte das altehrwürdige, schon ein wenig angegraute Gebäude aufgemöbelt. Curd gefiel die neue Fassadenfront. Sie betraten die Konditorei und suchten nach einem Platz. Am Sonntagnachmittag war hier lebhafter Betrieb, viele Kurgäste oder Patienten der Reha-Klinik hatten Besuch und führten diesen in die Konditorei. Am Fenster war noch ein Tisch frei. Anna wählte eine Tasse Pfefferminztee, Curd bestellte Kaffee und ein Stück Apfelstrudel.

»Ich hoffe doch, du wirst jetzt nicht auf den Gedanken verfallen, dir auch ein Motorrad zu kaufen.«

Curd lachte und winkte ab.

»Nein, mein Schatz. So toll war das dann auch wieder nicht.«

»Du hast mit großer Begeisterung berichtet.«

»Ja, das schon, weil es doch für mich gänzlich ungewohnt war, mit einem Feuerstuhl durch die Gegend zu sausen. Ein tolles Erlebnis, aber keines, das ich jetzt unbedingt wiederholen möchte. Ein echter Biker wird aus mir bestimmt nicht.«

»Das ist gut. Ich würde Todesängste ausstehen. Man hört immer wieder von schweren Unfällen.«

Curd fasste nach der Hand seiner Frau.

»Ganz ehrlich, liebe Anna, da sind mir meine Knochen zu wertvoll, als dass ich sie für Schnelligkeit auf zwei Rädern riskieren würde. Aber jetzt erzähl doch mal, wie laufen die Therapien?«

»Ach, recht gut. An den ersten beiden Tagen war nicht viel zu tun, aber dann hat sich das eingependelt. Gymnastik, Gehtraining, Massagen, allgemeine Physiotherapie. Bis jetzt bin ich zufrieden, aber ich bin ja noch nicht einmal eine Woche hier.«

Die Kellnerin servierte die Getränke und den Strudel. Curd goss die Milch aus dem Kännchen in die Tasse.

»Willst du den Apfelstrudel kosten?«

»Nein danke. Ich habe zu Mittag wirklich viel gegessen.«

»Das ist gut. Du musst ordentlich essen, du bist in letzter Zeit ein bisschen schmal geworden.«

Anna kniff die Augen zusammen.

»Sag einmal, dieser Anwalt mit dem Motorrad, der heißt Stadler. Oder habe ich mich verhört?«

»Du hast dich nicht verhört. Alexander Stadler aus Graz.«

Anna legte den Kopf schief.

»Wenn ich mich nicht täusche, hat einmal ein Magister Alexander Stadler bei mir angerufen und mich nach meinen Besitzungen im Ochsenwald befragt. Das ist schon ein paar Monate her. Im letzten Sommer oder Herbst muss das gewesen sein.«

Curd zog die Augenbrauen hoch.

»Ach ja? Mich hat er bei dieser Cocktailparty auch gefragt. Er hat recht unklare Andeutungen über irgendein Bauprojekt gemacht. Ich habe nicht so genau zugehört. Er vertritt nämlich unter anderem ein Konsortium, das sich dem wirtschaftlichen Ausbau der Koralpe widmet.«

Anna war ehrlich überrascht.

»Du warst auf einer Cocktailparty?«

Curd hob mit gequälter Miene seine Hände.

»Die Motorradfahrer haben mich eingeladen, und ich wollte nicht unhöflich sein, immerhin haben sie mir das Motorrad und die Ausrüstung einfach so zur Verfügung gestellt. Ja, ich war gestern Abend in Herwig Poschauers Haus und habe dessen Freunde kennengelernt.«

»Poschauer? Der Baumeister aus Seiersberg?«

»Genau der.«

Anna griff mit beiden Händen nach der Teetasse und führte sie vorsichtig an die Lippen. Curd war begeistert. Sie verschüttete nichts beim Trinken. Anna stellte die Tasse wieder ab. Curd lächelte stolz und hob anerkennend beide Daumen.

»In jedem Fall«, sagte sie, »habe ich diesem Anwalt klipp und klar gesagt, dass ich die Grundstücke im Ochsenwald weder verkaufe noch verpachte und im Übrigen strikt dagegen bin, in ein Naturschutzgebiet irgendwelche Bauwerke zu pflanzen. Zuerst wollen die Betonierer die Schwarze Sulm kaputtmachen, jetzt auch noch die Weiße Sulm. Da bin ich strikt dagegen.«

*

Er konnte von dieser Stimme gar nicht genug bekommen. Ein glockenheller Sopran, sangesfreudig, virtuos, jeder Vokal, jeder Atemzug pure Freude. Dazu ein meisterhaft aufspielendes Ensemble. Curd saß auf dem Sofa im bestenfalls halb beleuchteten Salon und nippte an seinem Weinglas. Der Tag im Büro war anstrengend gewesen, am Vormittag waren ein paar Dinge schief gelaufen, und er hatte den ganzen Nachmittag über die Wogen zu glätten versucht. Was so einigermaßen gelungen war. Emma Kirkby versüßte ihm den Abend, sie, die Musiker und die italienischen Kantaten von Georg Friedrich Händel. Als er nach einer passenden Musik für den Abend gesucht hatte, war ihm diese CD in die Hände gefallen. Lange hatte er sie nicht gehört. Anna bevorzugte die Musik der Wiener Klassik, Barockmusik fand sie ein bisschen langweilig. Ihm war die formale Schönheit der Barockmusik immer nahegegangen.

Alfons Mayer ging ihm nicht aus dem Kopf. Curd hatte seinen Volksschulkollegen Jahrzehnte nicht gesehen, in der Reha Klinik waren sie einander wieder begegnet. Alfons litt an Multipler Sklerose in einem vorgerückten Stadium, er war an den Rollstuhl gefesselt, konnte kaum selbst essen und kaum sprechen. Das Schicksal seines Schulfreundes hatte Curd härter getroffen, als er sich das eingestehen wollte. Würde Anna auch bald im Rollstuhl sitzen? Ein Pflegefall werden?

Sein Telefon läutete. Curd sprang überrascht hoch. Wer rief um diese Zeit an? Nach acht Uhr abends wurde in der Firma doch nicht mehr gearbeitet. Er lief durch die offenstehenden Türen in sein Büro und langte in die Tasche. Eine ihm unbekannte Nummer. Wer rief da an? Curd drückte das Telefon an sein Ohr.

»Curd Brendelberg.«

»Hallo, Curd. Hier spricht Luise.«

Wieder diese Reaktion. Ein heißer Schauer.

»Luise! Was für eine seltene Freude, dass du mich anrufst.«

»Selten? Erstmalig.«

»Ja natürlich, wir hatten tatsächlich noch nie das besondere Vergnügen, ein Telefonat zu führen.«

Sie lachte. Ein schöner Klang. Die italienischen Kantaten waren vergessen.

»Du drückst dich immer so gewählt aus.«

»Nun, so wie ich es gelernt habe. Was verschafft mir die Ehre deines Anrufes?«

»Ich sehe Licht in einem deiner Fenster. Ansonsten ist es hier draußen sehr dunkel.«

»Fenster? Bist du hier?«

»Ich parke vor deinem Haus.«

»Ich komme schon.«

Curd eilte in die Halle und knipste unterwegs die Lichter an.

»Es wird heller.«

»Ich habe nicht mit Besuch gerechnet.«

»Störe ich? Bist du nicht allein?«

»Nein, ich habe keinen Besuch. Ich habe nicht gehört, wie du vorgefahren bist.«

»Ich frage mich, ob ich einen Sprung zu dir hoch kommen darf.«

»Selbstverständlich! Wo du schon da bist.«

Damit unterbrach Luise das Gespräch. Curd steckte das Telefon in die Hosentasche und öffnete das Haustor. Am Treppenabsatz stand ein weißer BMW, Luise schritt die Steintreppe hoch. Sie lächelte.

»Guten Abend.«

Sie schüttelten einander die Hände.

»Schön habt ihr es hier. Abgelegen und still.«

»Komm doch herein.«

Curd führte seinen Gast in den Salon. Luise ließ ihren Blick kreisen.

»Tolles Haus. Und das Interieur ist großartig. Hell und geräumig.«

»Tja, wir haben allzu altmodische Einrichtungsgegenstände weggeräumt und ein bisschen Platz geschafft. Darf ich dir eine Erfrischung anbieten?«

Luises Blick fiel auf die entkorkte Weinflasche.

»Alkohol bitte nicht. Ich bin ja mit dem Auto unterwegs.«

»Ginger Ale? Eine Tasse Tee? Kaffee?«

»Tee wäre fein.«

»Sehr gerne. Bitte nimm Platz, ich bin gleich zurück.«

Curd eilte in die Küche und brühte Darjeeling auf. Er servierte die Kanne, Zucker, Milch, Teegebäck und zwei Tassen auf einem Silbertablett.

»Stilvolles Porzellan.«

»Anna ist passionierte Teetrinkerin. Da gehört das passende Service einfach dazu. Milch und Zucker?«

»Nur etwas Zucker.«

»Nehme ich auch.«

Curd füllte die zwei Tassen und setzte sich. Ein Weilchen saßen sie beisammen und rührten schweigend den Zucker in den Tee. Da war sie wieder, seine Verstocktheit in der Gesellschaft einer schönen Frau. Ihm fielen nie passende Themen für den Small Talk ein. Luise stellte die Tasse ab und warf ihr Haar über die Schulter. Curd lugte immer wieder zu ihr hinüber. Sie trug sportliche Kleidung, Jeans, Sportschuhe, eine leichte Windjacke.

»Sag mal, Curd, was hat Alexander mit dir vor?«

Curd zog erstaunt die Augenbrauen hoch.

»Ich weiß leider nicht genau, worauf du abzielst.«

»Na diese Motorradtour, dann die Party bei Herwig. Irgendetwas will er von dir.«

»Um ehrlich zu sein, weiß ich es nicht. Er ist dein Mann, bestimmt weißt du über seine Pläne besser Bescheid als ich.«

»Na gut, du bist Unternehmer, Alexander bemüht sich ständig um die Bekanntschaft mit einflussreichen Geschäftsleuten. Aber das ist neu.«

Curd stellte ebenso seine Tasse ab und faltete die Hände.

»Was genau meinst du mit neu?«

»Er will, dass ich dich ins Bett kriege.«

Curd hüstelte in seine Faust.

»Zugegeben, ich habe meinen Spaß, mal mit anderen Männern unterwegs zu sein. Wir führen eine offene Ehe. Das ist dir ja bekannt.«

»Alexander hat diesbezüglich etwas erwähnt.«

»Er hat mir gesagt, dass er dich eingeweiht hat. Obwohl, ein großes Geheimnis ist das nicht. Wir sind moderne Menschen. Aber dass er mich sozusagen als Lockvogel benutzen will, hat mir nicht gepasst. Es kam zu einer unschönen Szene.«

»Das tut mir schrecklich leid.«

Luise lächelte hinreißend.

»Du bist so höflich. Ein bisschen förmlich vielleicht, aber auch von geradezu aristokratischer Noblesse. Finde ich süß.«

»Liebe Luise, ich bin ein wenig verwirrt.«

Ihr Lächeln verschwand mit einem Mal. Sie starrte in die Teetasse und kaute auf ihren Lippen. Volle Lippen, leicht geschürzt, ein wunderschöner Mund. Wie mochten Küsse von solchen Lippen schmecken? Curd versuchte krampfhaft, sämtliche erotischen Fantasien zurückzudrängen. Er hoffte, seiner Miene sah man diesen Kampf nicht an.

»Was hätte ich tun sollen? Die Matura lag hinter mir, ich bin von zu Hause fort gegangen und habe in Wien an der Uni inskribiert. Wobei, richtig zu Hause war ich bei meinen Eltern nie. Ich kann mich gar nicht erinnern, dass meine Eltern nicht pausenlos gestritten haben. Auch nach der Scheidung noch. Mein Vater hat dann seine Geschäfte lupenrein in den Sand gesetzt. Er ist kriminell geworden. Betrug, Steuerhinterziehung, das volle Programm. Ein Jahr war er im Gefängnis. Jetzt ist er gesundheitlich ein Wrack, hält sich mit Gelegenheitsjobs mehr schlecht als recht über Wasser und wartet nur noch, bis er endlich die Pension erhält. Und meine Mutter ist voll auf Esoterik abgefahren. Wie hätte ich mein Studium finanzieren sollen? Stipendium habe ich keines gekriegt. Blöde Situation. Aber ich wollte es schaffen, ich wollte mein Leben auf die Reihe kriegen und mich nicht vom Dreck meiner Eltern runterziehen lassen. Also habe ich gejobbt. Als Kellnerin. Und dann kam dieses Angebot. Escortservice. Plötzlich habe ich drei- oder viermal so viel verdient wie als Kellnerin. Anfangs hat das auch irgendwie Spaß gemacht. Wohlhabende Männer führen dich in schicke Restaurants oder laden dich zu einem Wochenende in ein Luxushotel ein. Die meisten waren wirklich supernett, höflich und großzügig. Auch sexy. Mit gleichaltrigen Jungs kam ich nie so gut zurecht, ich habe graue Schläfen immer gemocht. Aber nach zwei Jahren habe ich damit aufhören müssen. Auf die Dauer taten mir die Treffen nicht gut. Ich hätte es Alexander nie erzählen dürfen. Niemals. Scheißdreck. So ein Mist.«

Luise starrte eine Weile gedankenverloren in die Luft. Curd verhielt sich still und störte ihr Sinnieren nicht. Schließlich schaute sie ihn mit großen Augen an.

»Er gibt damit bei seinen Kumpeln an. Immer wieder. Meine Frau war ein Escortgirl. Und danach ein Weilchen Stripperin in einem Nachtclub. Hat er dir doch auch bestimmt auf die Nase gebunden.«

»Allerdings.«

»Wie es mir dabei geht, hat er aber nie gefragt. Vielleicht will ich gar nicht, dass alle alles von meiner Vergangenheit wissen. Und das Scheißstudium habe ich auch nicht abgeschlossen. Irgendwann habe ich mich einfach nicht mehr auf die Prüfungen konzentrieren können. Jetzt arbeite ich halbtags bei einem Immobilienmakler. Ein Job für Idiotinnen wie mich.«

»Vielleicht kann ich bei der Suche nach einem neuen Job behilflich sein.«

Luise schien das Angebot gar nicht gehört zu haben.

»Und nun soll ich für Alexander den Lockvogel spielen.«

Standen da Tränen in ihren Augen? Curd war berührt, einerseits war es ihm peinlich, dass diese im Grunde fremde Frau ihm ihr Herz ausschüttete, andererseits war er auch genau deswegen überaus aufgewühlt. Geradezu erregt. Luise wischte über ihr Gesicht, ihr strahlendes Lächeln kehrte wieder.

»Du liebst deine Frau, nicht wahr?«

»Ja.«

»Trotz ihrer Krankheit?«

»Bis dass der Tod uns scheidet.«

Luise schnappte nach Luft.

»Das ist unheimlich schön. Wirklich. Jetzt heule ich doch. Entschuldige.«

Curd erhob sich und holte eine Packung Taschentücher.

»Ich weiß gar nicht, was ich denken soll. Ich schäme mich so.«

»Aber warum denn? Das ist doch nicht nötig.«

»Ich brauche ein bisschen frische Luft.«

Curd öffnete die Tür und führte Luise auf die Terrasse.

»Wie schön es hier ist. Der Wald, diese wunderbare Stille.«

Luise trat an die Brüstung. Unter ihnen fiel der Felssturz 30 Meter in den Bach, das Wasser flüsterte, der Mond brach durch die Wolkendecke. Sie besah die Trinkschalen, den kleinen Schrank und Futternäpfe.

»Füttert ihr hier Vögel?«

»Ja.«

»Das ist ja eine richtige Futterstation.«

»Allerdings. Hier ist Annas Bereich. Sie füttert vor allem Krähen, Stare und Amseln. Mein Bereich ist dort drüben. Ich füttere die kleineren Singvögel. Meisen, Finken und Spatzen. Ich biete auch eine spezielle Diät für Rotkehlchen, die gerne angenommen wird. Wir haben einen ausgeklügelten Plan entwickelt, wie die Vögel ihr Futter erhalten. Nicht alle Arten mögen einander, und manche gehen einander aus dem Weg. Darauf müssen wir natürlich Rücksicht nehmen. Und in regelmäßigen Abständen muss ich die Terrasse reinigen. Wer Vögel liebt, akzeptiert auch, dass sie nicht stubenrein sind.«

Luise lachte. Sie holte tief Luft und ließ den Blick schweifen.

»Die Luft hier ist unendlich viel besser als in Graz. Und bei Tageslicht ist die Aussicht hier auf dem Berg bestimmt großartig.«

»Allerdings. Ich schöpfe hier viel Kraft.«

»Das sieht man dir an. Du bist ein starker Mann.«

»Na ja, ein echter Sportler bin ich nicht.«

»Ich meine deine innere Kraft.«

Curd wiegte den Kopf.

»Nun, ich habe sehr wohl meine Schwächen.«

»Du bist so bescheiden. Das meine ich mit Kraft. Alexander und die Teufelskerle aus seinem Freundeskreis würden niemals eine Schwäche eingestehen.«

»Ich hoffe, dir geht es wieder besser.«

»Ja danke, ich habe mich gefangen.«

»Das höre ich gern.«

»Bist du mir böse, weil ich dir den Abend verdorben habe?«

»Keine Rede von einem verdorbenen Abend, ich …«

Curd kam nicht mehr dazu, den Satz zu vollenden. Sie schlang ihre Arme um ihn. Er fühlte ihren Körper, ihre Brüste, ihre Hüften. Und dann der Kuss. Diese Lippen!

GEGENWART

Sie schob mit dem Schürhaken die glühende Kohle auf einen Haufen und legte drei Holzscheite nach. Bei der Arbeit im Dachstuhl war Schnittholz angefallen, das an den kühlen Abenden im Küchenofen als Brennholz diente. Der Küchenofen war nicht billig gewesen, die Maßanfertigung eines erfahrenen Hafners genau in Küche und Stube eingepasst. Auf diesem Ofen konnte sowohl gekocht, Warmwasser aufbereitet, als auch Küche und Stube geheizt werden. Und auf der Ofenbank ließ es sich gemütlich faulenzen. Edgar lag unter der Decke und schaute Christina beim Nachlegen zu.

»Sehr kalt?«

»Es geht.«

»Ich mag jetzt nicht aufstehen. Zumindest nicht nackt.«

Christina lächelte.

»Weichei.«

»Komm sofort wieder unter die Decke.«

»Das schon.«

Christina huschte unter die Decke und kuschelte sich an Edgar.

»Und ob es kalt ist! Du bist ja fast erfroren.«

»Das nächste Mal legst du nach.«

»Nur wenn du mir die Decke wegziehst.«

»Wir könnten natürlich auch zu Bett gehen.«

»Ich darf also bei dir übernachten.«

Christina schaute Edgar ein bisschen entgeistert an.

»Glaubst du, ich würde dich jetzt in die dunkle Nacht jagen?«

Er küsste ihren Hals, biss sich an ihrem Nacken fest. Christina genoss die kleinen Zärtlichkeiten.

»Du bist kein typischer Elektriker Mitte 20. So viel ist mir bisher klar geworden. Du liest total kitschige Vampirromane, du schaust dir total unkitschige Autorenfilme im Programmkino an, du fährst per Autostopp durch die Gegend, du verführst einsame Ex-Polizistinnen. Und du riechst beim Sex unheimlich gut. Wer bist du eigentlich?«

»Das frage ich mich auch manchmal.«

Sie hörten eine Weile dem Knistern im Ofen zu.

»Ein Freund von mir hat einmal gesagt, dass ich einen Mutterkomplex habe.«

Christina lachte kurz.

»Bin ich also nicht die erste Dame mittleren Alters, die du flachgelegt hast.«

»Sag das nicht so. Flachlegen. Klingt irgendwie schäbig.«

»Der du mit verführerischer Jugend und Kraft einen zweiten Frühling geschenkt hast. Besser so?«

Jetzt lachte Edgar.

»Viel besser. Und ja. Ist schon mal passiert. Ich war gerade 19. Als ich Zivildienst gemacht habe. Ich bin in einem Rettungswagen mitgefahren. Sie hat in der Leitstelle gearbeitet, Mutter von zwei Kindern. Ihr Exmann war ein Arschloch, hat sie bald nach der Geburt des zweiten Kindes verlassen, die Alimente kamen nur gelegentlich, sie musste arbeiten, damit sie die Mietkosten stemmen konnte. Ich habe fast zwei Jahre bei ihr gewohnt. War eine schöne Zeit. Aber auch schwierig. Sie war schwierig. Ich auch. Alles war schwierig. Deswegen hat sie mich irgendwann gebeten auszuziehen. Oder besser gesagt, aufgefordert. Viele Tränen. Aber ich habe ein paar Lektionen gelernt.«

»Immerhin. Lernen ist gut.«

»Und wie war das für dich, Polizistin zu sein? Ist das nicht ein extrem mühsamer Job.«

»Der Job ist ganz weit weg von mir. Vergangenheit.«

»Während der Zeit als Zivildiener habe ich immer wieder mit der Polizei zu tun gehabt. Bei den Verkehrsunfällen, wenn wir die Verletzten aufgesammelt haben. Da habe ich mir gedacht, die Polizisten müssen überall da hingehen, wo andere Leute nicht hingehen wollen. Bist du oft zu Verkehrsunfällen gerufen worden?«

»Anfangs ja. Ich bin aber dann bald in den Kriminaldienst eingestiegen.«

Edgar schaute Christina von der Seite an.

»Du warst bei der Kripo?«

»Ja.«

»Gruselig.«

»Sehe ich auch so.«

»Hast du auch in Mordfällen ermittelt?«

»Zum Glück nicht so oft.«

»Wie ist das? Ich meine, als Kriminalpolizistin zu arbeiten?«

Christina sinnierte.

»Ich glaube, es ist eine Art von Selbstverlust. Oder bewusste Selbstaufgabe. Man macht sich die Lebensgeschichten anderer Menschen zu eigen, man schlüpft in sie hinein. Meistens sind es keine guten Geschichten, na klar, die guten Geschichten landen nicht bei der Kriminalpolizei. Man häutet sich wie eine Schlange, nur dass jedes Mal die Haut, im Gegensatz zu Schlangen, völlig anders aussieht. Mal bist du eine Kobra, mal eine Blindschleiche, mal eine Ringelnatter, dann wieder ein Python. Merkwürdiger Vergleich. Bin ich eine Schlange?«

»Schlange klingt nicht sehr schmeichelhaft für eine Frau.«

»Manchmal musste ich eine Schlange sein. Giftig. Bereit zum Zubeißen. Obwohl der ganze Mist, in dem ich gesteckt habe, mit mir gar nichts zu tun hatte. Beziehungsweise ich mich bemüht habe, mir das einzureden. Das ist nicht dein

Schlamassel, Christina, du bist hier nur die Putzfrau, die den Dreck anderer wegräumt. Man nennt das professionelle Distanz. Die Psychologen arbeiten mit dir daran, geben dir Tipps und Ratschläge, versuchen, dich auf Spur zu halten. Aber wie als Putzfrau kann man auch als Polizistin nicht sauber bleiben, wenn man tief in den Dreck hinein langt. Man kann sich danach duschen, das ja, mit einer Bürste und viel Seife die Haut säubern. Aber irgendeine Spur bleibt immer zurück. Nicht auf der Haut, im Kopf.«

»Und wie kommst du damit klar?«

»Schau dich um. Ich habe mir ein Haus in der Einsamkeit gekauft. Niemand sieht mich hier, ich sehe niemanden. Ich weiß es nicht, wie ich klar komme. Schlecht wahrscheinlich. In Wahrheit kenne ich keinen Polizisten, der mit seinem Beruf gut zurechtkommt. Das geht wahrscheinlich gar nicht.«

»Ich komme mit meinem Beruf gut klar.«

»Bewundernswert. Nein, eigentlich kam ich nicht so schlecht über die Runden. Ich konnte mich gut abgrenzen, der Beruf passte zu mir. Wilhelms Tod hat mich aus der Bahn geworfen, wir haben einander sehr gut ergänzt, wir waren verdammt gut aufeinander abgestimmt. Das ist endgültig vorbei. Nein, ich glaube, ich stehe nach wie vor mit beiden Beinen auf dem Boden.«

»Du wirkst so. Irgendwie total stabil. Das ist mir gleich an dir aufgefallen. Sie fällt nicht um, das habe ich sofort gedacht. Das hat mich sofort fasziniert.«

»Ich falle nicht, zumindest nicht so schnell. Was ich allerdings bemerke, ist, dass sich mit zunehmendem Alter gewisse Angewohnheiten einschleifen, fast einzementieren. Ich glaube, in 20, 30 Jahren werde ich eine etwas wunderliche ältere Frau sein.«

Edgar lachte bei der Vorstellung daran.

»Vielleicht bin ich in 20 Jahren ein dicker Elektroingenieur und schaue täglich nach dem Abendessen saublöde Seifenopern an.«

»Meinst du, dass das passieren kann?«

»Vielleicht. Es könnte auch passieren, dass ich in 20 Jahren irgendwo in Afrika in einem entlegenen Dorf eine Schule oder ein Krankenhaus baue.«

»Das klingt spannend.«

»Jetzt aber bin ich froh, mit dir unter einer Decke zu stecken.«

»Bin ich auch.«

Edgars Finger tasteten sich an sie heran.

»Was machst du da, schöner Mann?«

»Ich will dir etwas zeigen.«

Edgar griff nach Christinas Hand und zog diese zwischen seine Beine. Die Jugend.

*

»Du hast also keine Verwandten hier in der Gegend?«

Christina schnitt mit einem Messer das Klebeband entzwei und klappte den Karton auf. Seit zwei Stunden arbeiteten sie zu zweit daran, die Bibliothek zu bestücken. Warum war sie nicht Bibliothekarin geworden? Mindestens 3000 Berufe hatte sie sich in den letzten Monaten durch den Kopf gehen lassen, die sie anstatt des Polizeidienstes hätte ausüben können. Auf diese Arbeit hatte sie sich schon lange gefreut. Die Kartons mit dem Geschirr, der Bettwäsche und mit den Büchern auszupacken. Vor zwei Stunden war Edgar aufgetaucht. Er war wieder per Autostopp unterwegs gewesen. Das letzte Stück zum Haus war er zu Fuß gegangen. Die ganze Woche über hatte sie sich auf Freitag gefreut. Edgar hatte sie mit glühenden Augen angesehen, Christina hatte natürlich sofort gewusst, warum er so schaute, aber zuerst die Arbeit, dann das Vergnügen. Das hatte sie ihm auch so gesagt. Woraufhin er gemeint hatte, die Arbeit mit ihr sei das Vergnügen. Schlagfertiger Bursche. Sie hatte ihn gleich dazu verdonnert, die schweren Bücherkartons heranzuschleppen.

»Meine Familie ist in Niederösterreich beheimatet. Sowohl die väterliche als auch die mütterliche Linie.«

Edgar schüttelte den Kopf.

»Ich verstehe immer noch nicht, warum du dir dann hier das Haus gekauft hast. Mitten in der Einöde. Ich hätte das nicht getan.«

»Niemand muss tun, was ich tue.«

Edgar stemmte seine Fäuste in die Hüften und schaute Christina an.

»Du bist unglaublich.«

»Inwiefern unglaublich?«

»Du bist so stark. So selbstbestimmt. So stur.«

»Ich sehe keinen Grund, nicht so zu sein.«

»Vielleicht kriege ich irgendwann Angst vor dir.«

Christina blinzelte Edgar kokett an.

»Wenn dieser Fall eintritt, solltest du eilig das Weite suchen.«

»Na ja, jetzt geht es noch. Da sind ein paar Kartons auszupacken.«

Edgar lief aus dem Zimmer und kam mit zwei übereinander gestapelten Kartons zurück.

»Weißt du übrigens, dass meine Schwester Zeugin in einem Mordfall ist?«

Christina warf ihre Stirn in Falten.

»Wusste ich nicht.«

»Ja, Rita hat eine Leiche gefunden. Nicht alleine, sie war mit ein paar Bekannten zusammen auf der Handalm. Durch ein Fernglas haben sie einen in der Wiese liegenden Mann entdeckt. Sie sind hinübergelaufen, aber der Mann hat sich nicht mehr gerührt. Zuerst dachten natürlich alle, es wäre ein Sportler gewesen, der sich beim Berglauf übernommen und einen Herzinfarkt gekriegt hat. Passiert immer wieder mal, dass sich jemand in den Bergen total verausgabt und dann umkippt. War aber nicht so. Der Mann war vergiftet worden. Das hat die Polizei herausgefunden.«

Edgar schaute Christina mit großen Augen an. Sie sagte nichts.

»Verrückte Welt. Rita ist von der Polizei genau befragt worden.«

»Das ist klar. Zeugen müssen befragt werden.«

»Du bist ja auch Polizistin gewesen. Hast du von diesem Vorfall gehört?«

Christina zuckte mit den Schultern und antwortete ausweichend.

»Ich habe in der Zeitung davon gelesen, aber die Polizeiarbeit geht mich zum Glück gar nichts mehr an.«

»Rita war zwei Tage total aus dem Häuschen. Richtig aufgekratzt. War schon ein Schock für sie, mit einem Mord konfrontiert zu werden.«

Christina zeigte in eine Ecke des Raumes.

»Holst du bitte die kleine Leiter.«

Edgar nickte, trat in die Ecke, schob die hölzerne Staffelei zur Seite und griff nach der Aluleiter.

»Was fängst du übrigens mit der Staffelei an?«

Christina blies eine ins Gesicht hängende Haarsträhne zur Seite und stellte die Leiter vor das Bücherregal.

»Was man halt mit Staffeleien so anfängt.«

»Du malst Bilder?«

»Noch nicht.«

»Du willst also Bilder malen. Bei Sonnenuntergang splitternackt in den sommerlichen Weinbergen stehen und mit schnellen Pinselstrichen das Licht des Südens einfangen.«

Christina lachte.

»Das hast du schön gesagt. Und ja. Warum nicht? Ich muss ja nicht splitternackt malen.«

»Stelle ich mir aber interessant vor.«

»Typisch Mann. Hauptsache, die Frauen sind nackt.«

»Kannst du malen?«

»Weiß ich nicht.«

»Das weißt du also nicht, aber eine Staffelei hast du schon?«

»Ich habe sie auf einem Flohmarkt günstig erstanden. Ich habe das noch nicht großartig überlegt, aber wer weiß, vielleicht fange ich wirklich zu malen an.«

»Klingt voll kitschig. Reiche Frau kauft einen Bauernhof in den Weinbergen und malt Ölbilder.«

»Ich könnte die Staffelei auch als Stativ für die Schießscheibe verwenden.«

Edgar verzog den Mund.

»Das klingt gleich gar nicht kitschig.«

»Alles eine Frage der Perspektive.«

»Ich bin da völlig untalentiert. In Sachen Malerei meine ich.«

»Das bin ich auch. Glaube ich zumindest. Aber etwas gerne zu machen, setzt ja nicht voraus, es gut zu können.«

»Stimmt. Ich spiele auch gerne Fußball, aber richtig gut bin ich nicht.«

»Dafür bumst du sehr gut, junger Mann.«

Edgar feixte.

»Mache ich auch viel lieber als Fußballspielen.«

»Schön, wenn Neigung und Talent zusammenfallen.«

»Vielleicht sollten wir die Arbeit für ein Weilchen unterbrechen.«

Christina stieg die Leiter hoch.

»Vielleicht solltest du den Karton hochheben und hier abstellen. Ich will mit diesem Regal heute noch fertig werden.«

Edgar zog eine enttäuschte Miene.

»Zuerst heiß machen und dann köcheln lassen.«
Christina lächelte.
»Nur so wird die Suppe auch wirklich gut.«

*

Die Trauergäste kondolierten den vor dem Grab stehenden Angehörigen und warfen je ein Schäufelchen Erde und eine Blume in das offene Grab. Es waren viele Menschen zur Beerdigung gekommen, zum einen stammte er aus einer großen und weitverzweigten Familie, zum anderen war Albin Ninaus ein beliebter Arzt gewesen. Das Wetter spielte großzügig mit und bescherte der Trauergemeinde einen sonnigen und milden Frühlingsvormittag. Alexander Stadler eilte auf den Menschenauflauf zu. Er hatte es einfach nicht geschafft, früher von Graz in Richtung Leibnitz aufzubrechen. Natürlich wurden Albin Ninaus' sterbliche Reste in seiner Heimatstadt im Süden der Steiermark beerdigt, in Graz hatte er wegen der Arbeit gewohnt. Wann immer es ihm möglich gewesen war, hatte er seine Zeit in Leibnitz verbracht. Am Rand des Ortsteils Seggauberg lag die von einem großen Grundstück umgebene nagelneue und architektonisch gewagte Villa des Arztes. Das Haus war nicht so ausladend und luxuriös wie jenes von Herwig Poschauer, aber für einen Junggesellen allemal groß genug. Für kleine intime Partys war es großartig geeignet. Alexander wusste, dass Albins Schwester die Villa erben würde. Er hatte sich erst nach dem Tod seines Freundes mit dessen Testament beschäftigt. Zuvor war er nicht auf die Idee gekommen. Wozu auch? Wer rechnete denn, dass ein 41-jähriger Arzt mit Fitnesswerten wie ein 20-jähriger Leistungssportler von einem Tag auf den nächsten tot war?

Alexander stellte sich unauffällig an das Ende der Schlange, steckte dem Friedhofsbediensteten, der den Korb mit den

Blumen und den Eimer mit der Schaufel hielt, einen Zehner zu, warf das Schäufelchen Erde und eine Blume in das offene Grab und kondolierte den Verwandten. Alexander entfernte sich mit ernster Miene vom Grab. Ein bekanntes Gesicht trat ihm entgegen.

»Gerade noch geschafft«, flüsterte Alexander.

»Bist du aufgehalten worden?«

»Ich bin zu spät losgefahren. Hoffentlich bin ich nicht irgendwo geblitzt worden. Auf der Autobahn war ich flott unterwegs. Warst du rechtzeitig da?«

Herwig Poschauer nickte zustimmend. Alexander schaute sich um.

»Und Edith ist gar nicht mitgekommen?«

»Termine.«

»Verstehe.«

Die beiden Männer standen Schulter an Schulter im Schatten eines Baumes in der hinteren Reihe. Am Grab erhob der Pfarrer erneut die Stimme und sprach zur Trauergemeinde. Die Feier neigte sich dem Ende zu.

»Bist du zum Essen eingeladen?«, fragte Stadler.

»Ja, aber ich kann nicht bleiben.«

»Ich auch nicht.«

Alexander sah in einiger Entfernung einen Mann, der offensichtlich nicht zu den Trauergästen gehörte, aber an der Beisetzung als Zaungast teilnahm.

»Schau an, Jörg Seiner ist auch da.«

Herwig zuckte mit den Schultern.

»Zwei seiner Leute schleichen hier irgendwo herum. Offenbar glauben die wirklich, dass Albins Mörder zu seinem Begräbnis kommt.«

»Wer weiß das schon. In jedem Fall muss die Polizei die Möglichkeit in Erwägung ziehen. Das ist schon in Ordnung, Seiner macht seinen Job.«

»Hat er dich auch befragt?«

»Ja.«

»Und?«

»Was hätte ich zum Fall sagen sollen? Dass ich meinen Freund und Geschäftspartner nicht um die Ecke gebracht habe? Ich bin Anwalt, selbstverständlich arbeite ich in einem solchen Fall vollständig und kompromisslos mit den Polizeibehörden zusammen.«

»Hast du irgendetwas herauskriegen können? Mir gegenüber waren die Herrn von der Polizei sehr zugeknöpft.«

»Mir gegenüber auch. Rein theoretisch.«

»Theoretisch?«

»Na ja, Chefinspektor Seiner hat natürlich nichts über den Ermittlungsstand preisgegeben, der Mann ist ein alter Hase, aber ich habe da so meine Quellen.«

Herwig schaute seinen Freund von der Seite an.

»Sag schon.«

Alexander schaute sich um, ob sie gehört werden konnten. Er hielt seine Stimme gesenkt.

»Albin und Heike hatten heftige Auseinandersetzungen.«

»Die beiden haben doch immer wieder gestritten.«

»Zuletzt offenbar heftiger. Es ging natürlich um Geld. Heike wollte von Albin einen ganzen Batzen.«

»Wofür?«

»Keine Ahnung. Meine Theorie ist, dass Heike das Ende der Beziehung schon sah, und da sie mit Albin nicht verheiratet war, hätte sie natürlich keinerlei finanzielle Zuwendungen erhalten. Die wollte sie aber. Angeblich gab es ein paar sehr unschöne Szenen.«

»Und hat sie Albin vergiftet?«

»Die Polizei hat sie auf Leib und Nieren geprüft, die haben alles gecheckt und gegengecheckt. In jedem Fall war sie zum fraglichen Zeitpunkt nicht im Land. Frankfurt, Rom, Wien und Stockholm, im Flugzeug und im Hotel. Ihr Alibi ist wasserdicht.«

»Sie könnte die Wasserflasche mit dem Gift vorbereitet haben.«

»Könnte natürlich sein. Sie könnte auch einen Komplizen gehabt haben. Jörg Seiner hat das garantiert bis ins letzte Detail durchleuchtet. In jedem Fall steht eines fest.«

»Und zwar?«

»Heike kommt in Albins Testament nicht vor.«

»Sie kriegt also nichts?«

»Nicht einen Cent. Und damit fehlt meiner Meinung nach jedes Motiv. Ich denke, Seiner sieht das auch so. Er hat Heike wieder laufen lassen.«

»Sie ist nicht zur Beerdigung gekommen.«

»Vielleicht wurde sie von der Familie angefeindet. Albins Schwester soll sich in der Vergangenheit sehr abfällig über die langbeinige Stewardess geäußert haben, die ihren lieben Bruder wie eine Weihnachtsgans ausnehmen wollte.«

»Weiber. Wenn die streiten, dann Gnade uns Gott.«

Alexander schmunzelte sogar über Herwigs Seufzer.

»Ich weiß auch, was Albin getötet hat.«

Herwig starrte Alexander unverhohlen an.

»Was war es?«

»Digitalis purpurea, der Rote Fingerhut. Und offenbar ziemlich kundig zubereitet. Die Dosis in Albins Trinkflasche war absolut letal, das Herz musste innerhalb weniger Minuten ausgesetzt haben.«

»Verdammte Scheiße.«

»Das ist noch sehr höflich ausgedrückt.«

»Wer kann es gewesen sein?«

»Man kann derzeit bestenfalls Vermutungen anstellen. Ich fürchte fast, Jörg Seiner tappt genauso im Dunklen wie alle anderen.«

»Ein rachsüchtiger Patient, bei dem eine Operation nicht so richtig gelungen ist?«

»Alles ist möglich. Die Polizei arbeitet sich methodisch durch Albins Aktenschrank. Und tatsächlich sollen da ein paar Dinge vorgefallen sein. Drohungen von einem verrückten Kerl, der der fixen Meinung ist, Albin habe ihn schlecht operiert. Mehr weiß ich davon noch nicht, aber die Ermittlungen gehen stark in diese Richtung.«

Die Versammlung der Trauergäste löste sich langsam auf. Die beiden Männer schlenderten mit langsamen Schritten in Richtung Friedhofstor.

»Total verrückt, dass es da einen Mordfall in meinem Freundeskreis gegeben hat. Mit so etwas rechnet man einfach nicht. Ich muss gestehen, die Sache beunruhigt mich«, sagte Herwig.

Alexander kaute auf seinen Lippen.

»Beunruhigung ist der treffende Begriff.«

*

»Ins Kino?«

»Ja.«

»Und was willst du dir ansehen?«

»So eine Komödie.«

»Geht leider heute nicht. Ich habe noch viel zu tun.«

»Und was?«

»Viel Arbeit.«

Rita schaute zu Bernd hoch. Zuerst hatte sie sich gewundert, dass Bernd bei ihr geläutet hatte. Er hatte sie noch nie zu Hause besucht. Woher kannte er überhaupt die Adresse? Schnell war ihr seine merkwürdige Stimmung aufgefallen. Was führte er im Schilde? Es war Samstagnachmittag, und ihre Großmutter war im Krankenhaus bei ihrem Großvater zu Besuch. Opa ging es nach der Operation wieder prächtig, aber noch musste er ein paar Tage zur Beobachtung im Krankenhaus bleiben. Und Edgar war wieder einmal unterwegs. Rita hatte schon spitzgekriegt, dass ihr großer Bruder jemanden kennengelernt hatte. Also war sie alleine im kleinen Haus ihrer Großeltern. Und nun stand Bernd mir nichts, dir nichts vor der Tür.

»Na gut, dann helfe ich dir.«

»Wobei?«

»Bei deiner Arbeit.«

Er ließ nicht locker, er bewegte sich nicht von der Tür fort. Sie wusste, wie stark er war. Und seine Präsenz vor der Tür hatte etwas sehr Körperliches. Nicht gut. Wie hatte sie zu Astrid gesagt? »Bernd ist ein Psycho.« Sie hatte das nur so dahin gesagt. Aber jetzt?

»Du, das ist echt nicht nötig. Ich komme klar.«

Sie verfolgte, wie er über sie hinweg in das Haus spähte. Langsam bekam es Rita mit der Angst zu tun. Würde er grob werden?

Ein schwarzer Mercedes bog von der Straße ab und rollte auf das Haus zu. Bernd schaute über seine Schulter zum Wagen. Rita atmete unmerklich durch. Egal wer da kam, er oder sie war willkommen. Zwei Personen saßen im Auto, und als der Wagen näher kam, erkannte sie Edgar am Beifahrersitz. Die Autotüren klappten. Rita warf die Haustür zu und eilte auf ihren Bruder zu.

»Hey, Edgar!«

»Hallo, Lieblingsschwester! Super, dass ich dich antreffe. Da kann ich dir gleich jemanden vorstellen.«

Rita legte ihren Arm um Edgars Hüften und drückte sich an ihn.

Christina sah die Gesichter und spürte die Stimmung der jungen Frau und des hochgewachsenen blonden Mannes. Unwillkürlich fuhr das Defensivprogramm hoch. Ein in 15 Jahren Polizeiarbeit trainierter Reflex. Die Frau hatte Angst, der Mann rang mit seiner Aggression. Eine unmissverständliche Situation. Wie gefährlich war er? Das musste Christina noch herausbekommen. Und offenbar waren Edgar und sie gerade zur rechten Zeit aufgetaucht.

Edgar löste sich von Rita, trat auf Bernd zu und reichte ihm die Hand. Er lächelte breit und schien von der Lage nichts mitzubekommen.

»Servus, ich bin Edgar.«

»Bernd.«

Die beiden Männer schüttelten einander die Hände. Die Gruppe stand schweigend beieinander, was nun auch Edgar irgendwie seltsam vorkam.

»Bleiben wir hier stehen oder gehen wir hinein?«, fragte er schließlich zusehends verunsichert.

»Ich muss gehen.«

Damit war Bernd fort. Schnelle Schritte zu seinem am Straßenrand stehenden Auto. Der Motor drehte hoch.

»Äh, was war das jetzt?«, fragte Edgar.

Seine Schwester verdrehte die Augen.

»Ich weiß es selbst nicht genau.«

»Hat er Drohungen ausgestoßen? Ist er handgreiflich geworden?«

Rita blickte jetzt erst richtig in das Gesicht der Frau, die Edgar im Auto mitgenommen hatte. Rita war beeindruckt. Die Frau trug Jeans, feste Schuhe und eine schlichte Jacke, sie war ungeschminkt, und ihr Haar war zu einem lockeren Zopf geflochten. Auf den ersten Blick sah sie völlig unauffällig aus, aber ein zweiter Blick offenbarte eine starke Persönlichkeit. Wie alt war sie? Mitte 30? Um die 40? Hatte ihr Bruder also wieder eine ältere Frau kennengelernt.

»Nein, keine Drohungen, keine Handgreiflichkeiten.«

»Aber die Lage hat schwierig gewirkt. Oder täusche ich mich?«

Rita nickte mit verzwickter Miene.

»Ja, schwierig.«

»Läuft das schon länger?«

»Eigentlich nicht. Ich kenne ihn von der Waldbesetzung, aber habe irgendwie nie viel mit ihm zu tun gehabt. Ich habe schon bemerkt, dass er mich immer anschaut, aber bis jetzt ist es dabei auch geblieben. Wobei anschauen nicht das richtige Wort ist. Anglotzen passt besser. Das war jetzt das erste Mal, dass er mir auf den Leib gerückt ist.«

»Dem Scheißkerl schlage ich die Zähne ein!«, rief Edgar aufgebracht.

Christina nickte ruhig und sachlich.

»Du musst klare Grenzen setzen. Durchaus energisch auftreten und gegebenenfalls auch laut werden. Wie schaut es mit Selbstverteidigung aus?«

Rita zuckte mit den Schultern.

»In der Schule haben wir mal so einen Kurs gemacht. Ist aber schon Jahre her.«

»Ich rate zu einem Selbstverteidigungskurs. Und im Wiederholungsfall zur Anschaffung einer Dose Pfefferspray.«

Rita schluckte betreten. Edgars neue Freundin kam verdammt taff rüber.

»Darf ich vorstellen«, mischte sich Edgar nach einer Pause ins Gespräch. »Das ist Christina. Meine Schwester Rita.«

In Christinas Miene legte sich ein Lächeln. Auch die hübsche junge Frau lockerte ihre verspannte Haltung. Sie reichten einander die Hände.

»Christina war bei der Kriminalpolizei.«

Rita nickte verstehend.

Edgar blickte hinüber zur offenstehenden Garage. Der kleine Fiat seiner Großeltern war nicht da.

»Wo ist Oma?«

»Im Krankenhaus bei Opa. Sie kommt gegen sieben zurück.«

Edgar schaute auf die Zeitanzeige seines Mobiltelefons.

»Wollen Sie noch reinkommen? Auf eine Tasse Kaffee«, fragte Rita.

»He, Schwesterchen, so förmlich brauchst du nicht zu sein.«

Christina hatte eigentlich nur Edgar hier absetzen und dann wieder nach Hause fahren wollen.

»Bitte sag einfach Christina zu mir.«

»Also gut, Christina. Willst du Kaffee?«

Rita wirkte ähnlich wie Edgar offenherzig und sympathisch, und ganz offensichtlich war sie neugierig, die Frau an der Seite ihres Bruders kennenzulernen. Und wie Christina gehört hatte, kam die Großmutter der beiden erst in zwei Stunden. Bis dahin würde sie längst wieder über alle Weinberge sein.

»Gerne. Eine Tasse geht immer.«

»Super. Dann kommt rein.«

»Und Rita kann dir von ihrem ersten Mordfall erzählen. Christina hat nämlich früher Mordfälle aufgeklärt.«

Christina zog ein wenig die Augenbrauen hoch. Mordfall? Wollte sie wirklich etwas über einen Mordfall hören? Sollte sie nicht vielleicht doch gleich wieder aufbrechen?

»Ach Edi, vergiss die verdammte Geschichte«, sagte Rita. »Ich habe keinen Bock, davon zu erzählen. War gruselig genug.«

Christina atmete erleichtert auf. Also rein in die gute Stube.

*

Sie schwenkte das Weinglas, hielt ihre Nase über den Rand, atmete den köstlichen Duft tief ein und nahm einen Schluck.

Der Weißwein war fruchtig und belebend, trug eine Note von Apfelblüten. Genau ihr Geschmack. Wozu lebte sie mitten in einem der besten Weinbaugebiete Österreichs, wenn sie sich nicht von Zeit zu Zeit ein Tröpfchen gönnte. War sie auf dem Weg zur Alkoholikerin? Christina schmunzelte. Sie hatte vor ein paar Tagen zwölf Flaschen bei einem Biowinzer gekauft. Mit diesem Tröpfchen war der Weg in die Trunksucht nicht die schlechteste Wahl für die Gestaltung eines Lebens. Vor allem für verwitwete Ex-Polizistinnen.

Christina stellte das Glas neben dem Bildschirm ab. Mit flinken Fingern tippte und klickte sie sich durch das Internet. Verdammt, es hatte sie also doch gepackt. Christina war neugierig geworden.

Rita hatte nach mehrmaligem Drängen Edgars schließlich doch noch vom Fund des toten Mannes am Glashüttenkogel erzählt. Und ja, Christinas Jagdinstinkt war geweckt. Sie hatte in der Zeitung nur die Schlagzeilen über den Giftmord gelesen, die Artikel aber ignoriert. Die Sache war für sie einfach nicht interessant gewesen. Aber seit sie einer Zeugin gegenüber gesessen und die Betroffenheit der jungen Frau unvermittelt miterlebt hatte, konnte sich Christina nicht mehr so abschotten.

Sie las sich durch das Onlinearchiv der Regionalzeitung. In groben Zügen formte sich eine Vorstellung, wie der Fall abgelaufen war. Der Mann war mit seinem Auto zum Parkplatz Weinebene gefahren und hatte dort auf rund 1.600 Metern Seehöhe einen flotten Berglauf unternommen. Der Arzt hatte während seiner Studienzeit an nationalen und internationalen Wettkämpfen teilgenommen und war einmal sogar Vizestaatsmeister im 10.000 Meter Lauf geworden. Auch 20 Jahre später galt er als äußerst sportlich. Nach einer halben Stunde Berglauf hatte er aus seiner Trinkflasche einen kräftigen Schluck genommen und sich damit eine Überdosis

Glykoside zugeführt. Innerhalb kurzer Zeit war er an Herzversagen gestorben.

Christina lehnte sich zurück und schaute das Porträtfoto von Albin Ninaus an. Die Zeitung hatte erstaunlich viele Artikel über den Fall gebracht. Nun, das war auch ein Fall ganz nach dem Geschmack der Presseleute. Ein gut aussehender, sportlicher und als Facharzt der Inneren Medizin weithin bekannter Mann war nachweislich bewusst und kaltblütig ermordet worden. Wie Christina feststellte, stand in den Artikeln kaum etwas über polizeiliche Erkenntnisse, dafür umso mehr über das medienwirksame Privatleben des Mannes. Auch Fotos seiner Partnerin waren veröffentlicht worden. Christina klickte ein Bild in den Vordergrund, das bei irgendeinem festlichen Anlass der Grazer Oberschicht aufgenommen worden war. Albin Ninaus und Heike Neubauer lachten glücklich, erfolgreich und unglaublich schön in die Kamera. Eine Stewardess, groß gewachsen, bildhübsch, polyglott, ein Schmuckstück von Frau für jeden erfolgreichen Mann. Und umgekehrt galt das Gleiche. Ein beliebter Arzt aus einer wohlhabenden Familie, attraktiv und sportlich, ein flotter Motorradfahrer und Besitzer mehrerer schicker Autos. Christina hatte ein Bild gefunden, das Albin bei einer Oldtimer-Rallye in seinem Aston Martin Sportwagen aus den 1960er Jahren zeigte. Natürlich saß an seiner Seite die blonde Stewardess. Beide lachten überglücklich in die Fotolinse.

Jetzt war der Mann tot. Und die Frau war kurzzeitig in Untersuchungshaft genommen worden.

Wie schnell das Schicksal umschlagen konnte, wusste Christina nur zu gut. Nichts im Leben war sicher, nichts vorherbestimmt. Heute konnte man hochtrabende Pläne schmieden, morgen riss ein Tragseil im Lebenskonstrukt, übermorgen war man begraben und vergessen.

Sie griff zum Weinglas und nahm einen guten Schluck. Nach der Beerdigung des Mannes waren Details der polizeilichen Untersuchungen in den Medien bekannt geworden. Ein Giftmord. Einmal hatte sie in ihrer Laufbahn als Kriminalistin einen Giftmord aufklären müssen. Damals war Digitalis grandiflora verwendet worden, diesmal Digitalis purpurea. Der Giftstoff war bei beiden Pflanzen identisch. Eine Überdosis davon bewirkte Herzversagen.

Christina grübelte.

Wer hatte das aufdringlich zur Schau gestellte Glück dieses unsympathischen Kurpfuschers beendet? Und warum?

War sie dabei, sich in etwas einzumischen, was sie gar nichts anging?

Christina legte ihren Kopf in den Nacken, mit den Spitzen ihrer Zeigefinger massierte sie ihre Schläfen. Sie leerte ihren Kopf, wischte alle Gedanken, Spekulationen und Erwägungen fort. Sie klickte alle geöffneten Fenster weg und fuhr den Computer runter. Das blaue Licht des Bildschirms verschwand in der Nacht. Sie kramte drei Kerzen aus einem Karton hervor. Bei einem Besuch in einem Möbelhaus hatte sie im Vorbeigehen Großpakete mit schlanken weißen Kerzen entdeckt und gleich vier Packungen in den Einkaufswagen gelegt. Die Streichhölzer lagen neben dem Holzofen parat. Kaum hatte sie die Kerzen entzündet, knipste sie das elektrische Licht aus. Christina füllte das Weinglas erneut.

Sie trank. Wenn sie so weitermachte, würde am Ende des Abends die Flasche leer und sie voll sein. Ein fairer Handel mit dem Kulturgut Wein. Christina stellte sich ans Fenster und schaute in die Nacht. Ihre Augen gewöhnten sich an die Lichtverhältnisse ohne Strom. Der Himmel war nicht ganz dunkel, die letzten Reste der untergehenden Sonne und ein sich der vollen Scheibe nähernder Mond schafften ein wenig Helligkeit über den Bergen und Baumwipfeln. Sie öffnete das Fenster.

Diese wunderbare Stille.

Sie hatte lange Zeit in Städten gelebt, ein paar Jahre in Wien, ein Weilchen in Linz, in Steyr, immer hatten ihre Wohnungen in der Nähe großer Flüsse gelegen, in Wien und Linz an der Donau, in Steyr an der Enns. Sie hatte die endlose Bewegung der Flüsse als das Stabile in ihrem Leben erachtet. Und das Leben an den Flüssen geliebt. Hier, in ihrem neuen Heim, in ihrem neuen Leben, gab es keine großen Flüsse. Ein kleiner Bach lag an der Grenze ihres Grundstücks, in dessen Gluckern sie sich gleich verliebt hatte. Sie schmunzelte. Vielleicht sollte sie ihre Wäsche nicht in der Waschmaschine, sondern von Hand am Bach waschen. Sie hatte mal Frauen getroffen, die ihre Wäsche am Bach gewaschen hatten. Ein sehr eindrucksvolles Erlebnis.

Christina nahm einen Schluck Wein. Dieser großartige Geschmack. Diese sich weise einstellende Betrunkenheit als Schutz vor einer unbekannten und wahrscheinlich feindseligen Welt. Nichts wurde besser, wenn man Wein trank, aber es wurde auch nichts schlechter. War das nicht schon ein großer Gewinn für das Leben eines Menschen und das Leben der Menschheit überhaupt? Christina glaubte, ja. Die größte Weisheit war wohl, ein Leben zu führen, in dem das Schlechte nicht überwog.

Ein Schauer lief über ihren Rücken. Sie erinnerte sich an die Berührungen Edgars. Da legte er seine Hand auf ihren Rücken, da drückte er ihr einen Kuss auf den Hals, biss sanft in ihr Ohr, schob sich in sie. Ein gutes Gefühl. Ein kühlender und belebender Regen nach stickiger Sommertrockenheit.

Christina wandte sich vom Fenster ab und hörte Musik in ihrem Kopf. Ein Stück von Antonio Vivaldi aus seinem Zyklus »Die vier Jahreszeiten«, eines der drei Frühlingsstücke, sie wusste nicht genau welches. Sie tanzte durch die Stube. Wenn sie heute Abend diese und vielleicht noch eine weitere

Flasche Wein leerte, sich ein weißes Nachthemd überstreifte und im Wald hinter dem Haus sich die Pistole gegen die Stirn drückte, würde niemand den Knall hören. Wen kümmerte es? Hier in der Einsamkeit der steirischen Weinberge. Vier Kilometer bis zur nächsten Ortschaft, zwei Kilometer bis zum nächsten Gehöft. Die Tiere des Waldes wären die Ersten, die ihren Leichnam fänden. Die Menschen würden erst sehr viel später ihre Abwesenheit von der Mühsal des Lebens bemerken.

Auch eine Form von Schönheit und Gerechtigkeit.

Was hielt sie noch im Leben?

Christina hielt in ihrem Tanz inne und setzte sich in der Mitte des Raumes auf den Boden. Sie verschränkte ihre Beine und ließ den Blick im leeren Raum hängen.

Sie fand die Antwort. Die Schönheit und die Gerechtigkeit hielten sie im Leben. Die Schönheit dieses Abends, des Frühlings, des jungen Mannes, der sie mit Küssen überschüttete, die Schönheit des alten sorgsam renovierten Hauses und der weitläufigen Weinberge. Und die Gerechtigkeit, alleine sein zu dürfen, sich ungehemmt betrinken zu können – und in der nächsten Zeit den Mörder dieses Arztes zu enttarnen, zu stellen und der Justiz zu übergeben.

Christina erschrak über den letzten Gedanken. War ihr dieser Satz wirklich in den Sinn gekommen? Hatte sie das wirklich gedacht? Warum?

Langsam hob sich ein mit Lachgas gefüllter Heißluftballon in ihrem Bauch. Zuerst lächelte sie, dann kicherte sie leise, schließlich lachte sie aus vollem Hals los.

»Christina, du bist eine dumme Gans. Und du bist betrunken.«

In irgendeinem Buch hatte sie gelesen, dass Menschen, die alleine lachten, entweder mit Gott oder dem Teufel lachten. Sie versuchte gar nicht nachzudenken, welches Buch es gewesen sein konnte. Irgendetwas von Umberto Eco? Egal. Christina erhob sich und füllte das Glas. In jedem Fall konnte sie die Frage nach Gott oder Teufel ganz klar beantworten.

Weder noch.

Es war der Wein!

Der bestimmt beste Grund zu lachen. Sie hielt die Flasche gegen das Licht einer Kerze. Fast leer. Na wenn das kein gutes Argument für Heiterkeit war.

EIN JAHR ZUVOR

Er spuckte den Schaum in das Waschbecken und spülte die Zahnbürste im Wasserstrahl. Dann nahm er einen Schluck aus dem Zahnputzbecher und spülte seinen Mund. Beim dritten Schluck gurgelte er. Konsequente Zahnhygiene war für ihn unerlässlich, schon als Jugendlicher war klar geworden, dass er über kein sehr stabiles Gebiss verfügte. Drei seiner Zähne hatten auch schon gezogen und durch Implantate ersetzt werden müssen. Und seit er in der Studienzeit den ersten Zahn verloren hatte, widmete er sich akribisch der Zahnhygiene. Ein Anwalt mit schäbigen Zähnen? Das wäre sein Ruin.

Er hörte die Wohnungstür zufallen und blickte auf seine Armbanduhr. Knapp vor Mitternacht. Noch trug er Anzughose und Hemd, aber längst keine Krawatte mehr. Er hatte sich mit der Zahnpasta bekleckst. Egal, das Hemd musste sowieso zur Wäsche. Alexander Stadler spürte den Whiskey. Häufig ließ er einen langen Arbeitstag mit einem Gläschen Whiskey ausklingen. Heute waren es drei gut eingeschenkte Gläser gewesen. Alexander warf das Handtuch achtlos zu Boden und stapfte in die Küche. Luise stand vor dem geöffneten Kühlschrank und goss Orangensaft in ein Glas. Danach folgte ein guter Schuss Wodka.

»Guten Abend, mein Schatz.«

Luise warf die Kühlschranktür zu, schnappte das Glas und huschte an ihrem Mann vorbei. Sie erwiderte seine Begrüßung nicht, sah ihn nicht an, nahm ihn scheinbar gar nicht wahr. Alexander zog die Augenbrauen hoch. Dicke Luft? Er verbiss sich sein Grinsen nicht und folgte ihr in das Wohnzimmer. Luise ließ sich auf die Couch fallen, legte die Beine auf den Tisch und schaute durch die Glasfront in die Frühlingsnacht. Sie nahm einen tüchtigen Schluck.

»Du bist nicht sehr gesprächig.«

»Ein andermal.«

Alexander verschränkte seine Arme und lehnte sich lässig an den Türstock.

»Ich bin aber neugierig.«

Er wartete. Nichts. Sie war so süß, wenn sie schmollte. Einfach Zucker.

»Wie ist es gelaufen?«

Luise schaute kurz zu ihrem Mann hinüber. Er mochte es, wenn sie so blickte. Hart, kämpferisch, abgeklärt, verzweifelt. Mit Luise zu streiten, war fast so erregend, wie mit ihr zu schlafen. Solange sich beides in einem halbwegs ausgewogenen Verhältnis zueinander verhielt.

»Du hast es ja gewollt.«

»Du hast ihn also flachgelegt! Luise, du bist eine Kanone!«

Sie nahm einen weiteren Schluck.

»Wie hast du ihn rumgekriegt? Ging es leicht? Oder hat er sich geziert?«

»Bist du pervers, oder was?«

»Na komm schon, spiel nicht die Unschuld vom Lande. Ich will es wissen.«

Da war jetzt eine Mimik, die Alexander an seiner Frau nicht mochte. Ekel. Abscheu. Widerwillen. Wenn sie so schaute, musste er sich zurückhalten, nicht in ihr hübsches Gesicht zu schlagen.

»Ein bisschen Seelenstriptease, ein paar Tränen. Reicht das als Information?«

Alexander lachte triumphierend, ging zur Bar und goss sich noch ein Glas Whiskey ein. Egal, musste er halt danach noch einmal die Zahnbürste benutzen. Eigentlich lief es verdammt gut.

»In Sachen Striptease kann dir keine etwas vormachen.«

Luise zog geräuschvoll Luft ein. Sie kochte vor Wut.

»Du bist widerlich. Mir ekelt vor dir!«

Alexanders Lächeln verschwand auf einen Schlag. Er fixierte Luise hart.

»Ekelt dir auch vor dem BMW? Oder vor der neuen Sitzgarnitur? Extra in feinstem Leder und in modischen Farbtönen? Ekelt dir vor dem verlängerten Wochenende in Dubai? Wir müssen arbeiten, meine Liebe. Arbeiten!«

Luise wich seinen Blicken aus. Sie leerte das Glas und knallte es auf den Couchtisch.

»Der Mann tut mir leid.«

»Ach ja?«

»Weißt du, was Curd hat, und was du nicht hast?«

Alexander grinste schmutzig.

»Lass mich raten. Er hat einen sehr schönen Schwanz. Oder nein! Curd hat ein sehr großes Herz.«

Er lachte lauthals.

»Ja! Er hat Herz! Er hat Würde! Er hat Niveau! Du hast nichts davon. Du bist kein Ehemann, du bist ein Zuhälter!«

»Und du bist meine beste Nutte. Mein Goldstück! Meine Primaballerina!«

»Ich brauche unbedingt eine heiße Dusche.«

»Nimm dir Zeit.«

Luise sprang hoch und durchquerte den Raum.

»Und ich schlafe im Gästezimmer.«

Luise stapfte davon und warf die Tür zum Badezimmer lautstark zu. Alexander kippte das Glas. Zwei Tage, vielleicht drei, dann war alles vergeben und vergessen. Und er würde Geld auf ihr Konto überweisen. Ein Luxusgeschöpf musste auch in Luxus gebettet werden. Schade, dass sie so zickte, die kleine Szene hatte ihn in Stimmung für eine Fortsetzung des Streits auf dem Bettlaken gebracht. So waren die Frauen. Immer machten sie Probleme.

*

Dieser verdammte Kopfschmerz. Bohrend, quälend, zäh. Curd saß vor dem Computer und versuchte sich erfolglos auf seine Arbeit zu konzentrieren. Was hatte er gerade noch erledigen wollen? Einen Anruf! Genau, ein dringender Anruf war zu tätigen. Da stand das Tischtelefon, da lag sein aufgeschlagenes Arbeitsbuch mit der notierten Telefonnummer und dem Namen, er brauchte nur nach dem Hörer zu greifen und die Nummer in die Tastatur zu tippen. Alltag, keine unlösbare Aufgabe, kein Fallschirmsprung aus einem 4000 Meter über der Erde fliegenden Flugzeug, kein Ritt auf einem texanischen Rodeobullen, einfach nur ein Anruf und ein kurzes Gespräch. Curd konnte seine Hände nicht bewegen. Er war wie gelähmt. Nicht das schon wieder. Nicht das!

Er musste seiner Sekretärin den Auftrag geben, den Anruf in seinem Namen zu erledigen. Der Geschäftspartner musste zumindest vertröstet werden. Aber dazu hätte er mit seiner Sekretärin sprechen müssen. Und Sprechen schien heute die schwierigste Herausforderung von allen zu sein.

Die graue Melasse. Klebrig, schwer, dunkel.

In seiner Jugend war er fast zwei Jahre depressiv gewesen. Fast zwei Jahre! In einer Zeit, als die anderen Burschen seiner Klasse Skipisten und Mädchen erobert hatten. Dann noch ein paar üble Monate während der Studienzeit, als sein Großvater verstorben war. Und vor einigen Jahren war er wieder in eine Krise verfallen. Knapp nachdem er die Geschäftsleitung von seinem Vater übernommen hatte. Zwei Monate hatte er gebraucht, um das Schlimmste zu überwinden und wieder arbeitsfähig zu werden. Nach weiteren zwei Monaten hatte er sich wieder völlig im Griff gehabt. Dank Anna. Dank der Medikamente. Dank eines zweiwöchigen Aufenthalts im Sanatorium. Anna hatte sich wirklich aufopfernd um ihn gekümmert.

Und er? Was tat er? Jetzt, wo Anna seine Hilfe brauchte?

Curd fühlte sich einfach nur schlecht, dumm, elend und niedrig.

Und doch war es ein unglaubliches Erlebnis gewesen. Ein Ereignis. Solch immense Energie! Diese Frau! Luise. Es war ein großartiger Rausch gewesen. Curd war verliebt. Sie hatte ihm den Kopf völlig verdreht. Nachts träumte er von ihr, beim Frühstück sehnte er sich nach ihren Berührungen, tagsüber konnte er an nichts anderes denken, als sie anzurufen, abends stand er am Fenster seines Hauses und starrte in die Dunkelheit, hoffte, dass sich ihr Auto wieder auf dem Weg bergauf näherte.

Und genau dafür hasste er sich. Für seine Schwäche, für seine Untreue, für seine Charakterlosigkeit. Anna hatte sich für ihn zerrissen, als es *ihm* schlecht gegangen war, er aber vergalt ihr dies jetzt, wo es *ihr* schlecht ging, indem er sich auf eine aufwühlende Affäre einließ.

Sein Mobiltelefon klingelte. Curd zuckte zusammen, als ob er einen elektrischen Schlag erhalten hätte. Sollte er abheben? Sollte er sprechen? Sollte er sich in sein Dachzimmer in der Villa einschließen, die Vorhänge zuziehen, alle Lichter löschen und warten, bis das Unwetter vorbeigezogen war? Er wies den Anruf seines Vorarbeiters ab.

Seine Hände zitterten. Er griff nach dem Tresorschlüssel, öffnete die Tür, kramte nach der Packung. Curd drückte eine Tablette aus der Verpackung. Er überlegte. Dann drückte er eine zweite heraus. Ein schneller Schluck Wasser. Er musste heute zum Hausarzt und sich eine neue Packung verschreiben lassen. Curd nahm noch einen Schluck Wasser. Er fasste Mut. Er beruhigte sich. Natürlich, das Medikament konnte noch nicht wirken, es war vielmehr die Gewissheit, dass die Wirkung irgendwann einsetzen würde, die ihn aufatmen ließ.

Ein paar Minuten stand er am Fenster und schaute dem Stapler zu, der Paletten mit frachtfertigen Steinplatten auf einen vierachsigen Lastwagen hievte.

Gut. Das Leben war wieder da, die Pflicht rief. Er hatte ein flaues Gefühl im Magen, aber er wusste, er durfte einfach nicht versagen, er durfte sich nicht fallen lassen. Nur nicht absacken, aufrecht stehen bleiben, weiter gehen. Curd setzte sich an seinen Schreibtisch und wählte bedächtig die Nummer seines Geschäftspartners. Das Freizeichen klang in der Leitung. Irgendwie würde er es schaffen.

*

Herwig Poschauer entfaltete das A2-Papier und legte es auf den Tisch. Er strich mit der Hand darüber, um die Faltkanten zu glätten. Es war ein Entwurf aus dem Konstruktionsbüro. Einer seiner jungen Ingenieure hatte den Entwurf gezeichnet. Fähiger und ehrgeiziger Mann. Herwig wusste, wie der Hase lief, er hatte den Dreh heraus. Die nette kleine, geradezu familiäre Baufirma, die sein Vater aufgebaut hatte, hatte Herwig in nur zehn Jahren zu einem modernen, leistungsfähigen und umsatzstarken Unternehmen geformt. Es gab viele Gründe für diesen Erfolg, ein Konkurrent war vor ein paar Jahren wegen ein paar verpfuschter Projekte in die Pleite geschlittert, Herwig hatte ein paar sehr einflussreiche Leute in der Politik kennengelernt und er hatte die Methoden zeitgemäßen Human Ressource Managements richtig angewandt. Die Teams im Planungsbüro und im Vertrieb bestanden ausschließlich aus gut ausgebildeten und ebenso bezahlten Fachleuten, sie hatten zahlreiche Privilegien, durften sich als Elitetruppe fühlen und brachten demgemäß überdurchschnittliche Leistungen. Auch seinen Arbeitern auf der Baustelle bot Herwig so viele Privilegien wie möglich, auch sie verdienten für Bauarbeiter gut bis sehr gut. Die Qualität der Arbeit sprach für sich, das Bauunternehmen hatte unter Herwigs Führung noch kein einziges Projekt in den Sand gesetzt. Das sprach sich herum, das sicherte weitere Bauaufträge. Und Herwig war ehrgeizig, er war 46 Jahre alt, würde also noch rund 20 Jahre arbeiten, in dieser Zeit würde die Firma noch wachsen können. Das war zumindest der Plan. Natürlich, in dieser Größe traf er auf andere Kaliber der Konkurrenz, da waren keine kleinen Baufirmen auf dem Land zu übertrumpfen, sondern die seit Jahrzehnten regierenden Platzhirsche. Echt fette Brocken, einflussreiche Firmen, die oft in internationalen Konzernen verflochten waren. Viel Arbeit für Herwig Poschauer. Aber vor Arbeit hatte er sich noch nie gescheut, im Gegenteil, er hatte die Arbeit gesucht, und die Arbeit hatte ihn gefunden. Sie kamen gut klar, waren ein erfolgreiches Paar.

Alexander und Albin beugten sich über die Zeichnung. Herwig verwendete einen Stift als Zeigestab.

»Also hier ist die Zuleitung. Das ist der Trakt mit den Tanks und der Aufbereitungsanlage. Hier das Maschinenhaus und der Leitstand. Und da seht ihr die Abfüllstation mit den Rangierflächen für die Tanklaster.«

»Ist das die Zufahrtsstraße?«, fragte Alexander.

»Ja. In diesem ersten Entwurf ist der Schlagbaum nur schematisch eingezeichnet. Und auf einen Zaun rund um die Abfüllstation haben wir vorerst völlig verzichtet. In der Frühphase des Projekts sind solche Details uninteressant. Der Kern der Anlage muss halbwegs greifbar werden.«

Alexander kratzte sein Kinn. Er hatte mehrmals Bauunternehmen vor Gericht vertreten, auch die Firma Poschauer, daher waren ihm technische Pläne von Bauingenieuren nicht fremd. Als Maturant hatte er sogar mit dem Gedanken an ein technisches Studium gespielt, sich aber dann doch für Jura entschieden. Er sah die Abfüllstation geradezu bildhaft vor sich. Ein sicheres Geschäft mit stabiler Rendite. Das Bauvorhaben war nicht gigantisch groß, Herwigs Planungsbüro hatte die Aufwendungen ziemlich genau durchgerechnet, der Arbeitsprozess war einfach, und der Markt war stabil. Es konnte eigentlich nicht viel schief gehen, wenn es da nicht die Probleme mit den Umweltauflagen geben würde. Und mit diesen verrückten Ökobrüdern.

»Schaut super aus. Das kann was werden«, sagte Albin und lehnte sich zurück.

Der Arzt verstand nicht so viel von den wirtschaftlichen und technischen Anforderungen des Bauvorhabens, aber er hatte ein gutes Gefühl, gemeinsam mit seinen Freunden in das Projekt zu investieren. Als Arzt verdiente er gut, er brauchte das ererbte Vermögen für seinen Lebenswandel nicht anzutasten, es aber in Wertpapiere zu investieren, lehnte er ab. Börsengeschäfte waren einfach zu riskant, und einem Finanzberater, dem er nicht aus zwei Kilometern Entfernung Unfähigkeit oder kriminelle Energien angesehen hätte, war er noch nie begegnet. Aber ein Geschäftsprojekt mit Profis wie Herwig und Alexander, dafür lohnte es sich, Geld in die Hand zu nehmen. Jeder ein Drittel, das war die Devise.

»Wie sind die Gespräche mit Herrn Leitholzer verlaufen?«, fragte Herwig.

Alexander lehnte sich zurück und verschränkte seine Finger ineinander. Er nickte seinen Freunden zu.

»Richtungsweisend. Herr Leitholzer hat sein anfängliches Interesse an dem Projekt konkretisiert. Wir haben noch nicht von genauen Abnahmezahlen gesprochen, aber ungefähr die Größenordnungen ausgelotet. Meine Herren, Herr Leitholzer hat mündlich zugesichert, etwa 80 Prozent des Wassers zu kaufen.«

Albin pfiff durch die Zähne.

»Auf Leitholzer ist Verlass«, meinte Herwig mit einem zufriedenen Nicken. »Der hält, was er sagt.«

»Vor allem braucht er das Wasser. Die ›Keltenquelle‹ ist Österreichs absoluter Exportschlager in Sachen Mineralwasser. Leitholzer kriegt fast wöchentlich Anfragen aus dem arabischen Raum. Mit dem Wasser aus der Weißen Sulm kann er seine Produktion um drei Prozent steigern. Alles Exportware. Und wie ihr wisst, Exportware ist Geldware.«

Albin lachte und schnippte mit den Fingern.

»Schaut soweit gut aus«, fasste Herwig zusammen, »allerdings haben wir noch ein Problem.«

»So ist es. Das Problem Ochsenwald.«

Im Quellgebiet und im Oberlauf der Weißen Sulm mussten Sammelrohre gelegt werden. Die Fische, die Lurche und die Vögel an der Weißen Sulm mussten mindestens auf die Hälfte des Wassers im Bachbett verzichten.

»Wie kommen wir bei den Brendelbergs voran?«, fragte Herwig.

»Sie ist bald aus dem Spiel, die Krankheit setzt sie schachmatt«, sagte Alexander.

Alexander und Herwig schauten Albin an. Dieser nickte zustimmend.

»Habe mit meinem Studienkollegen Joachim letztes Wochenende Tennis gespielt. Gute Rückhand, aber konditionell konnte er nicht ganz mithalten.«

»Was sagt er?«

»Schlechte Prognose, Anna Brendelberg wird aller ärztlichen Voraussicht nach innerhalb von ein paar Monaten an den Rollstuhl gefesselt sein. Und mit dem Sprechen geht es

Zug um Zug bergab. Seit sie in der Reha-Klinik Joachims Patientin ist, hält sie sich gut, eine zähe und willensstarke Frau. Einer Amyotrophen Lateralsklerose kann man in Wahrheit nichts entgegensetzen. Medizinisch interessant ist die Erkrankung, weil sie bei einer Mittdreißigerin ausgebrochen ist. Das ist relativ selten. Meist bricht ALS bei Menschen ab 50 aus. Joachim hat einen viel beachteten Fachartikel geschrieben.«

»Das heißt, Curd muss jetzt bald an die Angel. Ich glaube, das wird noch ein Problem«, sagte Herwig und schaute Alexander an.

»Meine Freunde«, hob Alexander mit süffisantem Grinsen an. »Probleme sind da, um gelöst zu werden.«

Albin kniff die Augen zusammen.

»Du hast gesagt, bei der Party hat er seine Augen gar nicht von Luise lassen können.«

Alexander nickte kurz.

»Kein Mann kann seine Augen von Luise lassen.«

Albin druckste herum. Er gestikulierte.

»Alex, versteh mich bitte jetzt nicht falsch, ich will dir oder deiner Frau echt nicht zu nahe treten. Aber glaubst du nicht, dass sie uns da ein bisschen unter die Arme greifen könnte? Du weißt schon, was ich meine.«

Alexander schaute erst Albin, dann Herwig in die Augen, schließlich zuckte er souverän mit den Schultern.

»Das Galadiner ist aufgetischt, und der Gast hat das Hauptgericht bereits gekostet. Wie nicht anders zu erwarten, ist er von den Kochkünsten der Küchenchefin hellauf begeistert.«

Eine Sekunde lag Stille im Konferenzzimmer, dann brachen die drei Männer in schallendes Gelächter aus.

*

Curd legte die kleine Gabel ab und tupfte mit der Serviette seine Lippen. Der Speisesaal des Gasthofes war gut besucht. Wie meist. Die Küche war hervorragend geführt, die Auswahl der Menüs pendelte auf abwechslungsreiche Art zwischen ländlicher Hausmannskost und gehobener Kulinarik. Wann immer es die Zeit und die Situation ermöglichte, kehrte Curd hier ein. Heute hatte er Frittatensuppe, faschierten Braten mit Püree und grünen Salat gegessen, danach ein Stück Kirschkuchen als kleines Dessert. Deftig, sättigend, und doch von leichter Hand bekömmlich zubereitet.

»Hat alles gepasst, Herr Brendelberg?«

Curd lächelte der jungen Kellnerin zu.

»Besten Dank, es war wieder vortrefflich.«

»Noch einen Kaffee?«

Curd wiegte kurz den Kopf.

»Ja bitte. Einen Verlängerten.«

Die Kellnerin eilte mit dem benutzten Dessertteller davon.

Er hatte einen Termin im Bezirksamt so gewählt, dass er auf dem Rückweg ins Büro zum Mittagessen hier einkehren konnte. In den letzten Tagen hatte er wenig zu sich genommen, sein Magen musste wieder einmal richtig gefüllt werden. Er war satt und zufrieden. Die Arbeit tat ihm gut. Er wurde gebraucht, die Leute sahen, der Chef legte sich ins Zeug, also legten sie sich auch ins Zeug. Die Auftragslage war schon mal besser gewesen, aber alle im Unternehmen kannten das, mal ging es bergauf, dann wieder bergab. Solange die Liefertermine eingehalten wurden, solange die Arbeit ordentlich erledigt wurde, solange bestanden auch die Arbeitsplätze. Auch Curds Arbeitsplatz.

»Mahlzeit, der Herr.«

Curd schreckte aus seinen Gedanken hoch und schaute über seine Schulter. Alexander Stadler war an ihn herangetreten. Curd erhob sich und reichte dem Rechtsanwalt die Hand.

»Mahlzeit! Ich habe dich gar nicht hereinkommen sehen.«

»Durch diese Tür bin ich gekommen. So in Gedanken?«

»Ja, am Nachmittag ist viel zu tun.«

»Wem sagst du das? Termine, Termine, Termine. Was dagegen, wenn ich mich für eine Sekunde zu dir setze?«

»Aber nein! Bitte setz dich. Allerdings habe ich schon gegessen und nehme nur noch einen Schluck Kaffee.«

Alexander nickte.

»Kaffee ist gut. Ich bin so im Zeitdruck, ich kriege jetzt sowieso keinen Happen runter.«

Die Kellnerin servierte Curd die Tasse. Alexander bestellte einen Espresso.

»Was führt dich nach Frauental?«, fragte Curd.

»Eine Verhandlung in Deutschlandsberg. Marginale Sache, aber auch Kleinvieh macht Mist.«

»Na was für ein erfreulicher Zufall, dass du dann hier auf eine Tasse Kaffee hereinkommst.«

Alexander zwinkerte Curd jovial zu.

»Kein Zufall. Deine Sekretärin hat mir gesagt, dass du hier zu Mittag essen wirst.«

»Du hast im Büro angerufen?«

»Wir müssen reden.«

Curd schaute sich nervös um.

»Hier? Mitten in einem Gasthaus?«

Alexander winkte.

»Aber ja. Nur kein Stress, alles ganz easy.«

Alexander lehnte sich zurück und ließ sich den Espresso servieren.

»Worüber … willst du sprechen?«

»Ich habe dir doch von dieser Abfüllstation erzählt.«

»Ja, das Projekt an der Weißen Sulm.«

»Wir müssen da am Ball bleiben. Der Kraftwerksbau an der Schwarzen Sulm bietet die einmalige Gelegenheit für eine sinnvolle wirtschaftliche Expansion in der Region. Herwig hat das Bauprojekt offiziell bei der Landesregierung eingereicht, die Gespräche laufen sehr gut an. Das ist eine tolle Sache.«

»Nun, der Kraftwerksbau ist noch nicht genehmigt. Die Landesregierung und das Umweltministerium sind sich in dieser Sache nicht einig.«

Alexander winkte wissend ab.

»Ach, das ist nur Theaterdonner von ein paar geltungssüchtigen Beamten. Was wissen die Leute in Wien schon von der Situation in der Region?«

»Immerhin liegen die beiden Oberläufe der Sulm in einem Naturschutzgebiet.«

»Nein! Das ist kein Naturschutzgebiet. Die Leute verwechseln das immer. Die Schwarze und die Weiße Sulm sind ein ›Natura-2000-Gebiet‹ gemäß einer Richtlinie der Europäischen Union. In echten Naturschutzgebieten ist jede wirtschaftliche Nutzung untersagt, aber die ›Natura-2000-Gebiete‹ sind von der EU als wertvolle Naturräume klassifiziert worden, in denen man je nach nationaler oder regionaler Gesetzeslage auf naturschonende Weise wirtschaftliche Aktivitäten setzen kann. Das solltest du eigentlich wissen, immerhin betreibt die Familie deiner Frau dort oben auf dem Berg ganz ordentlich Forstwirtschaft.«

»Mit den juristischen Belangen kenne ich mich nicht so aus.«

»Aber ich, das ist mein Job.«

»Na gut, Herwig und du wollt dort bauen. Was habe ich mit dieser Sache zu tun?«

Alexander seufzte. War dieser Kerl wirklich so ein Trottel oder stellte er sich nur dumm? Ihm heimzuleuchten, würde ein Vergnügen sein. Alexander klappte seinen Aktenkoffer auf und entnahm eine Mappe.

»Das ist eine Kopie des Projektplans. Nimm nur, die Mappe gehört jetzt dir. Alles, was wir zu tun beabsichtigen, ist aufgelistet. Es liegt auch der Bericht der Umweltverträglichkeitsprüfung bei. Grünes Licht von fast allen Seiten. Es gibt eigentlich nur einen Stolperstein und das ist die Weigerung der Grundbesitzerin des Ochsenwaldes, ein paar Rohre verlegen zu lassen. Ja, das ist ein Eingriff in den Wald, ja, der Bagger muss ausrücken und ein bisschen Waldboden umgraben. Aber wenn die Holzerntemaschinen fahren, wird auch Waldboden umgegraben. Und ein paar Wochen oder Monate später wird niemand mehr etwas von den Rohren sehen. Die Forstarbeiter nicht, die Wanderer nicht, die Rehe, Füchse und Vögel erst recht nicht.«

»Na ja, wenn wesentliche Mengen des Wassers abgeleitet werden, wird das auf die Waldökologie erhebliche Auswirkungen haben.«

»Doktor Schmölzer ist nicht dieser Ansicht. Du kennst Doktor Schmölzer bestimmt.«

»Vom Hörensagen.«

»Ein Fachmann erster Güte, er und sein Team liefern seit 15 Jahren einwandfreie Umweltverträglichkeitsprüfungen für die gesamte Steiermark. Lies bitte seinen Bericht.«

»Ja schön und gut, selbst wenn ich diese Abfüllstation für toll befinde und gerne einer Bautätigkeit zustimmen würde, kann ich nichts für dich tun. Der Ochsenwald gehört Anna. Und in einem Passus des Ehevertrages steht geschrieben, dass nur sie den Wald nutzen oder verkaufen kann.«

Alexanders Miene verdüsterte sich. Er flüsterte.

»Muss ich wirklich noch deutlicher werden?«

Curd rutschte unruhig auf dem Stuhl hin und her. Er flüsterte.

»Sie hat gesagt, du hättest sie als Lockvogel auf mich angesetzt.«

Alexander schüttelte mit trauriger Miene den Kopf.

»Manchmal redet Luise merkwürdige Dinge. Lockvogel! Allein diese Formulierung ist grotesk. Nach einem zähen Verhör hat sie mir gestanden, mit dir ein Verhältnis angefangen zu haben. Sie ist ganz verrückt nach dir, besteht auf getrennten Schlafzimmern, redet kaum noch mit mir. Du hast meine Ehe in eine Krise gestürzt.«

Curd kannte sich gar nicht mehr aus.

»Aber du hast mir doch selbst bei dieser Party von eurer offenen Ehe erzählt.«

»Was habe ich? Daran kann ich mich nicht erinnern. Ich muss wohl zu viel getrunken haben. Oder du vielleicht?«

Curd fühlte sich wie ein in die Enge getriebenes Tier.

»Das ist Erpressung.«

»Nein! Erpressung ist ein strafrechtlich relevanter Tatbestand. Davon sehe ich hier weit und breit nichts. Wir bahnen ein Geschäft an. Ich dachte, du wärst ein Geschäftsmann? Und doch weißt du offenbar nicht, wie man einen sauberen Handel abschließt? Deine Steine sind wohl ziemlich anspruchslose Businesspartner.«

Alexander lachte über sein kleines Witzchen. Er erhob sich und warf ein paar Münzen auf den Tisch.

»Wenn du dich noch einmal in meine Ehe drängst, lieber Curd, werde ich mit deiner Frau ein intensives Gespräch führen müssen. Ist das klar? Finger weg von Luise!«

Alexander packte seinen Aktenkoffer und verließ mit schnellen Schritten das Gasthaus. Curd schnappte nach Luft.

*

Anna Brendelberg saß in der Cafeteria der Klinik und blätterte in einer Illustrierten. Schöne Menschen lachten gewinnend aus der Zeitschrift heraus, sie waren glücklich, weil sie dieses oder jenes Produkt gekauft hatten, eine todschicke Uhr oder eine einzigartig straffende Gesichtscreme, sie waren aufgeräumter Stimmung, weil sie sich bei diesem oder jenem Promiauflauf aufgeputzt an die klickenden Fotoapparate herangekämpft hatten. Anna hatte solche Zeitschriften nie gemocht. Im Gegensatz zu offenbar so vielen anderen Menschen hatte sie sich von offensiv dargestelltem Glück und Erfolg nicht blenden lassen. Eher im Gegenteil. Aber um die Zeit zu vertreiben, war die Illustrierte gerade recht.

Das Eingangsportal öffnete sich. Sie schaute hoch. Wieder nicht.

Curd verspätete sich normalerweise nicht. Seit einer halben Stunde wartete sie schon auf ihn. Sie überflog einen Artikel über die Sehenswürdigkeiten der Toskana. Einige der alten Paläste und pittoresken Brunnen hatte sie bei ihren Aufenthalten in der Toskana selbst schon gesehen. Sie waren immer wieder dorthin gereist, Curd und sie, damals, in den ersten Jahren ihrer Ehe, damals, als sie beide glücklich gewesen waren, einander gefunden zu haben. Vielleicht hätten sie in jener Zeit auch strahlend in die Apparate der Szenefotografen gelächelt, aber niemand hatte sie jemals fotografieren wollen. Nun gut, sie hatten Orte und Gelegenheiten, für Illustrierte fotografiert zu werden, gemieden, hatten die Stille und Schlichtheit gesucht, und sie waren beide auch nicht die Typen für Hochglanzporträts. Anna hatte sich nie als besonders attraktiv empfunden, das Gesicht im Spiegel war nicht hässlich, aber auch nicht auffällig schön. Sie hätte mit gestylten Frisuren und viel Make-up mehr Aufmerksamkeit erringen können, aber ihr war nie der Sinn daran aufgegangen. Und Curd, nun, er sah auch nicht wie ein unwiderstehlicher Herzensbrecher aus. Musste er nicht, ihr Herz gehörte ohnedies ihm.

Wieder das Eingangsportal. Anna lächelte und schlug die Zeitschrift zu. Curd sah sich um und entdeckte sie.

»Entschuldige meine Verspätung. Wartest du schon lange?«

Er hauchte ihr ein Küsschen auf die Wange und nahm Platz. Anna spürte seine Unruhe. Sie hatte seine Stimmungen immer sofort erkannt.

»Ach, nicht der Rede wert. Das Mittagessen ist erst in einer Stunde.«

»Ich habe die Zeit übersehen und bin zu spät losgefahren. Und dann musste ich noch ein ganzes Stück einem Traktor hinterherzuckeln.«

»Kein Problem, mein Lieber, ich laufe hier nicht fort.«

Curd schluckte.

»Wie geht es deinen Beinen?«

»Nicht schlecht. Das Unterwassergehtraining schlägt sehr gut an. Auch die Physiotherapie. Ich werde hier rundum versorgt. Wenn ich nach Hause komme, werde ich ein neuer Mensch sein.«

»Das freut mich außerordentlich.«

Sein Lächeln hatte etwas Gekünsteltes.

»Und bei dir? Wie läuft es bei dir?«

Curd winkte ab.

»Arbeit, Arbeit, Arbeit. In der Firma gibt es viel zu tun.«

»Ist es sehr stressig?«

»Stressig ist vielleicht zu stark formuliert, aber ich bin sehr beschäftigt. In Wahrheit bin ich froh, viel arbeiten zu müssen. Erzähl mal, wie war deine Woche?«

Anna wiegte ihren Kopf.

»Ein geregelter Ablauf von Mahlzeiten und Therapieterminen bestimmt meinen Alltag. Frühstück, Therapie, Mittagessen, Therapie, Abendessen. Das ist alles. Am Donnerstag wurde eine Diashow über Neuseeland gezeigt. Ein Bergsteiger und Weitwanderer hat uns Krüppeln launige Geschichten über seine Gipfelsiege in der Bergwelt am anderen Ende der

Welt erzählt. Es war sehr unterhaltsam. Der Mann ist nicht nur ein echter Bergfex, sondern auch ein guter Redner. Der Höhepunkt der Woche.«

Curd zuckte förmlich zusammen.

»Sag das nicht so. Das klingt ganz furchtbar.«

Anna schmunzelte.

»Aber warum denn nicht? Und es ist ein Zitat. Fritz nimmt das Wort immer wieder in den Mund. Einer der noch gehfähigen Patienten hat Fritz im Rollstuhl zur Diashow in den Veranstaltungsraum geschoben. Eine denkwürdige Prozession, zwei Rollstühle, ein Mann auf Krücken und ich mit dem Rollator. Die Vergnügungsfahrt der Krüppel. Fritz hat das so gesagt.«

»Für diese Form des Humors bin ich nicht sehr empfänglich.«

»Mir scheint, du bist heute insgesamt nicht so sehr in Stimmung für Witze und Humor.«

Curd schaute um sich.

»Kann ich hier Kaffee bestellen?«

»Ja, wenn du Glück hast und die Servierkraft vorbei kommt. Sicherer ist, wenn du in den Kiosk reingehst und deine Bestellung abgibst.«

Curd erhob sich.

»Darf ich für dich auch etwas bestellen?«

Anna schaute ihrem Mann in die Augen.

»Setz dich bitte wieder zu mir.«

Curd runzelte die Stirn.

»Bitte Curd, setz dich. Du kannst den Kaffee später trinken.«

Er ließ sich wieder nieder. Sie griff nach seinen Händen.

»Nimmst du wieder die Tabletten?«

Curds Lächeln verschwand mit einem Schlag. Ja, da war er, ihr Mann, nicht die bemühte Maske der Normalität, er war wieder bei ihr. Mit all seinen Schwächen und Stärken. Wie sehr sie ihn liebte.

»Ja.«

»Ist es schlimm?«

»Es ist nicht gut.«

»Also schlimm.«

»Ja.«

Niemand in der lebhaften Halle nahm von ihnen Notiz, dennoch flüsterten sie.

»Warst du bei Doktor Höllriegel?«

»Ja.«

»Ist es die Einsamkeit im Haus?«

Curd zögerte und nickte schließlich.

»Ja.«

Anna lauschte sehr genau. Irgendetwas war da noch, irgendetwas belastete ihn.

»Ist etwas vorgefallen?«

Curd sog geräuschvoll Luft ein und ließ seinen Blick durch die Halle schweifen.

»Was soll vorgefallen sein? Ich vermisse dich einfach.«

Anna wartete, bis er wieder den Blickkontakt herstellte.

»Sag mir bitte die Wahrheit.«

Seine Lippen zuckten.

»Anna, wie soll ich …«

»Wir haben uns geschworen, uns niemals zu belügen. Du hast dich immer daran gehalten, du hast jede meiner Fragen ehrlich beantwortet. Deswegen liebe ich dich. Egal, was vorgefallen ist, es wird immer so bleiben.«

Curd rang mit sich. Er hatte Angst zu sprechen, so viel war Anna klar. Sie ließ ihm Zeit. Curd holte wieder geräuschvoll Luft, zog seine Hände zurück und versteckte sie unter dem Tisch. Ein kleiner Junge, da war er, ein kleiner, sensibler Junge im Körper eines erwachsenen Mannes.

»Ich habe dir doch von der Cocktailparty bei Herwig Poschauer erzählt.«

»Das hast du.«

»Und von Alexander Stadler.«

»Der Anwalt mit dem Motorrad.«

»Seine Frau heißt Luise.«

»Mir unbekannt.«

»Sie ist sehr attraktiv.«

»Schön für sie.«

Stille. Anna wartete. Er würde es nicht schaffen. Anna rieb ihre Handflächen aneinander. Sie schoss ins Blaue.

»Hast du eine Affäre mit ihr gehabt?«

Curd riss erschrocken seine Augen auf. Nur zögerlich nickte er.

»Ja.«

Anna sah seine Bestürzung. Was fühlte sie? Eifersucht? Neid? Zorn? Mitleid? Sie wusste es noch nicht. Vielleicht würde sie eine Nacht über diese Nachricht schlafen müssen.

»Wie ist es dazu gekommen?«

»Sie hat mich abends besucht. Ich war alleine, ich habe Wein getrunken und Musik gehört. Sie ist gekommen und hat mir ihr Herz ausgeschüttet. Und dann ist es passiert. Ich verstehe einfach nicht, wie das geschehen konnte. Ich war irgendwie nicht vorhanden, ich war nicht in meinem Körper, ich war nirgendwo und doch war ich bei ihr, bei dieser Frau, bei Luise.«

»Bist du in sie verliebt?«

»Nein! Ja. Nein. Ich bin so verwirrt.«

»War der Besuch vereinbart? Hattet ihr das Treffen ausgemacht?«

»Nein. Sie war plötzlich da. Sie hat gesagt, ihr Mann habe sie auf mich angesetzt.«

Anna kniff die Augen zusammen.

»Wie bitte? Was soll das heißen?«

»Das weiß ich auch nicht. Alexander setzt mich unter Druck, damit ich den Verkauf der Ochsenwaldgründe unterstütze. Du weißt schon, dieses Bauprojekt. Ich soll dich umstimmen. Das ist alles lächerlich und idiotisch und doch so überaus quälend. Ich bin sehr verwirrt.«

Anna legte ruhig und gefasst ihre Hände auf die Tischplatte. Jetzt wusste sie, welches Gefühl in ihr war. Ganz eindeutig. Wut.

»Willst du mich wegen dieser Frau verlassen?«

Curd war in Panik.

»Nein! Um Himmels willen, das darfst du auf keinen Fall denken!«

»Ich bin unheilbar krank, ich werde irgendwann ein Pflegefall sein. Diese Frau ist gesund und sehr attraktiv, wie du sagst. Und du bist noch lange nicht zu alt für ein neues Leben.«

Curd gestikulierte.

»Ich habe dir ein Eheversprechen gegeben. Daran halte ich mich. Unwiderruflich!«

»Das war für dich also nur eine einmalige Affäre?«

»Ich kann Luise nie wieder unter die Augen treten. So schön sie auch ist, mir graut vor dieser Frau. Sie hat keine guten Dinge in mir aufgewühlt. Es wäre mein Tod, noch einmal mit ihr zusammen zu sein.«

Anna überlegte eine Weile, dann nickte sie kategorisch.

»Ich bin nicht eifersüchtig.«

»Nicht?«

»Kein bisschen. Ich bin sogar stolz auf dich.«

»Stolz? Ich habe dich mit einer leichten Dame betrogen.«

»Stolz, dass du mich nicht belügst. Du bist der beste Mann der Welt.«

Anna sah die Serviererin und winkte ihr. Die Frau kam auf sie zu.

»Bitte bringen Sie uns zwei Tassen Kaffee.«

»Cappuccino oder Espresso?«

»Espresso bitte.«

Die Serviererin nickte und verschwand im Kiosk, um den Kaffee aufzubrühen.

Anna legte ihre Rechte auf Curds linken Handrücken.

»Jetzt trinken wir erst einmal einen Schluck Kaffee, und dann lass uns überlegen, wie wir diesem seltsamen Herrn Anwalt und seiner halbseidenen Frau gegenübertreten können.«

*

Curd saß in einem Café in Graz-Puntigam und rührte in seinem Tee. Er hatte Pfefferminztee bestellt. Das war kein Café, das er freiwillig besuchen würde. Er fühlte sich hier ganz einfach fehl am Platz. Erich hatte den Treffpunkt vorgeschlagen. Curd schaute auf seine Armbanduhr.

Erich Pettau trat in das Lokal, Curd winkte ihm zu. Der Mann Mitte 40 trug einen unauffälligen Alltagsanzug, eine seriöse Krawatte und in der Hand einen Aktenkoffer. Ein höherer Beamter, ein erprobter Schuldirektor, ein Ingenieur in leitender Position, so trat Erich auf. Curd erhob sich und begrüßte den Cousin seiner Frau. Die beiden Männer nahmen Platz, Erich bestellte Kaffee.

»Danke, dass du dir für dieses Treffen Zeit genommen hast, lieber Erich.«

»Aber gerne. Wie lange haben wir uns nicht gesehen? Ein Jahr mindestens. Oder mehr?«

»Ich glaube, es sind jetzt schon zwei Jahre.«

»Wie geht es Anna?«

»Sehr gut. Also den Umständen entsprechend sehr gut. Sie ist derzeit in Bad Radkersburg auf Reha.«

»Das hat sie am Telefon erwähnt. Ich habe viel Gutes über die Klinik gehört.«

»Anna fühlt sich dort sehr wohl. Sie hat sich auch schon mit einigen Leuten angefreundet. Das ist natürlich sehr vorteilhaft, ansonsten würde man ja allzu leicht trübsinnig werden.«

Erich Pettau machte eine leidende Miene und schaute kurz zum Fenster hinaus.

»Ich wollte Anna am Telefon nicht detailliert über ihren Gesundheitszustand ausfragen, aber ich habe mich ein bisschen schlau gemacht. Üble Sache.«

»Leider ja. Aber das Leben gibt, das Leben nimmt. So etwas kann man sich nicht aussuchen. Mancher ist kerngesund bis ins hohe Alter, ein anderer hat dieses Glück leider nicht. Auf jeden Fall ist Anna unglaublich tapfer.«

Erich Pettau nickte zustimmend.

»Das kenne ich von ihr noch aus der Kindheit. Sie war schon als Volksschülerin sehr bestimmt und selbstbewusst, ihr hat man nie etwas vormachen können. Lass mich nachrechnen, ich bin 44, also ist Anna jetzt 38. Korrekt?«

»Ja.«

»Mit 38 hat man noch so viel an Leben vor sich. Dann so etwas.«

Der Kellner servierte den Kaffee. Curd zog den Teebeutel aus der Tasse und legte ihn am Tablett ab. Erich bemerkte Curds Miene.

»Ist der Tee nicht gut?«

»Es ist mehr das Kaffeehaus. Richtig wohl fühle ich mich hier nicht.«

»Tut mir leid, dich in diese üble Spelunke gebeten zu haben, auch ich verkehre hier nur in Ausnahmefällen. Eigentlich nur, wenn ich mich mit Kontaktleuten diskret treffen möchte. Und diskret ist es hier.«

»Das auf jeden Fall.«

»Also, was genau möchtest du von mir erfahren?«

Curd blickte sich kurz um.

»Du kennst doch Doktor Jürgen Schmölzer?«

»Natürlich.«

»Und du hast immer wieder mit ihm zu tun gehabt.«

»Leider ja.«

»Wieso leider?«

»Weil Schmölzer und ich meistens nicht einer Meinung sind, und ich mich nicht nur einmal gewundert habe, wie zwei wissenschaftlich ausgebildete Biologen ein und dasselbe Datenmaterial so unterschiedlich interpretieren können. Also ganz ehrlich, lieber Curd, manchmal zweifle ich an der Urteilsfähigkeit dieses Mannes.«

Erich Pettau war nicht nur ein erfahrener Universitätslehrer für Biologie, sondern auch ein engagierter Umweltschützer und wissenschaftlicher Berater verschiedener NGOs. Jede Einladung, als Politiker den Grünen beizutreten, hatte er konsequent abgelehnt, aber man brauchte dem Mann bei einem seiner Vorträge nur ein paar Augenblicke zuzuhören und war sich im Klaren, welcher politischen Gesinnung er anhing. Worin er mit seiner Cousine Anna im Übrigen völlig übereinstimmte. Die beiden waren in der großen Familie Pettau die grünen Außenseiter, während der Kern der Familie ganz traditionsbewusst konservative politische Meinungen vertrat. Erich beugte sich über den Tisch und senkte die Stimme.

»Wobei in einem Bereich die Urteilsfähigkeit des Mannes ganz bestimmt hervorragend funktioniert.«

»Nämlich?«

»In Sachen Mikroökonomie.«

Curd schüttelte verwundert den Kopf.

»Entschuldige, Erich, diese Andeutung verstehe ich nicht ganz.«

»Schmölzer gilt weniger als ein Freund der Natur, vielmehr als Freund der Wirtschaft, denn die Natur bietet zwar Pflanzen und Tiere, aber die Wirtschaft bietet das Geld.«

»Okay, das war deutlich genug.«

»Ich habe vor einiger Zeit begonnen, Informationen über ihn zu sammeln.«

Curd war entrüstet.

»Und da bist du noch nicht vor Gericht gegangen?«

»Noch nicht. Noch habe ich nur Indizien, aber keine Beweise. Und eines muss dir klar sein, Curd, wenn ich Schmölzer wegen Bestechlichkeit belangen will, muss das juristisch absolut wasserdicht sein. Anderenfalls zerquetscht mich dieser Mann wie eine Fliege an der Wand. Er hat sehr einflussreiche Freunde.«

»Auch einen gewissen Alexander Stadler? Ein Anwalt?«

»Der Name ist mir bestens bekannt.«

»Was weißt du über Stadler?«

Erich Pettau kniff die Augen zusammen.

»Dieser geföhnte Lackaffe scheut keine Scheußlichkeit, um den Betonierern in diesem Land alle gesetzlichen Hürden aus dem Weg zu schaffen.«

Curd kratzte sein Kinn.

»Hast du da irgendwelche Informationen oder Dokumente?«

»Doch ja, Schmölzer und Stadler treten immer wieder mit schönen Worten und gefälligen Papieren für ein und dieselben Bauprojekte auf. Ich habe Material gesammelt.«

»Kannst du mir das Material zukommen lassen?«

»Nein.«

Curd war von der kategorischen Ablehnung wie vor den Kopf geschlagen.

»Warum nicht?«

»Weil ich brisantes Material niemals aus der Hand gebe, bevor nicht alle juristischen Unklarheiten beseitigt sind.«

»Du musst die Dokumente ja nicht aus der Hand geben, ich möchte mir nur selbst einen Einblick verschaffen. Geht das?«

Erich Pettau überlegte, er maß Curd prüfend.

»Was hast du für ein Interesse an Stadler und Schmölzer?«

»Sagen wir so, es ist ein vitales Interesse.«

GEGENWART

Luise öffnete die Spülmaschine und hob den Korb mit den frisch gewaschenen Gläsern auf die Spüle. Das Lokal verfügte über keine echte Küche, kleine Happen wie Toast oder Würstel konnten zubereitet werden, mehr nicht. War auch nicht nötig, das hier war eine Bar, kein Restaurant. Wochentags war das Lokal von sechs Uhr abends bis zwei Uhr früh geöffnet, an Freitagen und Samstagen bis vier Uhr früh. Schon bald nach der Scheidung von Alexander hatte sie den Job erhalten. Sie hatte bloß während ihrer Studienzeit in der Gastronomie gearbeitet, also ein echter Profi war sie nicht, dennoch war sie eingestellt worden. Welcher Gastwirt beschäftigte nicht gerne eine attraktive Kellnerin? Mit ein wenig Make-up und einem offenherzigen Lächeln war Luise eine Barfrau, die niemals über mangelnde Aufmerksamkeit der vornehmlich männlichen Gäste zu klagen brauchte. Und Trinkgeld floss auch reichlich.

Luise verließ die Küchennische und trat hinter den Tresen. Sie arbeiteten heute zu dritt, zwei Frauen und ein Mann. Das Lokal war meist gut besucht. Luise schaute auf die Uhr. Es war knapp nach ein Uhr Früh. Eine Gruppe von Leuten verließ das Lokal. In der letzten Viertelstunde hatte sich die Bar merklich geleert. Die letzte Stunde würden vornehmlich Stammgäste und Nimmermüde an der Bar hängen oder auf den Sitzinseln herumlungern.

Frank saß auch noch an der Bar. Und wie so oft, verfolgte er Luise mit seinen Blicken. Mehrere Male hatte der Mann versucht, ein vertiefendes Gespräch mit Luise anzufangen, jedes Mal hatte sie ihn höflich, aber bestimmt abblitzen lassen.

Sie hatte genug von Männern, die ihr pausenlos zu erklären versuchten, was für Teufelskerle sie waren. Es war ihr völlig egal, dass der Mann Abteilungsleiter in der Automobilfabrik im Süden von Graz war, täglich mit tollen Autos zu tun hatte und richtig gut verdiente. Er sah auch nicht übel aus und bemühte sich wirklich um ihre Aufmerksamkeit. Scheißegal. Sie hatte in ihrem Leben genug Männer kennengelernt, sie brauchte eine Pause. Eine möglichst lange Pause. Als der Wirt Luise am ersten Arbeitstag aufgefordert hatte, ein paar Knöpfe ihrer Bluse zu öffnen, hatte sie kategorisch abgelehnt. Sie wurde von den Männern ohnedies dauernd angegafft.

Mit einem Lappen säuberte sie den Zapfhahn. Ihre Kollegin stand bei einer Gruppe und kassierte, der Kollege war in ein Gespräch mit zwei Kumpels vertieft. Der ruhige Teil des Arbeitstages begann.

Sie nahm eine Bewegung an der Eingangstür wahr. Ein einzelner Gast trat ein. Selbst um diese Zeit in Anzug und Krawatte, allerdings hing die Krawatte nur mehr lose unter dem Kragen. Der Blickkontakt fühlte sich wie ein Bauchstich an. Sie wandte sich schnell ab und wischte die Arbeitsfläche hinter dem Tresen.

Alexander schlich wie eine Katze auf Beutegang durch das Lokal und schaute sich um. Dann setzte er sich an die Bar. Der Tresen dominierte den Raum, die Sitzgruppen verteilten sich entlang der Wand. Luise spähte zu ihren beiden Kollegen. Die waren offenbar noch länger beschäftigt. Außerdem war es ihre Aufgabe, Bestellungen an der Bar entgegenzunehmen. Sie atmete tief ein und versuchte, eine möglichst neutrale Miene aufzusetzen.

»Was darf es sein?«

»Sehr gründlich.«

Luise schaute geflissentlich an ihrem Exmann vorbei. Sie wartete auf die Bestellung.

»Was darf es zu trinken sein?«

»Wenn du zu Hause auch so geputzt hättest, wäre vielleicht alles anders gelaufen.«

Luise sagte nichts. Sie wartete. Alexander auch.

»Soll das wieder so eine Stalker-Nummer werden?«

In den Wochen vor ihrer Scheidung hatte er sie regelrecht terrorisiert. Sie wusste auch, warum. Damit sie ihre finanziellen Ansprüche runterschraubte. Alexander hatte ihr von Anfang an nicht geglaubt, dass sie gar nichts von ihm wollte. Und er war dann bei der Scheidungsverhandlung ein wenig überrascht gewesen, als sie tatsächlich keine Ansprüche gestellt hatte. Eine glatte Scheidung, das hatte sie gewollt und schließlich auch gekriegt.

»Stalking ist ein strafrechtlich relevanter Tatbestand. Kommt bei mir garantiert nicht vor.«

»Also, was willst du von mir?«

»Ist das ein öffentlich zugängliches Lokal?«

»Ja.«

»Dürfen hier Menschen Getränke konsumieren, wenn sie diese auch bezahlen?«

»Was sollen die blöden Fragen?«

»Ich will nur sichergehen, keine Hausordnungen zu verletzen.«

»Bis jetzt ist die Hausordnung nicht verletzt.«

»Perfekt! Dann will ich ein kleines Bier.«

Alexander griff zu seiner Geldbörse und legte ein paar Münzen auf den Tresen. Luise zapfte das Bier, stellte es vor ihm ab und streifte die Münzen ein.

»Der Rest ist für dich.«

»Vielen Dank.«

»Das ist also aus dir geworden. Sehr mondän und schick.« Alexander schaute sich demonstrativ um.

»Es ist ein Job, okay?«

»Absolut okay. Ich finde es erstrebenswert, wenn die Menschen sich durch ehrliche Erwerbsarbeit ökonomisch absichern können. Mancher arbeitet in einem Penthouse mit Rundumblick auf die Stadt, mancher zapft in einer miesen Spelunke lauwarmes Bier.«

»Das Thermostat ist kaputt. Wird aber in den nächsten Tagen repariert.«

»Tüchtig!«

»Willst du mich verspotten, weil ich einen Job habe?«

»Niemals würde ich solches wollen! Niemals.«

»Wäre mir auch egal. Also, Alexander, das ist ein freies Lokal, du hast bestellt und bezahlt und darfst hochoffiziell hier sitzen und trinken. Aber ich muss mich nicht mit dir unterhalten.«

Alexander zuckte mit den Schultern.

»Du hast völlig recht. Das habe ich an dir immer bewundert, du hast nämlich immer recht gehabt, in allem, was du gesagt und getan hast.«

»Alex, leck mich.«

»Würde ich unserer gemeinsamen Vergangenheit willen eigentlich ganz gerne tun, aber angesichts der gegenwärtigen beunruhigenden Umstände sehe ich von solchen Intimitäten ab.«

Luise stutzte. Was war das für ein Tonfall? Und was sollten die dunklen Andeutungen?

»Was willst du wirklich?«

»Hast du vom Mord an Albin gehört?«

Luise stockte.

»Ja. Ich habe es in der Zeitung gelesen.«

»Und was weißt du im Detail darüber?«

Luise wurde laut.

»Was ist das jetzt für eine Frage?«

»Eine Frage aufs Geratewohl.«

»Ich weiß nur das, was in der Zeitung gestanden hat.«

»Erzähl mir mal, was in der Zeitung gestanden hat.«

»Wozu soll das gut sein?«

»Bleib ganz ruhig, mein Schatz. Kein Grund, nervös zu werden. Ich will ja nur ein bisschen mit der feschen Kellnerin plaudern.«

Aus den Augenwinkeln nahm Luise wahr, wie Frank sich von seinem Hocker erhob und auf sie zukam.

»He, Luise, gibt es hier irgendein Problem?«

Luise schnappte nach Luft. Jetzt das auch noch. Was mischte sich der Dummkopf da ein?

»Kein Problem, alles in Ordnung.«

»Hat jetzt aber nicht so geklungen. Belästigt dich dieser Kerl?«

Alexander wandte sich breit grinsend dem Mann zu.

»Oho, der Verehrer ist zur galanten Heldentat bereit. Nun, bei einer so hübschen Barfrau wundert es mich gar nicht, dass sich hier stille und leider nicht stille Verehrer tummeln.«

Der zynische Unterton feuerte Franks Entschlossenheit an. Er stellte sich vor Alexander auf. Dieser ließ sich von der drohenden Gestalt nicht im Geringsten einschüchtern.

»Mein Herr, beachten Sie bitte, dass ich Rechtsanwalt bin und Auseinandersetzungen mit Mitmenschen ausschließlich vor Gericht austrage. Und bitte nicht handgreiflich werden, ich kann mich nicht wehren und werde bei der kleinsten körperlichen Attacke zu Boden gehen und den Beistand eines Notarztes benötigen. Was im Falle des Falles vor Gericht noch eingehender zu besprechen sein würde.«

»He, Arschgesicht, flieg hier ab. Niemand interessiert sich für deine Fresse und schon gar nicht für die blöden Sprüche.«

Alexander sog theatralisch Luft ein und schaute Luise an.

»Liebe Luise, hast du diesem Kerl jegliche Höflichkeit aus dem Hirn gefickt? Der ist ja richtig geladen.«

Alexander lachte schmutzig.

»Oder hast du eben nicht mit ihm gefickt, und er ist deshalb so überschäumend konfrontativ.«

»Du lässt die Frau in Ruhe und gehst jetzt besser«, knurrte der Mann.

Alexanders Miene zeigte urplötzlich die volle Ladung seiner Wut.

»Halten Sie etwas Abstand, mein Herr, bevor ich meine gute Erziehung vergesse. Und mit meiner Exfrau rede ich, solange keine anderslautende richterliche Verfügung vorliegt, wann ich will und wo ich will. Klar soweit?«

Frank zuckte zurück. Allein der Blick seines Kontrahenten kaufte ihm den Schneid ab, und dass Luise einen Exmann hatte, hatte er nicht gewusst.

Luises Kollege hatte bemerkt, dass sich an der Bar eine undurchsichtige Situation ergeben hatte. Er trat neben Luise und beobachtete die Streithähne aufmerksam.

»Wie wäre es, wenn ihr zwei jetzt geht? Ihr könnt euch ja draußen auf der Straße die Köpfe einschlagen.«

Alexander erhob sich vom Barhocker und trat einen Schritt zurück.

»Körperverletzungen sind nicht nötig. Ich gehe. Mir gefällt das Ambiente in dieser Spelunke nicht. Und das Bier ist scheußlich. Lauwarm und abgestanden.«

Luise starrte noch eine Weile zur Tür. Was hatten Alexanders Fragen zu bedeuten? Und was hatte es mit dem Tod von Albin auf sich? Sie hatte es jetzt nicht gezeigt, aber als sie von der Ermordung Albins gelesen hatte, war sie geradezu in Panik ausgebrochen. Immerhin hatte sie den Mann gut gekannt.

*

»Sonst noch offene Fragen?«

Der als Bauleiter tätige Ingenieur, der Polier und der Vorarbeiter schauten erst einander, dann ihren gemeinsamen Chef an. Der Ingenieur kontrollierte seine Liste.

»Das war alles.«

»Eine Menge. So ein Scheißdreck.«

»Leider ja.«

Herwig Poschauer hatte in Stichworten mitgeschrieben. Es war für ihn völlig unmöglich, in eine Besprechung ohne sein Notizbuch zu gehen. Im Lauf der Jahre hatte sich eine hübsche Sammlung von solchen Büchern angehäuft. Natürlich warf er nichts weg, seine Sekretärin archivierte die Bücher sorgsam, obwohl er die alten Bücher fast nie wieder zur Hand nahm. Aber das eine oder andere Mal hatte es sich als nützlich erwiesen, in den alten Aufzeichnungen nachzuschlagen.

»Herr Pucher, Sie mailen mir Ihre Liste bitte.«

»Selbstverständlich.«

Es hatten sich auf dieser Baustelle einige gravierende Probleme ergeben, weswegen Herwig am späten Nachmittag in sein Auto gestiegen war. Das größte Problem war ein überraschender Wassereinbruch im Kellergeschoss des beinahe fertiggestellten Wohnhauses. So etwas konnte natürlich passieren und war in diesem Fall eigentlich höherer Gewalt zuzuschreiben. Niemand hatte in der Planung und in den vorherigen Bauphasen ahnen können, dass eine unterirdische Wasserader aufbrechen würde. Über Nacht war das gesamte Kellergeschoss knöcheltief mit Sickerwasser überflutet worden. Da würden zähe Verhandlungen mit dem Bauherrn und der Versicherung auf Herwigs Firma zukommen. Im Streitfall würde so etwas vor Gericht geregelt werden müssen, denn natürlich würde der Wassereinbruch die Fertigstellung des Wohnhauses um Wochen verzögern und die Baukosten gehörig in die Höhe treiben.

Herwig packte seine Tasche und erhob sich. Die vier Männer traten vor den Baucontainer, Herwig schüttelte seinen Angestellten die Hände und stapfte zu seinem Wagen. Es war Abend geworden, die Baustelle lag im Licht der Scheinwerfer, die Männer der Spätschicht waren noch in vollem Einsatz. Nur die beiden Kräne hatten wegen der hereinbrechenden Dunkelheit die Arbeit eingestellt. Der Ingenieur hatte im Morgengrauen eine Pumpe angefordert und wenig später erhalten. Seitdem lief das große Aggregat und pumpte das Sickerwasser aus dem Keller. Leider strömte immer noch Wasser nach.

Der Kofferraum klappte automatisch auf, Herwig legte den gelben Helm ab, schlüpfte aus den Gummistiefeln und stieg in seine Straßenschuhe. Sein SUV war natürlich gut ausgerüstet, in einer Kunststoffwanne transportierte er immer Gummistiefel, Bauhelm, einen Regenmantel, Arbeitshandschuhe und einen blauen Overall. Im Handumdrehen konnte er sich in einen Bauarbeiter verwandeln. Für die Besprechung im Baucontainer waren nur Stiefel und Helm nötig gewesen.

Herwig setzte sich hinter das Steuer und atmete durch. Ein langer Arbeitstag. Überhaupt war die Woche ziemlich stressig gewesen, von einem geregelten Arbeitstag konnte bei einem derart viel beschäftigten Unternehmer keine Rede sein. Er bemerkte jetzt erst, wie hungrig und durstig er war. Tagsüber hatte er zwischen Tür und Angel nur eine Wurstsemmel gegessen. Herwig überlegte, ob er noch in das nahe gelegene Gasthaus einkehren oder doch nach Hause fahren sollte. Seine Frau Edith sorgte dafür, dass der Kühlschrank stets gut gefüllt war, und sie verstand sich blendend darauf, in kürzester Zeit einen Happen für ihren Mann zuzubereiten. Seine unregelmäßigen Arbeitszeiten machten das notwendig. Während der Fahrt würde er sie anrufen und sein Heimkommen avisieren. Und während er dann zu Hause aus den Schuhen stieg und sich die Hände wusch, trug sie ihm schon einen Teller auf. Herwig wusste, dass sein Kumpel Alexander Edith für eine vielleicht hübsche, aber sonst dumme kleine Hausfrau hielt, doch Herwig wusste, was er an ihr hatte. Und seine beiden Kinder waren wohlgeraten, in vielen Jahren würde Herwig sein Unternehmen vertrauensvoll in deren Hände legen können. Über solche Dinge dachte sein Kumpel Alexander nicht nach, er trieb sich nach der Scheidung von dem Luxusflittchen Luise mit weit weniger luxuriösen Flittchen herum.

Herwig startete den Wagen und griff zur Cola-Flasche. Seit ein paar Tagen schon stand die Flasche halb voll im Wagen, daher zischte es kaum, als er den Schraubverschluss öffnete. Er nahm einen tiefen Schluck, verschraubte die Flasche wieder und fuhr los.

War er wirklich so hungrig? Nach und nach drehte sich die Straße vor seinen Augen. Sein Herz raste. Panik ergriff ihn. Sein Schädel drohte zu platzen.

Herwig trat auf die Bremse, verfehlte aber das Pedal, traf stattdessen das Gas. Der Wagen hüpfte voran. Er versuchte, den Wagen auf der Straße zu halten, fuhr Schlangenlinien. Jetzt traf er die Bremse, da rollte aber der Wagen schon in den Straßengraben und setzte hart auf. Herwig wurde in den Sicherheitsgurt geworfen. Der Motor starb ab. Hektisch fingerte er an der Schnalle des Gurtes, befreite sich und rammte mit der Schulter die Tür. Er torkelte über die Wiese und fiel auf die Knie.

Herwig Poschauer blickte zum Himmel empor. Die Dunkelheit des Abends war in gespenstisch grüne und gelbe Töne getaucht.

Dann verstand er.

Er rammte sich den Zeigefinger in den Rachen. Kam das Cola wieder hoch? Nein. Tiefer in den Rachen. Er würgte.

Er keuchte. Sein Hals schmerzte. Sein Herz schmerzte. Alles schmerzte. Raus das Gift. Raus!

Ein ekelhafter Geschmack drückte sich die Speiseröhre hoch.

Verdammt! Es kam nicht hoch. Verdammt!

Mehr. Tiefer. Er musste alles herausbrechen.

Herwig Poschauer sackte zusammen. Sein Oberkörper kippte um.

Wie überraschend schön die sich ausbreitende Stille war. Wunderschön.

*

»Friedel Holzmann.«

Christina musste unwillkürlich lächeln. Eine vertraute Stimme am Telefon.

»Hallo, Friedel. Christina spricht.«

»He, Christina! So eine Überraschung. Lange nichts von dir gehört.«

»Na deswegen rufe ich an.«

»Deine neue Nummer kennt mein Handy gar nicht.«

»Kannst sie gerne einspeichern.«

»Mach ich glatt.«

»Bist du schon im Büro?«

»Der Rechner schnurrt, die Bildschirme sind hell, und das Frühstück hab ich auch schon verdrückt.«

»Und dabei bestimmt die Tastatur vollgebröselt.«

»Das ist jetzt schon völlig egal. In meiner Tastatur tummeln sich ohnehin Millionen winzige Organismen.«

»So genau will ich das gar nicht wissen.«

»Ich glaube, die Putzfrau drischt mir bald den Besen um die Ohren.«

Friedel klang gut gelaunt. Schwatzhaft wie immer.

»Und wie wäre es, wenn du zu Hause frühstückst?«

»Gleich nach dem Aufstehen bin ich normalerweise nicht in der Lage, auch nur einen Bissen runterzuwürgen. Kaffee, das geht, aber sonst nichts. Und ich werde dazu gezwungen, in aller Früh zum Dienst zu erscheinen. Ich bin ein Rudersklave.«

Christina schmunzelte.

»Immerhin ein seriös bezahlter.«

»Bist du in Linz?«

»Nein. Ich bin zu Hause.«

»Zu Hause im tiefen Süden?«

»Ja.«

»Wie ist das Wetter in der Steiermark?«

»Gut. In der Nacht hat es geregnet, jetzt aber ist der Himmel fast wolkenlos.«

»Mist. Hier in Linz ist seit Tagen alles grau in grau. Vielleicht sollte ich auch in die Steiermark ziehen. Praktisch ein Klimaflüchtling. Du hast irgendetwas auf dem Herzen?«

»Siehst du, Friedel, ich habe immer gewusst, dass du als Polizist absolut qualifiziert bist.«

»Ich ertappe mich gelegentlich, den Quatsch selbst zu glauben.«

Sie kannte Friedel Holzmann von mehreren gemeinsamen Ermittlungen. Alles, was mit IT zu tun hatte, landete irgendwann auf dem Schreibtisch des Mannes Anfang 30. Für einen Polizisten sah er ganz unüblich aus, sein Haar trug er lang, er latschte in der Regel in Sandalen und Shorts durch die Gänge der Landespolizeidirektion Linz, er scherte sich nur nach wiederholten Aufforderungen der vorgesetzten Dienststellen um irgendwelche Regeln und duzte grundsätzlich alle und jeden. Und niemand in Linz grub sich so erfolgreich in Datenbanken wie Friedel. Zwischen Christina und Friedel hatte trotz ihrer so unterschiedlichen Auffassungen von Disziplin und Ordnung von Anfang an die Chemie gestimmt.

»Du Friedel, ich habe gerade eben den Computer eingeschaltet und die Nachrichten gelesen.«

»Hab ich auch.«

»Dann weißt du darüber Bescheid, dass hier in der Südsteiermark ein zweiter Mord mit Gift geschehen ist.«

»Üble Sache.«

»Und deswegen rufe ich an.«

»Deswegen? Du hast doch den Dienst quittiert.«

»Das ja, dennoch beschäftigt mich der Fall.«

»Also ich hoffe sehr, dass ich das gerade nicht gehört habe.«

»Zwei Giftmorde! Einer nachweislich mit Fingerhut, und mich würde es gar nicht wundern, wenn der gestrige Mord auch mit Fingerhut durchgeführt worden ist.«

»Was ich bisher gehört habe, ist das gleiche Schema angewendet worden.«

»Siehst du, da weißt du schon mehr als die Zeitungen.«

»Logisch. Ich sitze mitten in der Informationsmaschine. Und lass mich raten, Christina, genau deswegen rufst du mich an.«

»Exakt.«

»Bitte leg sofort wieder auf und ruf mich erst wieder an, wenn du in Linz bist und mit mir am Abend in einem Lokal ein Bierchen zwitschern willst. Dann können wir gerne über Fußball, die neuesten Entwicklungen der Open Source Community oder über gute Rezepte für Apfelstrudel plaudern.«

»Keine Angst, Friedel, ich frage dich nicht nach irgendwelchen polizeilichen Interna. Ich kenne die Regeln.«

»Na dann ist ja gut.«

»Ich will nur wissen, wer die Ermittlungen führt. Immerhin habe ich seinerzeit auch einen Mord mit Fingerhut aufklären müssen.«

Für eine Sekunde war Stille in der Leitung. Dann seufzte Friedel in das Telefon. Christina hörte schnelles Tastaturklappern.

»Sag mir bitte, was du vorhast.«

»Ich will einmal mit dem leitenden Inspektor sprechen. Na ja, vielleicht schau ich mir die eine oder andere Sache an, die nicht auf der üblichen Polizei-Agenda steht.«

»Das ist jetzt aber nicht ernst gemeint, oder?«

»Ich glaube schon, dass ich das ernst meine.«

»Ich soll also meine Schulden von damals abbezahlen.«

»Du hast keine Schulden bei mir. Ich habe dich damals aus Überzeugung gedeckt.«

»Und ich soll dich jetzt aus Überzeugung mit Infos versorgen.«

»Sag mir einfach, wer die Ermittlungen leitet. Dann lege ich gleich wieder auf.«

»Ich habe noch genau im Ohr, wie du vor knapp einem Jahr gesagt hast, dass du dich nie wieder in das Schlamassel anderer Leute einmischen willst.«

»Das habe ich gesagt, und das stimmt auch im Prinzip, aber die Sache lässt mir keine Ruhe. Ich habe eine Zeugin getroffen. Die junge Frau, die die erste Leiche gefunden hat. Das hat mir zu denken gegeben.«

»Versprichst du mir hoch und heilig, dass du da jetzt nicht als wild gewordene Privatermittlerin durch die Gegend rennst und Leute mit unguten Fragen quälst?«

»Versprochen. Ich will nur einmal mit dem leitenden Inspektor sprechen.«

»Zufälligerweise hat ein Kollege vom Nachbarzimmer vor zwei Tagen ein Telefonat mit Chefinspektor Jörg Seiner aus Graz geführt. Da ging es um ein paar Berichte zum Fall Josef Lehner.«

Alleine der Name Josef Lehner jagte Christina einen

Schauer über den Rücken. Sie konnte sich noch viel zu lebhaft an die Leiche des alten Bauern erinnern. Ihr erster Mordfall. Wie lange war das her? Es schienen Jahrhunderte zu sein, und doch war ihr der Fall so präsent, als sei er gestern passiert.

»Jörg Seiner also. Du bist ein Schatz.«

»Nein, ich bin ein Trottel. Warum habe ich dir noch nie etwas abschlagen können? Ich glaube, ich lass mir bald einen Termin bei der Psychologin geben.«

»Wie geht es Vesna?«

Friedel war hörbar erfreut, dass das Gespräch wieder zum Privatleben zurückkam.

»Voll gut. Sie ist schwanger.«

»Großartig!«

»Wir freuen uns irrsinnig auf das Baby.«

»Bub oder Mädchen?«

»Noch zu früh. Dritter Monat.«

»Herzlichen Glückwunsch! Wirklich, ich freue mich mit euch. Ich mache dir einen Vorschlag.«

»Ich höre.«

»Wenn ihr mal in der Südsteiermark seid, kommt unbedingt bei mir vorbei. Ich koche. Und ich habe auch ein Gästezimmer.«

»Ganz lieb, Christina, ich merke mir das vor.«

»Hat mich gefreut, mit dir wieder einmal zu sprechen.«

»Ganz meinerseits.«

»Schönen Tag noch.«

»Ciao.«

Christina legte das Telefon neben der Tastatur ab. Hatte sie das gerade eben wirklich getan? War sie jetzt völlig übergeschnappt? Ihr Blick fiel auf ein Foto des Bauunternehmers Herwig Poschauer auf dem Bildschirm. Gift. Dasselbe Schema. Höchstwahrscheinlich Fingerhut. Eine Serie? Obwohl durch das offenstehende Fenster klare und milde

Luft strömte, meinte sie näher rückende Schatten und eisige Kälte zu spüren. Sie hasste sich für das, was sie vorhatte, und wusste doch, dass sie nicht anders konnte. Christina griff erneut nach dem Telefon.

*

Sie öffnete die Augen und blinzelte zur Straße hinüber. Christina lümmelte auf der Sitzgruppe vor dem Haus und genoss die Nachmittagssonne. Vormittags hatte sie im Haus gearbeitet, sich danach ein leichtes Mittagsmahl zubereitet, etwas später eine Tasse Tee getrunken und nun faulenzte sie in den Nachmittag hinein. Die Stille rundum war vollkommen, vorausgesetzt, das frühlingshafte Geschwätz der Vögel galt nicht als Störung der Stille. Jetzt aber näherte sich ein Auto. Christina griff nach ihrem T-Shirt und zog es sich über. Im BH wollte sie keine unerwarteten Besucher empfangen. Ein dunkelgrüner Renault Laguna. Ein ihr unbekanntes Fahrzeug. Der Wagen hielt an. Christina stand vor dem Haustor und wartete, bis der Mann sich aus dem Wagen hob. Die Tür klappte zu.

»Grüß Gott«, grüßte der ungefähr 50-jährige Mann.

Christina ging ihrem Besucher entgegen.

»Guten Tag?«

Der Mann trat vor Christina. Er reichte ihr die Hand zum Gruß. Was klingelte da in ihr? Ein Warnsignal.

»Darf ich mich vorstellen. Mein Name ist Jörg Seiner.«

Christina zog die Augenbrauen hoch und ergriff die ihr dargebotene Hand.

»Guten Tag, Herr Seiner. Christina Kayserling.«

»Freut mich, Sie persönlich kennenzulernen, Frau Kayserling.«

»Die Ehre ist ganz auf meiner Seite.«

Am Vormittag hatte sie herumtelefoniert und die Handynummer des Chefinspektors herausgekriegt. Sie hatte ihn auch angerufen, aber er hatte nicht abgehoben, also hatte sie eine Nachricht auf Tonband hinterlassen. Und schon am vorgerückten Nachmittag stand der Mann vor ihr. Interessant.

»Herr Seiner, ich freue mich, dass Sie den weiten Weg aus Graz zu mir genommen haben.«

»Ich bin nicht extra aus Graz zu Ihnen gefahren, ich habe in der Gegend zu tun gehabt und spontan den Entschluss gefasst, Sie zu besuchen. Immerhin haben Sie mir auf die Mobilbox gesprochen.«

»Dann danke ich dennoch, dass Sie den Umweg genommen haben.«

»Tut mir leid, dass ich Ihr Sonnenbad störe.«

»Ach, ich sitze schon seit einer halben Stunde da herum und arbeite an einem Sonnenbrand.«

Jörg Seiner ließ seinen Blick kreisen.

»Schön haben Sie es hier.«

»Das ja.«

»Die Bäume schlagen schon aus, und die Wiese ist saftig grün. Sehr naturverbunden.«

»Eine Fülle von Leben.«

»Sehr abgeschieden. Fast einsam.«

»Sind Sie in Eile, Herr Seiner?«

»Es geht so.«

»Wollen Sie sich setzen? Was darf ich Ihnen anbieten. Kaffee? Apfelsaft? Tee?«

»Ein Häferl Kaffee wäre nicht schlecht.«

»Das ist ein Wort.«

Christina führte Seiner zum Gartentisch. Dann sauste sie in die Küche und brühte zwei Tassen Kaffee auf. Wenig später setzte sie sich zu ihrem Besucher.

»Sind Sie im Dienst, Herr Seiner?«

»Ich weiß gar nicht, wie sich das anfühlt, einmal nicht im Dienst zu sein.«

»Kommt mir von irgendwoher bekannt vor.«

»Das Haus ist ein Schmuckstück geworden. Sehr stilvoll renoviert. Gratuliere.«

»Ich habe keine Kosten und Mühen gescheut. Milch und Zucker?«

»Nur etwas Zucker. Vielen Dank.«

Christina konnte es nicht leugnen. Sie war neugierig. Warum besuchte der Kriminalist sie? Nach nur einer kurzen Nachricht auf dem Tonband. Jörg Seiner nahm einen Schluck. Er nickte Christina zu.

»Na, Sie nehmen nur die feinsten Bohnen. Erstklassiger Kaffee.«

»Freut mich, dass er schmeckt.«

Seiner stellte die Tasse ab.

»Vogelgezwitscher, eine sonnige Sitzbank, Stille, viel Grün rundherum und erstklassiger Kaffee. Ich fühle förmlich, wie der Stress von mir abfällt.«

»Genau aus diesem Grund lebe ich hier.«

Seiner kniff die Augen zusammen und fixierte Christina.

»Warum haben Sie mich heute Vormittag angerufen?«

»Diese Frage versuche ich mir schon den ganzen Tag über selbst zu beantworten.«

»Haben Sie eine Antwort?«

»Lassen Sie mich ein wenig ausholen. Alleine dass Sie zu mir gekommen sind, bedeutet, dass Sie wissen, wer ich bin.«

»Das stimmt. Ich kenne Ihren Lebenslauf, habe Berichte von Ihnen gelesen, und in der Datenbank habe ich auch Fotos von Ihnen gesehen.«

»Gut, dann brauche ich meine Vergangenheit nicht extra darzulegen.«

»Nicht nötig, Frau Abteilungsinspektor außer Dienst.«

»Ich habe aus den Medien von den Mordanschlägen an Albin Ninaus und Herwig Poschauer gehört. Zuerst wollte ich mich gar nicht damit beschäftigen, habe das alles von mir fortgeschoben. Aber ich habe eine Zeugin getroffen.«

»Eine Zeugin? Wen?«

»Rita Aldrian. Die junge Frau, die bei den Waldbesetzungen an der Schwarzen Sulm dabei war und die jetzt als Assistentin von David Kerber auf der Handalm tätig ist.«

»Der Wildbiologe mit seinem Fernglas.«

»Die Begegnung mit Rita hat bei mir einen seltsamen Prozess in Gang gesetzt. Ich kann den Fall nicht von mir schieben. Immerzu geht mir das Schicksal dieses Arztes durch den Kopf. Und dann gestern Abend der Mord an Herwig Poschauer. Den Medien konnte ich nicht entnehmen, woran Poschauer gestorben ist, aber das Schema der Anschläge schaut aus der Ferne identisch aus.«

»Das Schema ist völlig identisch. Die Rechtsmedizin hat auf Weisung des Staatsanwalts sofort eine Leichenöffnung durchgeführt. Digitalis purpurea, die Substanz ist gleich, die Methode ist gleich, das Ergebnis ist gleich.«

»Der Täter oder die Täterin muss gewusst haben, dass die Männer Trinkflaschen in ihren Autos mitführten, und einen Weg gefunden haben, sich Zugang zu verschaffen. Entweder weil er oder sie bekannt mit den Opfern war, oder weil sich da jemand mit den Funkverriegelungen von Fahrzeugen der Oberklasse auskennt.«

»Wir recherchieren in alle Richtungen.«

»Sind biometrische Spuren in den Fahrzeugen gefunden worden?«

»Nur solche, die wir eindeutig zuordnen konnten. Und von denen kommt nach derzeitigem Ermittlungsstand niemand als Täter infrage.«

»Über Herwig Poschauer weiß ich nicht viel mehr, als dass er ein erfolgreicher Bauunternehmer war. Mehr stand nicht in den Medien. Aber das Leben von Albin Ninaus ist ja von der Presse bis ins letzte private Detail ausgeschlachtet worden.«

Seiner nickte zustimmend.

»Die Reporter haben sich wie die Geier auf den Fall gestürzt. So viele Mordanschläge mit Gift gibt es in der Region nicht.«

»In den Presseberichten ist mir aber aufgefallen, dass sehr wenig über den Stand der Ermittlungen erwähnt wird.«

»Frau Kayserling, Sie wissen, wie so etwas funktioniert. Mit Informationen auf Pressekonferenzen herumwerfen, können Politiker und solche, die es werden wollen, wir Kriminalisten halten uns da eher zurück.«

Christina legte kurz den Kopf schief.

»Sie sagten *wir*. Das inkludiert mich. Obwohl ich gar keine Kriminalistin mehr bin.«

»Hat sich jetzt aber gar nicht so angehört.«

»Sie sagten, Sie hätten Berichte von mir gelesen.«

»Das habe ich.«

»Sie besuchen mich wegen Josef Lehner, nicht wahr?«

Jörg Seiner atmete tief durch.

»Ihre analytische Denkweise verrät Ihren ehemaligen Beruf.«

»Wie kann ich Ihnen helfen, Herr Seiner?«

»Eigentlich gar nicht. Aber Sie sind die einzige lebende Polizistin in Österreich, die je einen Giftmord mit Fingerhut aufgeklärt hat. Verzeihung, *ehemalige* Polizistin. Natürlich habe ich Ihre Berichte gelesen. Zuerst habe ich den Endbericht nur überflogen, aber dann hat es mich gepackt, und ich habe mich in den Fall Josef Lehner vertieft. Sehr methodisch. Sehr analytisch. Sehr einfühlsam. Und erfolgreich. Ehrlich, Frau Kayserling, ich bin schon seit ein paar Jährchen beim Verein und weiß, was bei Ermittlungen alles schief gehen kann, was alles wegen Oberflächlichkeit, Überlastung und Kompetenzwirrwarr versemmelt wird, welche Verdächtigen mangels hieb- und stichfester Beweise wieder freigelassen werden, obwohl alle genau wissen, dass sie die Täter sind. Im Fall Josef Lehner sind erstaunlich wenige Fehler gemacht worden.«

»Na ja, Fehler waren genug dabei, aber wir haben damals Glück gehabt.«

Seiner zuckte mit den Schultern.

»Da können die hochintelligenten Profiler mit Doktortiteln noch so sehr von ihren unfehlbaren Methoden schwärmen und die IT-Gendarmerie jeden Staatsbürger bis unter die Bettdecke durchleuchten, ohne Glück geht gar nichts. Mir ist das klar. Nur manchmal muss man das Glück auch erzwingen.«

»Ich höre zwischen den Sätzen von Problemen, den Kreis der Verdächtigen einzuengen.«

»Völlig richtig. Langsam wird mir in meiner Haut unwohl. Ninaus und Poschauer sind nicht meine ersten Tötungsdelikte. Ich bin da abgebrüht. Aber was habe ich bisher gehabt? Eifersuchtstaten von Männern, deren Frauen sich scheiden lassen wollten. Einmal war da eine Frau, die ihren sturzbetrunkenen Mann im Bett erstickt hat, nachdem er seine zwei Söhne und die Frau windelweich geprügelt hatte. Ein paranoider Waffennarr hat seinem Nachbarn eine Kugel verpasst, nachdem dieser aus Versehen einen kleinen Parkschaden angerichtet hatte. Fälle, die sich mit ein bisschen Hausverstand und grundlegender Menschenkenntnis in kurzer Zeit aufklären lassen. Meine Hauptarbeit in Tötungsdelikten bestand bisher darin, die Daten zu sammeln, damit vor Gericht klare Urteile gefällt werden können.«

»Jetzt haben Sie es aber mit einem klugen und gerissenen Täter zu tun.«

»Leider ja.«

»Täter oder Täterin.«

»Sie wissen selbst aus der Geschichte der Kriminalistik, dass Giftmorde auf eine Frau hindeuten.«

»Außer beim Mord an Josef Lehner. Da war ein Mann der Täter.«

»Ein schwuler Mann.«

»Bisexuell. Der Mann hat Frau und Kinder gehabt.«

»Trotzdem ein Mann, der im Denken und Fühlen der weiblichen Weltsicht sehr nahe war.«

»Vermuten Sie eine Frau als Täterin?«

»Ja. Aber ich tappe im Dunklen. Das Umfeld des Opfers haben wir systematisch durchleuchtet. Nichts. Die Lebensgefährtin stand zuerst ganz oben auf unserer Liste, aber je mehr wir über die Frau in Erfahrung gebracht haben, desto deutlicher scheidet sie aus der Reihe der Verdächtigen aus. Danach war die Patientenkartei des Mannes an der Reihe. Viel Arbeit, viel Rennerei, keine greifbaren Ergebnisse.«

»Manche Morde werden nie geklärt.«

»Das wollen wir in diesem Fall nicht hoffen.«

»In der Zeitung stand, dass Ninaus und Poschauer dicke Freunde waren.«

»Sie waren auch Geschäftspartner.«

»Ein Bauunternehmer und ein Arzt waren Geschäftspartner?«

»Albin Ninaus war vermögend, und er hat sein Kapital mehrmals in Bauprojekte von Poschauer investiert. Und ordentlich daran verdient.«

»Also sind sowohl das private als auch das berufliche Umfeld relevant.«

»Schaut verdammt nach einer Serie aus«, brummte Seiner und leerte die Kaffeetasse.

»Alles, was ich bisher gehört habe, klingt nach einem Rachefeldzug.«

»Glauben Sie?«

»Das ist reine Vermutung.«

»Aber naheliegend. Ist mir auch schon durch den Kopf gegangen. Wir haben alle Hebel in Bewegung gesetzt, um die Geschäftsverbindungen der beiden Männer zu durchleuchten. Und um potenzielle weitere Opfer zu lokalisieren und zu schützen.«

»Ich verstehe nur zu gut, warum Sie im Stress sind.«

»Stress ist eigentlich harmlos ausgedrückt.«

Christina schaute ein Weilchen nachdenklich zu den fernen Gipfeln der Koralpe. Jörg Seiner sah auf die Uhr und erhob sich. Christina stand auch auf.

»Danke für den Kaffee, Frau Kayserling.«

»Sehr gerne.«

»Ich habe eine Bitte an Sie.«

»Und zwar?«

»Bei der Lektüre der Berichte habe ich den Eindruck gewonnen, dass Sie den Fall Josef Lehner auf eine sehr tiefgründige Weise verstanden haben. Ich meine die Motive und Handlungen der Beteiligten. Die Anschläge zeigen ein sehr hohes Maß an Intelligenz und Vorbereitung. Vielleicht fällt heute Abend wieder irgendwo ein Mann tot um. Und deswegen habe ich eine Bitte an Sie. Ich weiß, dass Sie einen Schicksalsschlag hinter sich haben und dass Sie einige Tote gesehen haben, dass Sie den Polizeidienst quittiert haben, weil Sie das Stochern in menschlichen Tragödien nicht mehr ertragen konnten. Das hat mir Ihr ehemaliger Vorgesetzter am Telefon gesagt. Der Sie übrigens herzlich grüßen lässt. Und der auch gesagt hat, dass Ihnen eine großartige Karriere als Kriminalistin offen stand.«

»Und was ist die Bitte?«

Der Polizist nahm eine Visitenkarte aus der Brusttasche seines Jacketts und schaute dann Christina tief in die Augen.

»Halten Sie sich da raus. Lassen Sie es sich in Ihrem Winzerhaus gut gehen, aber mischen Sie sich nicht in polizeiliche Ermittlungen. Sie sind aus dem Spiel.«

»Ich verstehe.«

»Sie wissen, dass ich das sagen muss.«

»Völlig klar.«

»Aber wenn Ihnen irgendetwas auffällt, wenn Sie eine Idee haben, die mir weiterhelfen kann, dann rufen Sie mich an.«

Jörg Seiner reichte ihr die Visitenkarte.

»Vielen Dank für den erstklassigen Kaffee, Frau Kayserling.«

»Sehr gerne.«

»Vielleicht ergibt sich ja irgendwann die Möglichkeit, dass wir einander wieder treffen. Wenn ich Zeit finde, gehe ich gerne in den Weinbergen wandern. Und dann kehre ich gerne in einer Buschenschank ein. Ein Glas Wein, eine Brettljause. Ich bin gern hier in der Region. Vielleicht laufen wir uns da über den Weg.«

»Ich würde mich freuen.«

»Gut. Dann breche ich jetzt auf. Auf Wiedersehen.«

»Auf Wiedersehen, Herr Seiner.«

Christina begleitete den Mann bis zum Auto. Sie sah dem abfahrenden Wagen hinterher. Die Unruhe war sehr präsent. Ein tief sitzendes Pochen in den Arterien, ein ruheloses Lauschen in alle Richtungen.

War das Jagdfieber? Christina stapfte zur Gartenbank zurück. Was sonst?

EIN JAHR ZUVOR

Sie lag auf dem Bett und schaute seit einer halben Stunde zur Zimmerdecke. Und tat, was ihr die Physiotherapeutin gesagt hatte und was sie sich selbst als Übungsprogramm vorgenommen hatte. Hob das linke Bein, hob das rechte Bein, bewegte die Zehen, beugte die Knie. Sie hob den linken Arm, dann den rechten, bewegte die Finger und beugte die Ellbogen. Anna war erschöpft. Sie schwitzte und atmete schwer.

Früher waren Curd und sie leichtfüßig die Berge hochgestiegen, rauf zum Koralpenhaus beim Großen Speikkogel, rauf auf die Teichalm, auf den Hochschwab oder den Dachstein. Sie hatten so viele schöne Touren unternommen. Anna hatte auch immer mit Interesse und Faszination Curds ausführlichen Vorträgen über diese oder jene geologische Formation gelauscht. Anna liebte die Natur, das hatte sie schon als Kind getan. Sie hatte als halbwüchsige Göre mehrmals mit ihrer Mutter gestritten, weil diese den Gärtnern aufgetragen hatte, die Hecke zu stutzen oder die Obstbäume zu schneiden. Selbst gegen das Rasenmähen war Anna aufgetreten. Was natürlich ihrer Mutter nicht im Geringsten imponiert hatte. Wie oft war sie als Kind von ihrer Mutter wegen ihrer Aufsässigkeit bestraft worden? Anna verwarf die Frage. Sinnlos, so etwas zählen zu wollen. Eigentlich hatten Mutter und Tochter einander irgendwie bewundert, die Mutter die Tochter, weil sie am Klavier so talentiert gewesen war und sich streitbar für die Blumen auf der Wiese und die Hecke eingesetzt hatte, und die Tochter die Mutter, weil sie so diszipliniert und organisiert ein großes Haus geführt hatte, weil sie fließend vier Sprachen gesprochen und sich immer bemüht hatte, den Gesprächspartner aussprechen zu lassen. Und dennoch hatte es zwischen den beiden häufig gekracht.

Ob er zu Schlaf fand? Sie wusste, dass er in seinen dunklen Phasen viel zu wenig schlief, dass er nach drei oder vier Stunden Schlaf wach wurde und im dunklen Haus umher schlich. Mit großen Mengen Melissen- und Kamillentee hatte sie gegen seine Schlaflosigkeit angekämpft, mit Johanniskraut gegen die Stimmungsschwankungen. Nur wenn es nicht anders ging, hatte sie ihm geraten, die vom Arzt verordneten Tabletten zu nehmen. Früher war sie eine entschiedene Vertreterin der Kräuterheilkunde gewesen und hatte die Produkte der Pharmaindustrie misstrauisch beäugt. Und jetzt? Jetzt nahm sie selbst Medikamente.

Erschöpft ließ sie die Arme sinken.

Irgendwann würde sie ihre Arme gar nicht mehr heben können. Würde sie eine Locked-in-Patientin werden? Ein wacher Geist in einem unbeweglichen Körper? Würde der Geist auch bald nachlassen?

Sie dachte an Curds Worte. »Genieße das Leben, solange es währt.« Das hatte er damals gesagt, als er nach dem Tod seines Großvaters in eine tiefe Depression verfallen war. Damals waren sie zwar schon ein Paar, aber noch nicht verheiratet gewesen. Sie hatte gewusst, dass er im Stillen an den Freitod gedacht hatte, ihn aber ihretwegen niemals suchen würde. Damals hatte sie gefühlt, das Curd der richtige Partner für sie war.

Wie stand es mit ihr und dem Gedanken an den Freitod? Mit der Psychologin der Klinik hatte sie offen das Thema besprochen. Die Frau hatte ihr Statistiken gezeigt, dass Menschen in ihrer Situation zu soundso viel Prozent in der ersten Phase der Krankheit an den Freitod dachten, und dass dann im Zuge eines Akzeptanzprozesses diese hohe Zahl dramatisch schrumpfte, und die allermeisten Patienten freudig das ihnen verbliebene Leben genossen. Anna hatte die Strategie der Psychologin schnell durchschaut und nach einer Stunde Vortrag mit einem ironischen Schmunzeln gesagt, dass sie grundsätzlich allen Statistiken, die sie nicht selbst gefälscht habe, misstraue. Immerhin hatte die Psychologin die Niederlage mit Humor getragen.

Was blieb einem übrig, wenn sonst alles im Leben wegbrach? Zwei Dinge fand Anna lebensnotwendig. Erstens die Verzweiflung. Die Verzweiflung blieb immer als Anker im Leben, nämlich als der Anker, den man sich an das Bein ketten konnte, um in die schwarze Tiefe des Meeres gezogen zu werden. Zweitens der Humor. Nichts auf der Welt hatte einen Sinn, nichts im Kosmos hatte einen Grund, also warum dann nicht über die Absurdität des Lebens lachen?

Würde Curd etwas über diesen undurchsichtigen Anwalt in Erfahrung bringen? Anna musste sich eingestehen, dass der Gedanke, dieser Frau, Luise, der ach so attraktiven Gattin des Herrn Rechtsverdrehers, mit glühendem Eisen die Augen auszubrennen, etwas Tröstliches hatte. Anna war klar, dass es hässliche Gedanken waren, und dass sie sich dafür schämen sollte. Aber war die Scham nicht immer auch eine Variable der Umgebungsgleichung, ein Parameter in einer permanent laufenden Kalkulation? Variablen und Parameter konnten sich ändern, konnten mal so, dann wieder anders aussehen. Nichts besaß einen Wert im Leben. Außer allem.

Noch fünf Tage in der Klinik. Sie freute sich auf ihr Haus. Auf ihr Bett. Auf ihren Mann. Curd hatte heute noch nicht angerufen. Ihr Handy klingelte. Anna lächelte. Es konnte nur Telepathie sein. Was sonst?

*

Curd erhob sich von seinem Schreibtisch und ging quer durch das Haus in die Küche.

»Sieglinde.«

»Ja?«

Curd trat an die Haushälterin heran, die gerade dabei war, ihren Arbeitstag zu beenden. Es war fünf Uhr an einem Freitag, Zeit für das Wochenende. Seit 14 Jahren leistete Sieglinde Hofer wertvolle Arbeit, um das große Haus wohnlich zu halten, außerdem war sie eine hervorragende Köchin. Curd wusste gar nicht, was er ohne Sieglinde machen sollte.

»Gerade hat sich noch kurzfristig Besuch angesagt. Wäre es möglich, dass du für Herrn Doktor Ninaus und mich noch einen kleinen Happen zubereitest?«

Die stämmige Steirerin nickte zustimmend.

»Kein Problem. Ich habe ohnedies ein Abendessen im Kühlschrank bereitgestellt. Das reicht als kleiner Happen auch für zwei.«

Die Frau öffnete den Kühlschrank und nahm einen Teller mit Ziegenkäse, Stangensellerie, Paprika und Tomaten heraus.

»Zwei Teller, Olivenöl, ein paar Kräuter und Weißbrot dazu. Ist das in Ordnung?«

Curd hob begeistert die Hände.

»Das ist großartig, liebe Sieglinde!«

»Dazu eine Kanne Kräutertee? Oder lieber Wein?«

»Kräutertee. Doktor Ninaus kommt mit dem Auto.«

»Ist recht, Curd. In ein paar Minuten ist alles fertig.«

Durch das Küchenfenster sah Curd einen Wagen die Bergstraße hochfahren.

»Ah, mein Gast ist schon da.«

Mit ausgreifenden Schritten eilte Curd los und empfing Albin Ninaus auf der Treppe. Die Männer schüttelten einander die Hände, Curd führte Albin in den Salon.

»Mein lieber Albin, ich habe Sieglinde gebeten, einen Imbiss vorzubereiten. Darf ich dich zum Abendessen einladen?«

»Das ist sehr freundlich, aber ich habe zu Mittag schon gegessen.«

»Es ist nur ein kleiner Rohkostteller mit etwas Käse. Dazu eine Scheibe Brot. Kein Diner, nichts Schweres, ein kleiner Happen.«

Albin lächelte freundlich.

»Na dann, einen Rohkostteller schlage ich nicht aus.«

»Gut, dann werde ich Sieglinde gleich Bescheid geben.«

»Ich bin schon da. Soll ich servieren?«

Curd drehte sich zu seiner im Türrahmen stehenden Haushälterin um.

»Ja bitte.«

Die beiden Männer nahmen am Tisch Platz.

»Da hast du ja eine echte Perle im Haus«, sagte Albin.

»Allerdings.«

Die beiden plauderten noch über dies und das, bis die Haushälterin die Teller und den Tee servierte.

»Vielen Dank, meine Gute.«

»Du Curd, ich bin jetzt in der Küche fertig und fahre los.«

»Selbstverständlich. Ich wünsche dir ein geruhsames Wochenende.«

Curd füllte die Teetassen und nahm das Besteck zur Hand.

»Guten Appetit.«

»Ein wirklich sehr herzlicher Empfang. Da komme ich gerne zu Besuch. Ich muss mich noch einmal entschuldigen, dass ich dich so kurzfristig aufsuche, fast überrumple. Hm, sehr gut. Exzellenter Käse. Woher hast du ihn?«

»Von einem Bauern aus Eibiswald.«

»Du musst mir die Adresse notieren.«

»Sehr gerne.«

Sie aßen eine Weile schweigend.

»Was verschafft mir das Vergnügen deines Besuchs?«

Albin spießte das letzte Stück Salat auf. Seine Miene verfinsterte sich.

»Deine Frau hat ihre vier Wochen in Bad Radkersburg bald hinter sich, nicht wahr?«

»Ja. Am nächsten Dienstag hole ich sie ab.«

»Und wie geht es ihr?«

»Recht gut. Die Therapien haben gut angeschlagen, sie hat sehr schöne Fortschritte gemacht.«

Albin legte das Besteck ab und schaute zum Fenster hinaus.

»Ihr wohnt hier sensationell. Die Umgebung ist ein Traum.«

»Wir genießen die Lage jeden Tag aufs Neue.«

Albin fasste nun Curd ins Auge.

»Du kennst Doktor Joachim Thaller aus Bad Radkersburg?«

»Ja.«

»Joachim ist ein Studienkollege von mir. Wir treffen uns nach wie vor zum Tennisspielen oder Joggen.«

»Der Mann wirkt recht sportlich.«

»Ich habe gestern mit Joachim telefoniert. Wir haben über Anna gesprochen.«

Curd zog die Augenbrauen hoch.

»Über Anna?«

»Ein Gespräch unter Ärzten.«

»Aber du bist doch Internist und kein Neurologe.«

»Es ging nicht so sehr um diagnostische oder therapeutische Belange, da bin ich wirklich kein Experte, es ging vielmehr um sozusagen organisatorische Dinge.«

»Erkläre dich bitte näher.«

»Joachim hat mir gesagt, dass er über die Prognosen mit Anna und dir ein offenes Gespräch geführt hat.«

Curd schluckte.

»Allerdings.«

»Hat Anna eine Zusatzversicherung?«

»Das hat sie. Wir beide sind gut versichert.«

»Es gibt in Tirol eine Spezialklinik. Es ist ein privat geführtes Haus, daher reicht selbst eine Zusatzversicherung nicht aus, alle Kosten zu decken.«

»Eine Spezialklinik?«

»Ja. In der Nähe von Kufstein. Ein kleines Haus, aber nur hoch qualifizierte Neurologen, ein professionelles Pflegeteam und erstklassige Physiotherapeuten sind dort beschäftigt. Und die Gegend ist traumhaft schön. Warte, ich zeige dir die Website.«

Albin nahm sein Smartphone zur Hand und wischte darauf herum. Er hielt Curd das Display des Telefons hin.

»Das ist die Startseite. Hier hast du ein paar Außenaufnahmen. Das Hallenbad. Ein Therapieraum. Hier einige Bilder von den Zimmern.«

»Sehr komfortabel.«

»Definitiv. Und hier sind Fotos des Teams. Der Primar. Das Ärzteteam. Das Pflegeteam. Alles Vollprofis. Allerdings ist der Aufenthalt dort nicht ganz billig.«

»Ich scheue keine Kosten und Mühen, um für Anna ein optimales Umfeld zu schaffen.«

Der Blick des Arztes war voll Wärme, er nickte Curd anerkennend zu und steckte sein Smartphone wieder ein.

»Genauso habe ich dich eingeschätzt, lieber Curd. Joachim und ich sind aus medizinischer Sicht völlig einer Meinung, dass Anna dort noch besser geholfen werden kann, als in der zwar großartig geführten, aber doch sehr überlaufenen Klinik in Bad Radkersburg.«

»Das klingt hochinteressant.«

»Es gibt aber ein Problem.«

»Nämlich?«

»Die Warteliste.«

»Ich verstehe.«

»In den nächsten zwei Jahren ist in dieser Klinik kein Bett frei. Aber du weißt, gerade die nächsten zwei Jahre sind für Anna wesentlich, die Krankheit auf längere Sicht in Grenzen zu halten.«

»Das hat Doktor Thaller auch gesagt.«

Albin machte eine bedeutungsvolle Pause.

»Ich kann Anna helfen.«

»Wirklich?«

»Der Leiter der Tiroler Klinik ist ein langjähriger Freund meines Vaters. Die beiden waren mehrmals gemeinsam auf der Jagd. Mal in der Steiermark, mal in Tirol, mal in Schweden oder Russland.«

»Du würdest also für Anna ein gutes Wort einlegen.«

»Ich kann nichts versprechen, aber ich kann es versuchen.«

Curd fasste Mut.

»Das wäre großartig! Ich wäre dir zu ewigem Dank verpflichtet.«

Albin griff zur Teetasse und nippte daran. Er musterte seinen Gastgeber. Und taxierte ihn. Warum Alexander solche Probleme mit diesem Weichei von Mann hatte? Ließ der Herr Anwalt nach? Albin verzog seine Lippen. Wahrscheinlich war nicht Curd das Problem, sondern seine Frau. Ein stures Luder. Aber die Frau hatte ein Ablaufdatum.

»Den du mit einer Kleinigkeit abtragen könntest.«

Curd schaute verdattert.

»Was meinst du?«

Albin stellte die Teetasse ab. Er machte eine leidende Miene.

»Alexander hat mir angedeutet, dass es da irgendeine unschöne Szene zwischen dir und ihm gegeben hat. Ich will gar nicht die Details wissen, es geht mich diese Sache auch überhaupt nichts an. In jedem Fall habe ich bemerkt, dass Alexander es furchtbar leidtut, dass er dir gegenüber hart aufgetreten ist. Er ist Anwalt! Curd, du kennst die Anwälte. Wenn die nicht streiten können, dann sind sie doch todunglücklich. Aber ich bin Arzt. Streit interessiert mich nicht, nein, vielmehr lehne ich Streit ab, weil ich aus klinischer Erfahrung weiß, dass Streit jeden Therapieprozess stört. Ich will ein gutes Einvernehmen, bei meiner Arbeit und in meinem Leben.«

»Du sprichst von diesem Bauprojekt an der Weißen Sulm.«

»Ja.«

»Wie bist du darin involviert?«

»Ich will, dass wir mit guten und nachhaltigen Projekten die ökologische und wirtschaftliche Zukunft unserer Heimat sichern.«

»Du bist also einer der Investoren.«

»So ist es.«

»Und du willst, dass ich Anna veranlasse, den Kaufvertrag zu unterschreiben, damit im Ochsenwald die Bagger rollen können. Im Gegensatz dazu verschaffst du ihr einen Platz in dieser Klinik.«

Albin nickte. Also war der Mann doch nicht so doof. Sein Geschäft mit Steinen erforderte zwar keine sehr hohe Intelligenz – weil was war an so einer Wagenladung Stainzer Platte aus dem Steinbruch schon smart –, aber immerhin stand er nicht pausenlos auf der Leitung.

»Knapp gesagt, ja. Das ist doch für uns alle ein großer Nutzen.«

Curd spürte aufsteigenden Zorn, den er aber wie immer nicht erkennen ließ. Er atmete flach und konzentrierte sich. Ja, er wusste, dass er für viele Menschen wie ein in die Höhe geschossener und mittlerweile auch schon ein bisschen in die Jahre gekommener Klassenprimus wirkte, wie einer, der zwar gute Noten gebracht, aber beim Fußballspiel bestenfalls zufällig den Ball getroffen hatte, der zwar die Matura mit Auszeichnung abgelegt, aber auf dem Maturaball keine Partnerin zum Tanzen gefunden hatte. Doch niemand sollte ihn unterschätzen. Er hatte vielleicht allzu idealistische Ansichten darüber, wie man Geschäfte erledigen sollte, manche dachten wahrscheinlich, eine solche Einstellung wäre Naivität, aber er stand zu seinen Prinzipien. Und Geschäfte auf eine Art zu erledigen, wie Alexander und Albin es vorexerzierten, widerte ihn einfach an. Ekelhaft. Eine Motorradtour. Eine Cocktailparty. Ein sexy Lockvogel. Druck von einem Rechtsverdreher. Und jetzt eine Erpressung an der schwächsten Stelle, mit der Krankheit seiner Frau.

Curd räusperte sich.

»Wenn das alles so einfach wäre.«

»Was ist kompliziert?«, fragte Albin.

Curd sah in der Miene des Arztes, dass er etwas vorspielte, dass er Besorgnis und Verständnis heuchelte, in Wahrheit aber innerlich schon ungeduldig auf die Uhr schaute.

»Alexander hat zwar gesagt, dass im Ochsenwald Forstwirtschaft betrieben wird und dass daher eine weitere wirtschaftliche Nutzung des Areals kein Problem wäre. Ich habe mir das genauer angesehen. Nur zehn Prozent des Waldes wird bewirtschaftet, 90 Prozent sind seit über 100 Jahren völlig naturbelassener Wald. Der Ochsenwald ist insofern eine Rarität auf der gesamten Koralpe. Gerade der Oberlauf der Weißen Sulm ist ein geradezu einzigartiger Naturraum in der Steiermark. Seit 20 Jahren erfolgen kontinuierliche wissenschaftliche Beobachtungen im Wald, mehrere Studien und Diplomarbeiten, sogar eine Dissertation beschäftigen sich mit der Mikroökologie des Waldes. Der Wald mit seinen natürlichen Tümpeln ist das letzte intakte Habitat des in der Steiermark ansonsten weitgehend ausgestorbenen Alpen-Kammmolchs. Dieses Tier ist streng geschützt. Dann findet sich hier auch die seltene Gelbbauchunke. Mit Wildkameras haben die Forscher immer wieder den Aufenthalt von Wölfen dokumentiert. Der Ochsenwald stellt vor allem für nordwärts wandernde Jungwölfe aus dem Balkan einen wichtigen Rückzugsort dar. Ich habe sogar ein Foto gesehen, das einen Braunbären beim Baden in der Weißen Sulm zeigt. Es gibt auch Endemiten der Koralpe in Flora und Fauna, die unberührte Biotope benötigen. Lieber Albin, ich fürchte fast, dass eine wirtschaftliche Nutzung des Ochsenwaldes nicht zur Disposition steht.«

»Aber es wird doch nur ein Teil des Wasser entnommen, der Wald kann bleiben, wie er ist.«

»Gerade der natürliche Wasserkreislauf im Ochsenwald ist Garant für die Stabilität dieses Kleinhabitats.«

Albin verschränkte die Arme und lehnte sich mit säuerlicher Miene zurück. Curd setzte nach.

»Und die Umweltverträglichkeitsprüfungen, die Alexander präsentiert hat und von einem gewissen Herrn Doktor Jürgen Schmölzer ausgestellt worden sind, sind in wissenschaftlichen Kreisen höchst umstritten.«

Gespannte Stille lag im Raum. Schließlich seufzte Albin.

»Das ist also deine Sicht der Dinge.«

»Allerdings.«

»Und du willst nicht das Beste für deine Frau?«

Curd war überrascht von seinem eigenen Mut. Er fühlte diesem Mann gegenüber eine neue Form des Selbstbewusstseins. Er trotzte den Angriffen! Er zeigte Courage! Wie sehr er Anna liebte, die mit ihrer klaren Haltung und ihrer Unerschrockenheit selbst in ihrer schwierigen, ja aussichtslosen Lage Fassung und Würde bewahrte. Ihre Stärke griff auf ihn über. Dass sie ihm den Fehltritt mit Luise einfach so verziehen hatte, war nach wie vor ein Wunder für ihn. Diese beeindruckende Größe!

»Doch, das will ich. Und für Anna ist es das Beste, wenn der Ochsenwald für mindestens weitere 100 Jahre unberührte Natur bleibt. Das ist ihre eigene Aussage, der ich nichts hinzufügen kann.«

Albin Ninaus nickte verstehend, rückte seinen Stuhl zurück und erhob sich. Von seiner säuerlichen Miene war nichts mehr zu entdecken, vielmehr lächelte er souverän und absolut freundlich.

»Dann danke ich bestens für den köstlichen Rohkostteller und den Tee.«

Auch Curd erhob sich.

»Sehr gerne. Und ich danke für den Besuch. Ich begleite dich noch zur Treppe.«

*

Er warf hinter sich schwungvoll die Tür zu und ließ den Aktenkoffer achtlos zu Boden fallen. Alexander Stadler sah auf seine Armbanduhr. Acht Uhr abends. Ein langer Arbeitstag lag hinter ihm. Zwölf Stunden harte Arbeit, von acht Uhr vormittags bis acht Uhr abends. Zu Mittag hatte er am Grazer Hauptplatz nur schnell ein Paar Würstel und eine Cola hinuntergewürgt. Er liebte seinen Job, er liebte die Macht über die Schicksale der Menschen, die er vor Gericht vertrat, er liebte auch das Geld, das man als Anwalt verdiente, aber natürlich standen ihm wie jedem Menschen nur beschränkte Kräfte zur Verfügung. Zum Glück gab es Möglichkeiten, schwindende Kräfte ein wenig aufzumöbeln. Diese Tabletten, die Albin besorgt hatte, wirkten verdammt gut. Zu Mittag hatte er eine eingeworfen, und am späten Nachmittag wieder eine, um für die zwei Stunden im Büro, in denen er die Verhandlungsergebnisse dokumentiert hatte, konzentriert zu bleiben. Wieder ein Tag mit einem Erfolg! Es war so geil zu gewinnen.

Der Fall selbst war nicht allzu spektakulär gewesen. Ein bedeutender Unternehmer aus Bruck an der Mur war angeklagt gewesen, spätnachts in Graz einen Passanten angefahren zu haben. Alexander hatte den Kläger, ein in einer Bruchbude hausendes besoffenes Schwein aus der Vorstadt, nach Strich und Faden auseinander genommen, dem Richter war einfach nichts anderes übrig geblieben, als im Zweifel für den Angeklagten zu entscheiden. Kein großes Ding, aber Alexander hatte wieder einen guten Freund gewonnen, und mit Anwälten zufriedene Unternehmer, die nach Bordellbesuchen auf die Tube drückten und betrunkene Dummköpfe über den Haufen fuhren, waren einfach gute Kunden. Für ähnliche kleine oder vielleicht sogar einmal größere Fälle. Und das Geld, das mit solchen Leuten zu verdienen war, konnte Alexander immer brauchen.

Alexander hängte sein Jackett auf einen Garderobehaken. Erst jetzt nahm er einen merkwürdigen Geruch in der Luft wahr. War das möglich? Sofort kochte Wut in ihm hoch. Während er seine Krawatte lockerte, stapfte er quer durch sein Haus.

»Luise? Wo bist du?«

Sie war weder im Wohnzimmer noch in der Küche, auch nicht im Bad. Es reichte ihm, er hatte definitiv genug von ihren Zicken. Jetzt musste reiner Tisch gemacht werden. Alexander warf die Tür zum Gästezimmer auf. Luise lungerte auf dem Sofa und starrte auf ihren Tabletcomputer, sie trug Kopfhörer. Wahrscheinlich gaffte sie Videos schnulziger Popsongs oder irgendwelche Seifenopern im Internet. Sie erschrak, als ihr Ehemann plötzlich in der Tür stand. Aber der Schreck verflog sehr schnell, sie legte die Kopfhörer und den Computer zur Seite und verschränkte die Arme. Ihre Miene war unnahbar.

»Hier stinkt es!«

Luise begriff sofort, dass heute wieder einmal eine Szene auf dem Abendprogramm stand. Nicht schon wieder. Sie hasste es, mit Alexander zu streiten, noch viel mehr hasste sie aber mittlerweile, sich jedes Mal seinem Willen zu unterwerfen. Selbst wenn sie jetzt ganz und gar nicht in Stimmung für Zank war, sie würde nicht klein beigeben.

»Dann musst du lüften.«

»Ich habe dich schon einmal gewarnt. In diesem Haus wird nicht geraucht!«

»Ich habe nicht im Haus geraucht.«

»Wenn du dir auf der Terrasse bei offener Tür und offenem Fenster deine Scheißjoints reinziehst, kannst du genauso gut auf dem Sofa sitzen bleiben.«

»Ich rieche nichts.«

»Wo hast du das Dreckszeug?«

Alexander trat an die Kommode, riss die Schubladen auf und wühlte darin.

»Es ist hier.«

Luise zog ein Briefchen unter dem Kissen hervor und schüttelte es. Er sprang förmlich auf sie zu und riss es ihr aus der Hand.

»Wo hast du das Zeug her?«

»Irgendwoher.«

»Ich hoffe doch sehr, du hast nicht bei irgendeinem Straßendealer im Park gekauft.«

»Und warum sollte ich nicht? Weil die Straßenszene von der Polizei unter pausenloser Kontrolle steht und ich jederzeit verhaftet werden könnte? Was für ein Skandal! Die Ehefrau des hochgeschätzten Herrn Anwalt kauft auf der Straße Gras von einem jugendlichen Dealer mit Migrationshintergrund. Das könnte aber der Karriere furchtbar schaden.«

Alexander beugte sich über seine Frau und schnupperte.

»Du stinkst nach dem Zeug. Wie viele Joints hast du geraucht?«

»Nicht genug, um dich zu ertragen. Gib mir das Gras zurück.«

Er steckte das Briefchen demonstrativ in seine Hosentasche.

»Hol es dir, Junkie.«

Luise schürzte gehässig die Lippen.

»Reiß deine Klappe nicht so auf! Ich weiß genau, wo du die Pillen hortest, die dir dein Kumpel im weißen Kittel verschafft. Und deine Stecknadelaugen verraten dich. Wie viele hast du heute eingeworfen?«

Alexander musterte seine Frau, wie sie da in einem Jogginganzug vor ihm auf dem Sofa saß, mit verschränkten Armen, völlig unfrisiert und ungeschminkt, mit störrischer Miene. Wo war die Königin der Nacht, die mit einem Augenaufschlag Männerherzen brechen konnte? Er kochte vor Wut. Und Erregung. Und Abscheu. Und Geilheit. Seit wie vielen Tagen hatten sie keinen Sex mehr gehabt? Er wusste es gar nicht mehr. Zu lange auf jeden Fall. Das konnte er ihr nicht länger durchgehen lassen.

Alexander trat zwei Schritte zurück, griff in seine Hosentasche und nahm das Briefchen in die Hand. Seine Stimme knarrte, seine Miene war absolut regungslos. Er wog das Briefchen in der Hand und warf es ihr schließlich zu.

»Luise, das ist der Point of no Return. Ich biete dir hier ein Leben in Luxus, ich sorge für alles, ich gebe dir Freiheiten und gleichzeitig Sicherheiten, von denen andere Frauen nur träumen können. Ich verlange dafür Respekt.«

Luise rückte sich auf dem Sofa zurecht und verschränkte wieder die Arme. Sie fühlte seine körperliche Präsenz. Er wirkte wie ein Revolver mit gespanntem Hahn. Sie schluckte. Er machte ihr Angst.

»Was willst du?«

»Schließe die Vorhänge.«

Das war keine Aufforderung, das war ein Befehl.

Luise erhob sich und zog die Vorhänge zu.

»Willst du mich vergewaltigen?«

»Rede keinen Unsinn, ich vergewaltige doch mein störrisches Eheweib nicht. Das habe ich nicht nötig. Stell dich da vor mich hin. Genau dahin. Jetzt zieh dich aus.«

Die beiden standen einander gegenüber. Sie regte sich nicht.

»Zieh dich aus.«

Seine Stimme war leise, drohend.

»Was willst du von mir?«

»Zieh dich endlich aus!«, brüllte er.

Luise zog den Jogginganzug aus.

»Alles.«

Sie streifte Höschen und T-Shirt ab.

»Und jetzt geh auf die Knie.«

Tränen liefen über Luises Wangen.

»Was hast du vor?«

»Ich erteile dir eine Lektion in Gehorsam und Folgsamkeit. Geh auf die Knie.«

Sie tat, wie ihr geheißen.

»Sehr brav. Dein Hintern sieht von hier oben total sexy aus. Ich habe einen Riesenständer. Gut gemacht, Mädchen. Und jetzt hebe die Scheine auf.«

Er griff zu seiner Geldbörse und verstreute mal links, mal rechts Geldscheine auf den Boden.

»Nicht mit den Händen aufheben. Mit dem Mund.«

»Alexander, du bist verrückt.«

»Ich bin hier der Herr im Haus, los, heb die Scheine auf!«

»Du bist widerlich.«

»Und wenn schon. Sei ein braves Mädchen. Die Scheine darfst du behalten. Kauf dir etwas Schönes. Vielleicht ein bisschen Gras. Teuren Schmuck. Ein Paar richtig tolle Schuhe. Ist mir scheißegal. Ich habe Geld, und du bist mein Geschöpf. Und jetzt setze dich aufs Sofa und mach die Beine breit.«

»Nein.«

»Nein?«

»Nein.«

»Überlege dir das gut.«

Luise sprang hoch und warf ihm die Geldscheine ins Gesicht. Sie zog hastig den Jogginganzug über. Ihre Lippen bebten.

»Ich pfeife auf dein beschissenes Geld, die verdammte Villa und den BMW. Schiebe dir das alles hinten rein, du Mistkerl.«

Er schlug hart zu. Die Ohrfeige klatschte laut. Luise war für einen Moment benommen, aber sie fasste sich schnell.

»Ich will die Scheidung.«

Die beiden starrten einander feindselig an.

»Du weißt, dass ich dich fertig mache, dass ich dir wie gerade eben das letzte Hemd ausziehen werde. Du wirst auf der Straße landen und in irgendeinem stinkenden Bordell anschaffen müssen. Du kannst ja nichts anderes.«

»Ich habe keine Angst vor dir.«

»Hat gerade eben aber ganz anders ausgesehen.«

»Das Fass ist übergelaufen.«

Alexander Stadler atmete tief durch.

»Du lässt dich nicht von mir scheiden. So blöd bist du nicht. Oh nein, du wirst mich nicht verlassen.«

Luise nahm ihr Telefon zur Hand.

»Was hast du vor?«

»Ich rufe ein Taxi. Ich nehme mir ein Hotelzimmer.«

Alexander lachte schmutzig.

»Du dumme Gans! Wenn ich deine Kreditkarten sperren lasse, kommst du in zwei Tagen angekrochen. Auf allen Vieren. Nackt und bumsbereit. Jede Wette.«

GEGENWART

Ein Falter flog durch das offenstehende Fenster, umkreiste die Lampe ein paar Mal und knallte gegen den Lampenschirm. Christina schaute hoch. Nicht der erste Falter, der sich, vom Licht angezogen, in ihre Wohnstube verirrt hatte. Sie musste beizeiten ein Fliegengitter anbringen. Auch im Sinne der Insekten.

Christina erhob sich von ihrem Schreibtischstuhl und schubste den Falter mit einer Zeitung wieder zum Fenster hinaus. Dann schloss sie die Fensterflügel. Der Abend war vorangeschritten. Zwei Stunden hatte sie sich durch das Internet geklickt, auf Nachrichtenportalen diese und jene Informationen gelesen und sich mit den Wetterprognosen der nächsten Tage vertraut gemacht. Kurzum, sie hatte sich die Zeit vertrieben. Und dabei immerzu darüber nachgedacht, warum Jörg Seiner sie am Nachmittag besucht hatte. Sie wurde das Gefühl nicht los, schlafende Hunde geweckt zu haben. Hunde konnten gute Freunde sein, aber auch reißende Bestien. Hatte der Polizist jetzt gesagt, sie solle sich auf unkonventionelle Weise auf die Suche nach dem Mörder machen oder hatte er ihr davon abgeraten? Sie wurde nicht schlau aus der Situation.

Der Computer gab ein Geräusch von sich. Sie schaute aus der Distanz auf den Bildschirm. In der Statusleiste des Desktops blinkte ein winziges Icon. Das Chatprogramm. Lange hatte sie es nicht verwendet. Überhaupt verwendete sie ihren Computer selten für die Kommunikation mit ihren Freunden. Nicht, weil sie Computer nicht mochte, eher, weil sie einen sehr kleinen Freundeskreis hatte.

Christina setzte sich und klickte die Meldung in den Vordergrund. Irgendjemand wollte per Chat mit ihr Kontakt aufnehmen. Wieder lästige Werbung? Spam und Internet-Junk?

»GAbend Chri, noch online? Fri.«

Christina zog die Augenbrauen hoch. Sie kannte das Kürzel Fri nur zu gut. Das war die übliche Kurzform, mit der Friedel Holzmann E-Mails zeichnete. Sie streckte ihren Rücken durch und zog die Tastatur heran.

»Guten Abend retour.«

»Zeit für einen kurzen Chat?«

»Na klar.«

»Wie heißt mein roter Kakadu?«

Christina wurde es richtiggehend heiß. Er stellte die alte Sicherheitsfrage. Damals, als sie regelmäßig miteinander zu tun hatten, hatte er sich solche Dinge ausgedacht. Sie brauchte nicht lange über die vor Zeiten vereinbarte Losung nachzudenken. Ihre Fingerkuppen flogen über die Tastatur.

»Dein Kakadu ist grün.«

»Bravo! Alles noch im Kopf!«

»Klar doch. Hast du etwas für mich?«

»Schicke dir gleich einen Link zu einer Plattform. Meine Sperrzone im Netz. Ziemlich gut abgesichert.«

»Interessant.«

»Du kommst nur mit dem richtigen Passwort rein. Ist ein winziger Bereich, eigentlich nur ein Verzeichnis. Schau dich da mal um.«

»Und das Passwort?«

»Tippe ich sicher nicht in einem offenen Chat-Room. Das findest du selbst.«

»Ich muss raten?«

»Schaffst du schon. Über welchen Fall haben wir heute Vormittag gesprochen?«

»Okay, ich versuche mein Glück.«

»Und in Zukunft reden wir nur noch über das Wetter, Fußball und die besten Sonderangebote im Supermarkt. Okay?«

»Ich kann mir keine interessanteren Themen vorstellen.«

»☺«

»Du bist ein Schatz.«

»Weiß ich doch. Hier der Link. Öffne den Pfad aber erst, wenn der Chat geschlossen ist. Du hast eine halbe Stunde Zeit, dann putze ich alles weg.«

»Okay.«

»GN8«

»Schlaf gut.«

Christina kopierte den Pfad, schloss das Chat-Programm und öffnete den Browser. Eine Eingabemaske erschien. Jetzt also das Passwort. Eine halbe Stunde hatte sie Zeit. Was hatte Friedel für sie herausgefunden? Wie konnte das Passwort lauten? Wie viele Versuche hatte sie? Irgendetwas mit dem Fall Josef Lehner. Sie atmete tief durch und tippte in die Tastatur.

»joseflehner.«

Fehler. Kein Zugang gewährt.

»fingerhut.«

Wieder ein Fehlschlag. Also noch einmal. Sie tippte.

»erdenkinder.«

Zugang gewährt. Sie landete in einem Verzeichnis. Dort lag eine Textdatei. Christina lud die Datei herunter, schloss alle anderen Anwendungen und öffnete die Textdatei. Ein völlig unformatierter dichter Textkorpus. Christina verstand. Ein roher Datenbankexport. Christina verfügte nicht über das nötige technische Wissen, um solche Datenabzüge selbst zu erstellen, aber mit solchen Exports hatte sie schon zu tun gehabt.

Sie wühlte sich methodisch in den Textkorpus, kam nur langsam voran, aber immerhin wurde klar, dass hier der aktuelle Stand der polizeilichen Ermittlungen dokumentiert war. Namen, Adressen, Sachverhaltsdarstellungen, Zeugenaussagen. Praktisch alles, was im Fall Albin Ninaus recherchiert worden war und Eingang in die polizeiliche Datenbank gefunden hatte, war hier gesammelt.

Also die Hunde waren geweckt, daran bestand kein Zweifel mehr. Was war der nächste Schritt?

Christina lehnte sich zurück und dachte nach.

Tee. So viel war klar. Die Nacht würde noch lange werden.

Christina erhob sich, huschte in die Küche und füllte Wasser in den Kocher. Sie öffnete den Schrank und besah die Teeauswahl. Nicht gerade wohl sortiert, aber für ihren Zweck ausreichend. Eine Kanne Schwarztee schien die richtige Wahl zu sein.

Wenig später standen Kanne und eine dampfende Tasse neben dem Bildschirm, und Christina saß an der Tastatur.

EIN JAHR ZUVOR

Anna setzte ihre Schritte langsam und sicher. Die Gehstöcke boten ihr zusätzliche Stütze. Sie trat an die Steintreppe, die zum Haus führte. Curd stellte den Koffer ab und eilte seiner Frau zu Hilfe.

»Ich habe mir das schon genau überlegt. Da entlang werde ich eine Auffahrt anlegen lassen. In weitem Halbkreis, damit das Gefälle nicht so steil ist.«

Er legte seinen linken Arm um ihre Hüfte.

»Das ist nicht nötig. Lass mich einfach bei dir einhaken.«

»Bist du sicher?«

»Aber ja. In der Klinik hat das ganz großartig geklappt.«

Anna nahm die beiden Gehstöcke in die linke Hand, die rechte legte sich in seine Armbeuge.

»Also los.«

Bedächtig stiegen sie die Treppe hoch. Vor dem Haustor angekommen, machten sie halt.

»Na was sagst du?«

»Ich bin begeistert! Das war großartig.«

»Ja, ich bin auch zufrieden.«

»Sieglinde hat gekocht.«

»Und was?«

»Klare Gemüsesuppe und Brathuhn mit Kartoffeln. Und sie hat einen Apfelkuchen für den Nachmittagskaffee gebacken.«

»Klingt sehr verlockend.«

Curd öffnete das Tor und lief dann die Treppe wieder hinunter, um den Koffer zu holen. Anna trat in die Halle. Sieglinde eilte auf sie zu.

»Na so eine Freude, Anna, du läufst ja wie eine Weltmeisterin!«

»Fast, liebe Sieglinde, fast.«

»Ich habe im Salon gedeckt. Das Essen ist fertig.«

Curd trat auf die beiden Frauen zu.

»Sieglinde, bitte bring das Gepäck in Annas Zimmer. Danach kannst du das Essen servieren.«

»Wird gemacht.«

Curd führte Anna in den Salon und rückte ihr den Stuhl zurecht. Er setzte sich ihr gegenüber an den Tisch.

»Ich verstehe nicht ganz, warum diese Männer so hartnäckig sind«, sagte Anna.

Curd hatte während der Autofahrt von seinem Gespräch mit Albin Ninaus berichtet. Anna hatte schweigend zugehört, ab und zu eine Frage gestellt und schließlich bekräftigt, dass Curd ganz in ihrem Sinne gesprochen hatte.

»Es geht natürlich um Geld.«

»Schon klar, aber eigentlich ist das doch kein so riesiges Bauprojekt. Wenn beim Neubau eines Fußballstadions oder eines Flughafens die Investoren hartnäckig sind, kann ich das verstehen. Aber das Bauvolumen bei dieser Abfüllanlage ist doch überschaubar.«

»Genau das ist es ja! Dein Cousin Erich hat es mir erklärt. Mit relativ geringer Investition in den Bau schafft man eine langfristige Rendite. Wasser wird weltweit immer knapper, der Klimawandel verschiebt die Niederschläge quer über die Kontinente, manche Länder trocknen regelrecht aus. Und trotz überdurchschnittlich hoher Temperaturzunahme in den Alpen, kann man mit weiterhin hohen Niederschlagsmengen in den Bergen rechnen. Wahrscheinlich wird sich die Verteilung der Regenfälle gravierend ändern, du weißt, die Starkregenereignisse und damit die Überschwemmungen nehmen jetzt schon zu. Der Trend wird sich in Zukunft noch verstärken, darin ist sich die Wissenschaft weitgehend sicher. Darum sind Abfüllanlagen auf den Bergen vorteilhaft. Die Abfüllstation nimmt selbst bei verheerenden Wolkenbrüchen nur so viel Wasser, wie sie braucht, der Rest kann ungebremst in die Niederungen strömen, dort alles überschwemmen und vielleicht sogar die Wasserversorgung aus dem Grundwasser lahmlegen. Dann kann man im Flachland im großen Stil Flaschenwasser verkaufen. Und die Länder im Süden, die Zug um Zug von Halbwüsten zu reinen Wüsten werden, brauchen ohnedies Unmengen an Flaschenwasser. Solange sie bezahlen können, werden sie das tun. Auch zu hohen Preisen. Es ist ein Riesengeschäft mit gewaltigen Zukunftsaussichten. Das sind clevere Geschäftsleute.«

»Was den Profit angeht. Aber wie sie dich unter Druck setzen, ist absolut unangenehm. Ach was, viel zu harmlos formuliert! Es ist widerlich!«

Curd nickte zustimmend.

»Allerdings. Aber ich bin mir sicher, dass die Männer jetzt begriffen haben, dass sie mit ihren Praktiken bei uns keinen Erfolg erzielen können. Ich glaube, sie haben eine nützliche Lektion fürs Leben gelernt.«

Anna lächelte ihren Mann voller Wärme an.

»Dein Glauben an das Gute im Menschen ist unerschütterlich.«

Die Haushälterin trug eine Suppenterrine in den Salon.

»Ich muss sagen, die Küche in der Reha-Klinik war gut, aber deine Kochkünste, liebe Sieglinde, sind mir in den letzten vier Wochen sehr abgegangen.«

Die robuste Frau nickte Anna zu.

»Essen und Trinken hält Leib und Seele zusammen. Und ich habe genug gekocht.«

Curd und Sieglinde sahen es genau. So leicht Anna die

Treppe hochgestiegen und durch das Haus gegangen war, so schwer tat sie sich, den Löffel zu greifen.

*

Curd strich mit der flachen Hand über die Platte. Ein ausgesprochen schöner Stein. Er blickte um sich. Manche der großformatigen Platten lagen schon seit drei, vier Jahren in der überdachten Freihalle der Firma. Das Dach schützte nicht so sehr die Steine, sondern in erster Linie die Arbeiter, die Stapler und das Palettenholz vor der Witterung. Das massive Regal ruhte auf dem Betonboden, und im Regal lagerten 60 Paletten mit ausgesuchten Steinen. Pro Palette ein Stein. Mehr als eine Tonne sollten die Steine nicht wiegen, um das Holz, das Regal und die Stapler nicht zu überlasten. Wann immer eine große harmonisch gefügte Platte aus dem Steinbruch kam, wurde sie separiert und auf dem Regal gelagert. Mit diesen Schmuckstücken waren respektable Preise zu erzielen. Natürlich war das keine Massenware für die Bauindustrie, aber für architektonisch besondere Bauprojekte waren diese Platten sehr beliebt. Ein international bekannter Architekt, der sowohl an der Grazer Universität sein Fach lehrte, als auch über sein Büro Bauprojekte abwickelte, hatte in den letzten 20 Jahren immer wieder besondere Steine bei der Firma Brendelberg & Söhne gekauft. Es war zu einem Markenzeichen dieses Architekten geworden, Fassaden und Außenbereiche mit der Stainzer Platte zu gestalten. Allerdings neigte sich die Berufslaufbahn des Mannes dem wohlverdienten Ruhestand zu, und die jüngeren Architekten bauten entweder mit Beton oder mit Holz. Auch in der Architektur kamen und gingen Moden. Das Lager hatte sich im Lauf der Zeit gefüllt.

Zum Glück lag eine neue Großbestellung vor. Nicht vom Architekten, sondern von der Firma Poschauer, die den Auftrag bekommen hatte, den Hauptplatz einer oststeirischen Gemeinde zu renovieren. Bei der Brunnengestaltung sollte der Hartgneis von der Koralpe eingesetzt werden. Mindestens 30 der Schmuckplatten würden zum Einsatz kommen. Und noch rund 20 Tonnen Pflastersteine. Ein guter Auftrag. Die Firma Poschauer hatte noch nicht oft Bestellungen aufgegeben, deren primäre Tätigkeit lag im Gebäude- und Industriebau, und da wurde Hartgneis eher selten eingesetzt. Aber für die Neugestaltung eines dörflichen Hauptplatzes war natürlich die Stainzer Platte ideal.

Curd stemmte seine Hände in die Hüften und überlegte. Ein wichtiger Auftrag und gerade zur rechten Zeit. Das Lager mit den Schmucksteinen war voll. Und mehr Geld in der Firmenkasse war auch gut zu gebrauchen, einer der Stapler musste in absehbarer Zeit ausgetauscht werden. Natürlich konnte Curd für die Arbeit im Steinhandel nur äußerst robuste und gut motorisierte Fahrzeuge einsetzen, und diese bekam man nun einmal nicht für ein Taschengeld.

Er packte seinen Koffer, trat unter dem Dach der Freihalle hervor und überquerte den Hof. Die Dämmerung senkte sich und das Außenlicht brannte, es war spät geworden. Die meisten Arbeiter hatten das Firmenareal schon verlassen. Zwei Männer öffneten die Tür des Personalbereichs. Curds Vorarbeiter und einer der Lkw-Fahrer.

»Servus, Junior!«, rief der Vorarbeiter und hob die Hand.

Auch der Lkw-Fahrer hob die Hand zum Gruß.

»Alois, hast du die Türen zugesperrt?«

»Freilich.«

»Sehr gut. Danke und schönen Abend, die Herren.«

Die beiden Männer stiegen in ihre Autos und fuhren los. Curd knipste noch das Außenlicht ab und ging zu seinem

Wagen. Das Firmenareal lag jetzt still in der Dunkelheit. Der Mann vom Wachdienst würde in etwa einer Stunde kommen und seine erste Runde machen. Im Lauf der Nacht kam der Mann dreimal zur Firma Brendelberg & Söhne. Nun, die Gefahr, dass Einbrecher das Lager plünderten, war minimal, dazu hätten sie einen ganzen Fuhrpark an schweren Lastern gebraucht, aber im Verwaltungstrakt standen Computer und andere neuwertige Büroausstattung. Vor vier Jahren war einmal eingebrochen worden. Seit damals ließ Curd die Firma von einem Sicherheitsdienst bewachen. Curd öffnete die Autotür.

Auf der Straße vor der Firmenausfahrt rollte ein Wagen vorbei. Das Fahrzeug fuhr auffällig langsam, deshalb schaute Curd genauer hin.

Ein schnittiger weißer BMW.

Er kannte das Auto.

Curds Magen zog sich zusammen.

Der BMW hielt an, setzte ein Stückchen zurück und bog von der Straße auf das Firmengelände. Curd stellte seinen Aktenkoffer hinter den Fahrersitz in den Fond. Der weiße BMW parkte neben seinem Wagen. Jetzt erkannte er auch die Fahrerin. Luise stieg aus. Zwischen ihnen stand Curds Wagen.

»Hallo, Curd.«

Curd schaute sich nervös um. Niemand war mehr hier.

»Hallo.«

»Wie geht es dir so?«

Er bemerkte sehr wohl, dass ihr die Begegnung mindestens so peinlich war wie ihm. War das so? Spielte Luise wieder ein Spiel? Hatte sie wieder einen Plan? Würde sie ihn wieder ins Chaos stürzen?

»Danke der Nachfrage, ich kann nicht klagen.«

»Du, Curd …«

Peinliche Stille.

»Ja bitte?«

»Ich weiß nicht, wo ich anfangen soll.«

»Hast du etwas auf dem Herzen?«

»Ja klar! Wäre ich sonst hier?«

Luise war laut geworden. Nicht aggressiv oder fordernd, viel eher verzweifelt. Curd räusperte sich.

»Ist hier noch jemand? Kann uns jemand hören oder sehen?«

»Nein. Die Belegschaft hat schon Feierabend gemacht.«

Luise kaute auf ihrer Unterlippe herum. Nun, nach Schauspiel sah das nicht aus. Curd war sich jetzt sicher, Luise tat sich schwer, die richtigen Worte zu finden. Was hatte sie mit ihm zu bereden? Nichts, was sie ihm so über das Autodach hinweg mitteilen konnte.

»Komm, setzen wir uns ins Auto«, schlug Curd vor.

Luises Miene hellte sich auf. Sie lächelte. Meine Güte, durchfuhr es Curd, wie schön sie ist! Die Türen klappten, sie saßen nebeneinander in Curds Wagen.

»So ist es besser.«

Curd steckte den Autoschlüssel in die Tasche seines Jacketts. Er musterte Luise aus den Augenwinkeln. Sie war ungeschminkt, trug Sportschuhe, Jeans und eine dunkle Frühlingsjacke, ihr langes blondes Haar war zu einem losen Zopf geflochten. In einem ähnlichen Outfit hatte er sie schon einmal getroffen.

»Du willst also mit mir sprechen. Bitte, ich stehe zur Verfügung.«

Luise lächelte Curd an. Ein gequältes Lächeln. Sie war nervös, kein Zweifel, sie konnte kaum ruhig sitzen, langte nach dem Griff über der Tür, ließ ihn wieder los, langte noch einmal hin.

»Ich will mich …«

Curd wartete. Was hätte er sonst tun sollen? Irgendwelche klugen, galanten oder harschen Worte fielen ihm nicht ein, eigentlich fiel ihm gar nichts ein. Was sollte er ihr sagen? Dass er sie hasste, weil sie ihn wie ein Handtuch benutzt hatte? Dass er sie liebte, weil er noch nie eine schönere Frau berührt hatte? Dass sie ihn in eine Krise gestoßen hatte, aus der er nur mit knapper Mühe und Annas großartiger Hilfe herausgekommen war? Dass er Anna nie wieder betrügen würde? Dass er ihr und sich auf der Stelle die Kleider vom Leib reißen wollte?

»Was willst du?«

»Entschuldigen. Ich will mich entschuldigen.«

Curd schnappte nach Luft.

»Tja, dass du an diesem einen Abend nicht zu mir gekommen bist, weil du dich in Sehnsucht nach mir verzehrt hast, habe ich schon begriffen. Ich habe ein bisschen gebraucht, nun, ich bin in manchen Dingen nicht sehr schnell, aber schließlich habe ich doch verstanden, was du und dein Mann für ein Spiel treibt.«

Luise krümmte sich. Standen da wieder Tränen in ihren Augen?

Sie starrte Curd an.

»Ich habe dich nicht angelogen! Ich bin damals nicht zu dir gekommen, um dich zu verführen. Eigentlich wollte ich dich vor Alexander warnen. Was dann kam, ist einfach so passiert.«

Curd schluckte betreten. Sollte er ihr glauben?

»In jedem Fall möchte ich mich dafür entschuldigen, dass ich diesem Dreckskerl Munition gegen dich in die Hand gegeben habe.«

Curd war nun doch perplex.

»Dreckskerl? Meinst du Alexander?«

»Na klar! Er ist ein Dreckskerl! Wie konnte ich es nur so lange mit diesem Bastard aushalten?«

Luise fasste nach Curds Hand. Die Berührung war wie ein elektrischer Schlag.

»Wirklich, Curd, ich will nicht, dass er dich erpresst! Das musst du mir glauben.«

Curd entzog ihr seine Hand.

»Alexander kann mich nicht erpressen.«

»Nicht?«

»Nein. Ich habe Anna alles erzählt.«

Luise starrte ihn an. Nun war sie perplex.

»Was … was hat sie gesagt?«

Curd richtete seine Krawatte.

»Sie war nicht erfreut. Und ich glaube, sie ist auf dich nicht sehr gut zu sprechen.«

»Das ist es? Das ist alles? Keine Szene?«

»Keine Szene. Anna weiß, dass ich schwach und dumm sein kann, sie weiß aber auch, dass ich Versprechen niemals breche.«

»Bis dass der Tod euch scheidet.«

»Ja. Das ist mein Versprechen.«

Luise schüttelte den Kopf.

»Deine Größe ist unglaublich! Ich bewundere dich. Und Anna. Eigentlich beneide ich euch beide. Treue. Echte Treue. Ich habe 31 Jahre alt werden müssen, um jetzt erst langsam zu begreifen, was Treue eigentlich ist. Ich hoffe, dass es für mich nicht zu spät ist.«

»Man ist niemals zu alt, um etwas zu lernen. Alexander und du, ihr werdet, wenn ihr nur offen und ehrlich zueinander seid, gemeinsam diese Lektion erlernen.«

Luise schüttelte energisch den Kopf.

»Nein.«

»Nein?«

»Alexander und ich werden gar nichts mehr gemeinsam erlernen. Er will nicht lernen, er will ein Dreckskerl sein, er gefällt sich immer besser darin, ein Zyniker zu sein, die Menschen mit Verachtung zu betrachten und miese Geschäfte auf Kosten anderer zu machen.«

Curd zog die Augenbrauen hoch.

»Willst du dich scheiden lassen?«

»Ja. Ich bin schon ausgezogen. Ich wohne in einem Hotel. Ich musste einfach weg.«

Luise verfiel in brütendes Schweigen, sie starrte in die zunehmende Dunkelheit des Abends. Curd dachte ein Weilchen über das Gesagte nach.

»Warum erzählst du mir das? Warum bist du zu mir gekommen?«

»Ich sage es rundheraus. Ich brauche Geld.«

»Ich verstehe.«

»Ich habe einen lächerlichen Job, der praktisch nichts einbringt. Ja, ich werde mein Leben völlig auf den Kopf stellen. Verdammter Luxus! Weg damit. Willst du den BMW kaufen? Ich suche einen Käufer. Der Wagen gehört mir, ich darf ihn verkaufen. Sonst habe ich nichts. Alexander hat genau darauf geachtet, dass ich nichts besitze. In Wahrheit will ich nicht einen Cent von ihm. Statt mit dem BMW werde ich mit dem Fahrrad fahren. In Graz reicht das völlig aus. Aber ich brauche eine Wohnung. Deshalb meine Frage. Ich weiß, wie dumm und peinlich diese Frage ist. Ich bettle den einzigen Menschen an, vor dem ich Respekt habe. Das ist keine Lüge, Curd, ich respektiere dich. Du bist der Mann, der mir in meinem beschissenen Leben erst viel zu spät begegnet ist. Ich bin eine blöde Kuh, ganz bestimmt hätte ich dich vor fünf oder zehn Jahren nicht einmal bemerkt, jetzt aber weiß ich, dass nur Männer wie du einer einsamen und verwirrten Frau Sicherheit geben können. Nicht die tollen Hechte mit den dicken Autos, Motorrädern und großen Villen, sondern die Männer mit Herz und Verstand. Ihr seid es, nach denen wir Frauen suchen. Also ich zumindest suche danach. Bin aber erst jetzt darauf gekommen. Vielleicht weil ich mit dir geschlafen habe. Ich weiß nicht, was diese eine Nacht für dich bedeutet, ich hoffe nichts Schlechtes, aber ich weiß, was sie mir gebracht hat. Erkenntnis! Kannst du dir das vorstellen? Ich und Erkenntnis, ha, lächerlich, ich bin ein Luxusgeschöpf, die Männer gehen vor mir in die Knie, betten mich auf Rosen, lesen mir jeden Wunsch von den Augen ab. So bin ich jahrelang durch das Leben gegangen. Oberflächlich und dumm. Du hast mir einen Funken von Erkenntnis gebracht. Und deswegen bist du der einzige Mensch, den ich um Geld bitten kann.«

Curd schwieg. Meinte sie es ehrlich? Oder spielte sie Theater? Wenn ja, dann war sie eine großartige Schauspielerin. Er war ergriffen. Was sollte er dazu nur sagen? Er zupfte fahrig an seinem Jackett.

»Wie viel brauchst du?«

»Was kannst du geben?«

»Sag mir einen Betrag.«

»100.000 Euro.«

*

Grete Spari tat seit 20 Jahren ihre Arbeit im Unternehmen. Wenn die Straßen trocken waren, fuhr sie mit dem Fahrrad in den Betrieb. Selten, dass ihr Mann sie mit dem Auto brachte. Das tat er nur bei wirklich unfreundlichem Wetter. Aber im oberen Teil des Stainztals war das Wetter selten schlecht. Das Haus des Ehepaars Spari stand in Blickweite zum Stainzbach erhöht am Waldrand. Kastanien und Buchen gediehen im Wald, und ihr Mann nahm von Zeit zu Zeit einen Baum aus dem Wald, um im Winter zu heizen. Sie verdiente nicht besonders viel im Büro der Firma Brendelberg & Söhne, aber viel Geld brauchte man in der Weststeiermark nicht, um ganz gut über die Runden zu kommen. Ihr Mann Anton hatte im Berufsleben nie besonderen Ehrgeiz entwickelt, aber Haus und Garten waren bei ihm in guten Händen. Die drei Kinder waren erwachsen und gingen ihrer Wege, ihr Mann bastelte Vogelhäuser, Wildkrippen und schnitt das Brennholz für den Winter, und sie hielt das Büro der Firma in Schuss. Ein geruhsames Leben.

Und sie tat die Arbeit gern. Grete Spari hatte Spaß an Computern, sie kam mit den Programmen und der Arbeit an der Datenbank gut zurecht. Und auf Anraten ihrer Tochter pflegte sie sogar ein Social Media Profil. Ihr Mann murrte zwar immer, wenn sie zu Hause am Laptop Fotos von Wanderungen oder Familienfesten im Internet postete, aber im Stillen bewunderte er seine Frau, dass sie so clever war und mit Computern umgehen konnte. Er arbeitete lieber mit Holz und war gut darin.

Grete Spari starrte auf den Bildschirm. Sie kniff die Augen zusammen. Reichte nicht, die Lesebrille musste her. Sie griff danach. Draußen auf dem Firmenareal rollte der Schaufelbagger durch das Freilager. Richtig viel los war nicht. Grete Spari nahm das gelassen, mal lag mehr Arbeit an, dann wieder weniger. Reich konnte man im Steinhandel ohnehin nicht werden, aber es gab hier sichere Arbeitsplätze. War der Arbeitsplatz wirklich sicher? Grete Spari klickte auf den Druck-Button. Sie wusste, dass diese E-Mail dem Junior Kopfzerbrechen machen würde. Schließlich war sie dabei, sich selbst den Kopf zu zerbrechen.

Der Drucker spuckte zwei Seiten aus. Grete griff danach und trat an Curds offen stehende Bürotür. Sie klopfte.

»Ja?«

»Du, Curd …«

»Bitte?«

»Das solltest du lesen.«

Curd richtete sich auf seinem Schreibtischstuhl auf. Die sorgenvolle Miene seiner Sekretärin machte ihn stutzig.

»Was ist das?«

»Gerade hereingekommen.«

Curd nahm die ausgedruckte E-Mail in Augenschein. Ein formeller Geschäftsbrief. Seine Augen liefen über die Zeilen.

Er nahm, wie im Schreiben höflich gebeten, die Information zur Kenntnis, dass die Poschauer Industrie- und Wohnbau AG sich herzlich für das interessante Angebot über die Lieferung von nachfolgend aufgelisteten Bau- und Konstruktionssteinen bedankte, aber aus verschiedenen Gründen der Marktlage erhalte ein Unternehmen des Mitbewerbs den Auftrag.

Curd schluckte. Dann schaute er in Grete Sparis beunruhigte Augen. Eine sehr unangenehme Situation. Der Einkaufsmanager der Poschauer AG hatte vor einiger Zeit in einem Telefonat eine Rahmenbestellung zu diesem Beschaffungsauftrag abgegeben. Curd rechnete nach, wann dieses Telefonat stattgefunden hatte. Genau, es war ein paar Tage vor dieser Motorradfahrt gewesen. Das hatte System, das musste Curd mit Respekt zur Kenntnis nehmen. Die drei Männer zogen ihr Spiel systematisch auf. Und genau ins System passte, dass der Auftrag gestrichen worden war. Der Anwalt hatte Druck ausgeübt, der Arzt hatte tolle Versprechungen gemacht, und der Baumeister setzte den Schlussstrich.

»Wir werden niemandem kündigen.«

Grete starrte Curd an.

»Wo sollen wir jetzt einen vergleichbaren Auftrag herkriegen? Die Kontolage ist angespannt.«

»Das weiß ich, liebe Grete.«

Sein Vater hatte damals Grete Spari eingestellt, natürlich hatte Curd sie auf ihrem Posten belassen, als er das Unternehmen übernommen hatte.

»Und wie du aus langer Erfahrung weißt, geht es immer irgendwie weiter. Also ich werde so lange wie nur möglich keine Kündigung aussprechen. Weil ich glaube bestimmt, dass sich die Lage noch wenden kann.«

Curd griff zu seinem Mobiltelefon. Die Sekretärin nickte verstehend und verließ das Büro. Natürlich schloss sie die Tür. Curd wählte Herwig Poschauers Handynummer. Seit ihrer Motorradfahrt hatte er die Privatnummer des Mannes gespeichert. Sein Puls ging stark, nicht flatternd, nicht nervös, einfach stark. Ein klärendes Wort unter Männern. Herwig hatte auf Curd einen guten Eindruck gemacht, er traute diesem Mann viel zu, er war zielstrebig und traf Entscheidungen, Herwig war Techniker, mit einem Techniker konnte man immer vernünftig sprechen. Das war Curds Überzeugung und Erfahrung.

Das Klingelzeichen ertönte in der Leitung. Dann klang es so, als würde der Anruf weitergeleitet. Ein Tonband sprang an, eine Melodie von Mozart erklang.

Curd wartete.

»Firma Poschauer Industrie- und Wohnbau. Guten Tag, mein Name ist Kainz. Was kann ich für Sie tun?«

Die Telefonzentrale. Curd schnaufte.

»Guten Tag, mein Name ist Curd Brendelberg. Bitte verbinden Sie mich mit Herrn Poschauer.«

»Handelt es sich um eine geschäftliche Angelegenheit?«

»Ja, in der Tat, eine geschäftliche Angelegenheit. Und bitte Herr Poschauer persönlich.«

Curd wurde wieder in die Warteschleife geschaltet, wieder das Stück von Mozart. Er wartete.

»Sind Sie Herr Curd Brendelberg?«

Wieder das Telefonfräulein.

»Ja.«

»Inhaber der Brendelberg & Söhne Steinhandlung?«

»Exakt der bin ich, Frau Kainz. Jetzt verbinden Sie mich bitte mit Ihrem Chef.«

»Herr Brendelberg, ich habe hier eine Notiz für den Fall Ihres Anrufs.«

Curd dachte angestrengt nach, was das bedeuten sollte. Er fühlte sich der Situation nicht mehr gewachsen. Was sollte er nur tun? Was sollte aus seinem Leben werden, wenn Anna nicht mehr mit ihren Ratschlägen an seiner Seite stehen würde? War er in der Lage, die Firma zu führen? Diese immense Erschöpfung.

»Was für eine Notiz?«

»Die Poschauer AG bedankt sich für die gute Zusammenarbeit, aber aus marktrelevanten Gründen werden in Zukunft geschäftliche Aufträge über die Firma Breitner Steinhandel aus Ligist abgewickelt. Das ist die Notiz, Herr Brendelberg.«

»Ich verstehe.«

»Haben Sie noch Fragen?«

»Keine Fragen, vielen Dank Frau Kainz. Auf Wiederhören.«

Curd drückte den Anruf weg. Sollte er sich still und heimlich aus dem Büro schleichen, in sein Auto steigen, nach Hause fahren und sich in seinem Zimmer einschließen? Eigentlich keine schlechte Idee.

Curd starrte zum Fenster hinaus.

Worum ging es genau? Irreversible neuronale Erkrankungen, Marktchancen mit Bauprodukten, eine tanzende Frau im Bikini, ein schmuckes Tuch war um ihre Hüften geschlungen, ein traditionsreiches Unternehmen, das auch viele regionale Projekte großzügig unterstützte. Da Geld für den Feuerwehrball, dort eine Spende an den Fußballverein, auch die Kultur bekam dies und das. Curd kaute daran, dass gutes Zureden nur dann fruchtete, wenn der Mensch gegenüber auch zuhörte. Wie sollte man mit Menschen sprechen, die einfach nicht zuhören wollten?

Curd schaute auf die Uhr. Es war zwei Uhr Nachmittag. Er erhob sich und trat in das Zimmer seiner Sekretärin. Diese schaute ihn mit großen Augen an.

»Sag den Leuten, sie können sich den Rest des Nachmittags freinehmen.«

*

Zwei Onkel wohnten in dieser Gegend. Die Brüder seiner Mutter. Der eine betrieb ein Sägewerk, der andere war Lehrer in der Bezirkshauptstadt Voitsberg. Aber Curd war nicht auf dem Weg zu seinen Onkeln, er fuhr zu einem *Termin*. Ohne jede Eile lenkte er das Auto über die kurvenreiche Bundesstraße. Sowohl mit der Bahn als auch auf der Straße musste man durch das enge Tal der Kainach, um in jene Region der Weststeiermark zu gelangen, die seit jeher ihr typisches Gepräge aus der ganz speziellen Landschaft bezog. Wälder, Berge, Bäche, kleine Flüsse, stillgelegte Bergwerke und dicht besiedelte Niederungen mit den beiden Städten Voitsberg und Köflach. Früher war die Wirtschaft der Region vom Bergbau dominiert gewesen. Nachdem der Abbau aus den Bergwerken unrentabel geworden war, konnten sich nach und nach die Wunden der Naturräume erholen, und jetzt waren der Fremdenverkehr und die Forstwirtschaft die wichtigsten Einnahmequellen. Nicht zuletzt das Thermalbad in Köflach hatte den Oberlauf der Kainach zu einem beliebten Ausflugsziel der Grazer gemacht. Und in das Thermenhotel in direkter Nachbarschaft des Thermalbades war Curd unterwegs. Er blickte auf die Zeitanzeige auf dem Armaturenbrett. Eile war nicht nötig, er war rechtzeitig losgefahren.

Der Wagen rollte über den Parkplatz. Curd zog die Handbremse an und stieg aus. Das Hotelportal öffnete sich, Curd sah sich um. Im Frühstücksraum war einiges los. Selbst an Werktagen war im Hotel reger Betrieb. Er entdeckte eine blonde Frau an einem der Tische. Luise hielt eine Kaffeetasse in der Hand und schaute durch die breite Fensterfront über die Dächer der Stadt Köflach und weiter zu den sanft ansteigenden Berghängen. Er trat an den Tisch heran und räusperte sich.

»Curd! Du bist schon da!«

Luise erhob sich lächelnd. Ihr Blick fiel für den Bruchteil einer Sekunde auf den Koffer, den Curd bei sich trug.

»Zehn Minuten vor der vereinbarten Zeit. Ich bin zeitig los, und auf der Straße war wenig Verkehr.«

Sie reichten einander die Hände.

»Willst du eine Tasse Kaffee? Wie du siehst, bin ich noch beim Frühstück.«

»Ich hoffe, ich bin nicht zu früh.«

»Aber nein. Trinken wir eine Tasse gemeinsam.«

»Gerne.«

Er setzte sich an den Tisch, während Luise eine der auf dem Tisch bereitstehenden Tassen aus der Kanne füllte. Sie trug saloppe Kleidung, ihr Haar war makellos frisiert und sie hatte einen Hauch Make-up aufgelegt. Dass alle im weitläufigen Frühstücksraum anwesenden Männer ihr offene oder, wenn sie in Begleitung waren, verstohlene Blicke zuwarfen, beachteten weder Luise noch Curd. Manche waren wohl enttäuscht, dass sich dieser groß gewachsene Mann in dem etwas aus der Mode gekommenen Anzug an den Tisch der schönen Frau gesetzt hatte. Auch davon bemerkten die beiden nichts.

»Der Kaffee ist trinkbar. Nicht die beste Sorte, aber in Ordnung.«

»Vielen Dank.«

Sie beobachtete Curd unauffällig, wie er verspannt dasaß, wie er unsicher nach der Tasse griff und vorsichtig daran nippte.

»Machst du Urlaub in der Therme?«

»Ich war gestern Abend im Bad. Ich liebe warmes Wasser. Und abends ist auch nicht mehr viel los, das Sportbecken habe ich eine halbe Stunde für mich alleine gehabt. Aber ich bin nicht wegen der Therme hier. Hast du irgendjemandem gesagt, dass du hierher fährst?«

»Nein. Darum hast du mich ja am Telefon gebeten.«

»Lieber Curd, ich bin dir sehr dankbar. Und bitte, verrate niemandem meinen Aufenthaltsort. Es muss niemand wissen, dass ich mich hier verstecke.«

»Du versteckst dich?«

»Ja. Alexander hat in Graz überall seine Spione. Hier bin ich vorerst sicher.«

»Er stellt dir also nach.«

»Ich musste für ein paar Tage raus aus Graz. Abstand gewinnen, die Gedanken ordnen, ich muss versuchen, mein Leben in den Griff zu bekommen.«

»Das scheint mir eine sehr gute Idee zu sein.«

Sie leerte ihre Tasse und schaute prüfend um sich. Wieder streifte ihr Blick den Aktenkoffer, der neben Curds Beinen auf dem Boden stand.

»Vielleicht ist es besser, wenn wir auf mein Zimmer gehen. Zu viele neugierige Augen hier.«

Curd räusperte sich.

»Ein wenig mehr Diskretion wäre vorteilhaft.«

Der Fahrstuhl brachte sie in den dritten Stock. Er spürte ihre Aufregung. Nun, er war auch aufgeregt. Sie traten in das Zimmer. Bisher hatte er das Hotel nur von außen gesehen, nun sah er sich neugierig um.

»Ein sehr schöner Raum. Toller Ausblick.«

»Ach ja, ich bin ganz zufrieden. Mach es dir bitte bequem.«

Sie setzten sich an das kleine Tischchen beim Fenster. Luise rückte auf ihrem Stuhl hin und her. Sie zeigte auf den Koffer.

»Ist es das, was ich denke?«

»Ja.«

Curd nahm den Koffer, legte ihn auf den Tisch und sperrte das Schloss auf. Er klappte den Deckel hoch. 100.000 Euro in großen Scheinen. Luises Augen weiteten sich.

»So ein Haufen Geld.«

»Kannst du das Geld sicher verwahren? Den Koffer muss ich wieder mitnehmen.«

»Ja natürlich.«

Curd begann die Geldbündel auf dem Tisch zu stapeln.

»Nun denn. Verwende es sinnvoll und mit Bedacht.«

Luise griff nach einem Bündel und blätterte es durch.

»Natürlich. Damit kann ich mein Leben auf eine neue Basis stellen.«

»Recht so.«

»Curd, ich bin dir unendlich dankbar!«

»Ich bin zufrieden, wenn ich dir helfen kann.«

»Oh ja, du kannst zufrieden sein. Du bist meine Rettung, mein Held.«

Curd schüttelte betreten den Kopf.

»Ich bin kein Held.«

»Für mich sehr wohl. Und sobald ich kann, werde ich alles zurückzahlen.«

Curd lehnte sich zurück.

»Zurückzahlen?«

»Aber ja doch! Natürlich zahle ich das Geld zurück. Es ist nur ein zinsloser Kredit. Oder willst du Zinsen? Ich hoffe nicht. Allerdings wird es wohl noch ein Weilchen dauern, bis ich so viel beisammen habe. Wahrscheinlich werde ich dir die Summe in Raten rückerstatten müssen. Hast du etwa gedacht, ich würde mir diesen Riesenbetrag so einfach von dir schenken lassen?«

Curd biss auf seine Lippen.

»Nun … wie soll ich sagen …«

Luise brach in Gelächter aus.

»Ich fasse es nicht! Du hättest mir das Geld wirklich geschenkt! Das ist so süß von dir.«

»Auf Zinsen verzichte ich natürlich.«

»Danke.«

Luise erhob sich, holte eine Sporttasche aus dem Schrank und schlichtete sorgfältig die Bündel hinein.

»Wie geht es dir? Und wie geht es Anna?«

»Danke der Nachfrage, es geht uns gut.«

»Du wirkst angespannt.«

»Nun, in der Firma häufen sich die Probleme.«

»Das ist nicht gut. Willst du darüber reden?«

»Ach, es ist immer das Gleiche. Mal laufen die Geschäfte gut, dann wieder weniger. Ein Auf und Ab. In jedem Fall machen die Freunde deines Mannes mir das Leben schwer.«

Luise verzog mitleidig das Gesicht.

»Es klingt für mich nach nur ein paar Tagen schon völlig fremd, wenn du Alexander als ›meinen Mann‹ bezeichnest. Und seine sogenannten Freunde sind nichts anderes als Aasgeier und Hyänen. Wobei ich jetzt nichts Schlechtes über die armen Tiere sagen will.«

Die beiden lachten nur kurz, dennoch brach das Lachen die Nervosität. Und auch, dass Luise die Sporttasche verschloss und im Schrank verstaute und Curd den nunmehr leeren Koffer zur Seite stellte. Curd verdrängte seine Bedenken. Das Geld hätte er natürlich sehr gut für die Gehaltszahlungen seiner Mitarbeiter brauchen können. Oder als Anzahlung für den neuen Stapler. Was würde Anna sagen, wenn er ihr von der Sache erzählte? Würde sie beleidigt sein? Gar verletzt? Würde sie seine Großzügigkeit gutheißen? Er schaute ein Weilchen zum Fenster hinaus. Der Frühling zeigte sich von seiner schönsten Seite. Mild, sonnig, die Bäume trugen zartes Grün. Luise störte sein Sinnieren nicht, sie wartete. Endlich richtete er wieder seinen Blick auf sie.

»Du Curd …«

»Ja?«

»Ich stehe so tief in deiner Schuld. Wie kann ich mich bei dir bedanken?«

»Wie gesagt, mir ist es Dank genug, wenn du das Geld weise verwendest.«

»Du bist so bescheiden.«

»Bescheidenheit ist meines Erachtens eine Tugend.«

»Hingabe ist auch eine Tugend.«

Curd bemerkte ihren Blick sehr wohl. Unmöglich, ihn nicht zu bemerken. Wie schön sie war. Und so nah.

»Was meinst du damit?«

»Ist das so schwer zu verstehen? Wir sind erwachsene Menschen. Wir haben einander kennengelernt.«

»Daran kann ich mich lebhaft erinnern.«

»Ich will mit dir schlafen.«

Sie erhob sich, sperrte die Zimmertür ab und trat nahe an Curd heran.

»Hier und jetzt.«

Sie schlüpfte aus den Schuhen, zog die Hose über ihr Gesäß und strampelte sie fort. Curd schwitzte schlagartig. Sie trug keine Unterwäsche.

»Ich weiß, dass du mich willst.«

Sie streifte nun auch die Jacke und das T-Shirt ab.

»Ich will dich auch. Fass mich bitte an.«

Curds Hände zitterten. Hatte er genau diese Situation insgeheim erhofft? Sich von der Aussicht treiben lassen, diese

Frau wieder berühren zu können? Wollte er sich mit all dem Geld eine hinreißende Geliebte gefügig machen? War er ein Dreckskerl wie Alexander Stadler? Ein selbstsüchtiger Egoist? Sein Blick streifte über Luises nackte Haut. Was war er wirklich? Ein Tier? Ein Mensch? Bestand da überhaupt ein Unterschied? Wie tief würde die Fallgrube sein, in die er garantiert stürzen würde? Sie war so schön, so nah, so wunderbar. An dieser Frau hatte die Natur all ihre Gnade walten lassen. Körperlich. Äußerlich. Aber war die äußere Hülle alles im Leben?

Curd schnappte nach Luft. Er sprang hoch, langte nach ihrer Jacke und reichte sie ihr.

»Bitte Luise, zieh dich wieder an. Bitte.«

Ihre Miene zeigte Verstörung und Enttäuschung.

»Du weist mich zurück?«

»Verstehe mich bitte nicht falsch. Ich bin ganz hingerissen von deiner Schönheit, aber ich gebe dir das Geld nicht, weil ich mit dir schlafen will. Ich bin kein starker Mann, ich muss mit meinen Kräften haushalten, ich darf nicht zu viele Risiken eingehen. Und ja, ich bin vielleicht ein wenig kompliziert. Ich bitte dich, darauf Rücksicht zu nehmen.«

»Wie du willst.«

Er hob auch die Hose vom Boden und reichte sie ihr. Luise stand wie ein begossener Pudel im Raum. Auch Curd wirkte verwirrt.

»Anna erwartet mich heute zum Mittagessen, und zuvor muss ich noch ins Büro.«

Was immer Luise gerade durch den Kopf ging, sie drängte es zur Seite. Ihr Lächeln kehrte wieder. Strahlend schön. Sie trat an die Tür und sperrte sie auf.

»Dann wünsche ich dir noch einen guten und erfolgreichen Tag.«

Sie reichten einander die Hände.

»Ich wünsche dir auch einen guten Tag.«

»Und danke für alles.«

»Gern geschehen.«

Curd nahm nicht den Fahrstuhl, er lief die Treppe hinab. Wo war er überhaupt? Er war völlig konfus. Was hatte er noch zu erledigen? Mit wem hatte er gerade eben noch gesprochen? Hatte er wirklich das beste Angebot, das er je im Leben erhalten hatte, zurückgewiesen? Was würde morgen sein? Mit letzter Mühe schleppte er sich zum Auto und ließ sich völlig entkräftet auf den Sitz sinken.

GEGENWART

Das Auto schien für die Ewigkeit gebaut zu sein. Ihr verstorbener Ehemann Wilhelm hatte es vor Jahren gekauft und war aus beruflichen Gründen viel unterwegs gewesen. Das elektronische Zählwerk zeigte knapp über 200.000 zurückgelegte Kilometer, aber Motor und Fahrwerk waren in einwandfreiem Zustand. Immer, wenn sie sich in den Wagen setzte, vermeinte sie noch einen Nachhall der vielen Stunden, die Wilhelm hier verbracht hatte, zu spüren. Vielleicht war es eine Geruchsnote, vielleicht der Wunsch, ihn wieder bei sich zu haben, vielleicht einfach nur Einbildung. Irgendwann würde sie das Auto weggeben müssen, aber solange die technischen Funktionen halbwegs intakt waren, würde sie damit fahren. So wie jetzt.

Christina betätigte den Blinker und schaltete in den Leerlauf. Langsam rollte der schwarze Mercedes über den Parkplatz und kam zum Stillstand. Christina klappte die Tür hinter sich zu und atmete tief ein. Lebhafter Südwestwind schlug ihr entgegen.

Die Adria bestimmte das Wetter im Großraum Koralpe. Als sie von Oberösterreich in die Südsteiermark gezogen war, hatte sie auch die Klimazone gewechselt. Nicht mehr das niederschlagsreiche Wetter der nördlichen Ostalpen, sondern das sonnige Wetter der oberen Adria bestimmte hier das Klima. Was ja einer der Gründe für Christinas Umzug gewesen war. Sie hatte Sonnenlicht gesucht und im Süden gefunden.

Sie schaute sich um. Rund um sie lag das Ski- und Wandergebiet Weinebene. Ein hoch gelegener Pass auf dem Weg von der Steiermark nach Kärnten. Christina ließ ihren Blick eine Weile auf den Liftanlagen und Skipisten ruhen. Schnee lag in dieser Höhe nicht mehr, nur der Schnee am Gipfel des Speikkogels trotzte noch dem Frühling. Sie langte in ihren Rucksack und zog die Wanderkarte hervor. Obwohl sie leidenschaftliche Wanderin war und in der Vergangenheit auch längere Touren in den Alpen unternommen hatte, besaß sie kein GPS-Gerät. Sie hatte sich auf den gut markierten Wanderwegen mit Landkarten jederzeit zurechtgefunden.

Vor ihr stieg die Flanke der Handalm steil an, und in einiger Entfernung lag der Glashüttenkogel. Das Ziel ihres Ausfluges. Sie zog den Reißverschluss ihrer Jacke zu und schulterte den Rucksack. Sie hatte für diesen Ausflug nur beiläufig in ihren Kleiderschrank greifen müssen. An Kleidung und Ausrüstung für Bergtouren mangelte es ihr nicht. Ein Ball in der Grazer Oper würde ihrer Garderobe größere Probleme bereiten. Christina marschierte los.

Für den heutigen Tag hatte sie ihre Arbeiten im Haus eingestellt. Vieles war schon erledigt, sie war mit den Malerarbeiten fertig geworden, die Elektriker hatten ihre Arbeit abgeschlossen, die meisten Möbel standen an Ort und Stelle, und die Wohnräume waren gereinigt. Sie hatte hart gearbeitet und war gut vorangekommen. Also hatte sie sich ins Auto gesetzt und war in die Berge gefahren. Natürlich lag es nahe, die Berge der Koralpe vom Parkplatz Weinebene aus zu erkunden, aber sie startete ihre Erkundungen nicht nur deshalb hier. Sie wollte den Glashüttenkogel sehen, sie wollte den Gipfel kennenlernen, auf dem der Arzt und Leistungssportler Albin Ninaus seinen letzten Atemzug getan hatte.

Sie überquerte eine Alm, auf der in einiger Entfernung eine Kuhherde das erste saftige Frühlingsgrün abgraste. Christina wich einigen alten und ganz frischen Kuhfladen aus und erreichte den Wald. Sie kam gut in Schwung und nahm den Steilhang zügig.

»Hallo, Christina!«

Christina hielt inne. Der flotte Aufstieg hatte sie außer Atem gebracht. Eine junge Frau marschierte bergab auf sie zu.

»Hallo, Rita!«

»Heute eine Bergwanderung?«

»Wie man sieht.«

»Ist die Arbeit in deinem Haus schon abgeschlossen?«

»Heute wollte ich unbedingt in die Berge.«

»Das Wetter ist ja optimal. Prima Fernsicht heute.«

»Und du? Machst du auch eine Wanderung?«

»Ich arbeite.«

Rita zeigte in Richtung des weitläufigen Gipfels der Handalm.

»Wieder in Sachen Naturschutz unterwegs?«

»Na klar. David und ich haben zuletzt viele Bewegungen erfasst. Wir haben auch einen Mornellregenpfeifer gesehen.«

Christina runzelte die Stirn.

»Ist der Vogel selten?«

»Eine echte Rarität. Ein Zugvogel, der von Nordafrika nach Nordskandinavien fliegt. Brütet in den Alpen extrem selten, zieht aber durch. David ist Ornithologe. Ich bin seine Assistentin. Das Camp liegt dort oben auf dem Gipfel. Im Windschatten der Felsen.«

»Ich verstehe.«

»Ich habe dich gesehen, als du aus dem Wald gekommen bist.«

Christina sah in der Entfernung einen Mann, der auf einen Felsen kletterte. Hier knapp unter dem Gipfel pfiff der Wind gehörig.

»Ein echtes Wildbiologencamp also.«

Rita war richtig guter Stimmung.

»Willst du mal sehen? Wir haben ein saugutes Fernglas. Ein Profigerät.«

»Aber ja.«

Die beiden Frauen stiegen den Hang empor und kamen zum Felsen. Christina schätzte den Mann auf Mitte 30. Und er sah aus, als ob er sein ganzes Leben an der frischen Luft verbracht hätte, kerngesund, zäh, braun gebrannt, attraktiv. Der Mann bemerkte, dass seine Assistentin nicht alleine gekommen war. Er trat Christina entgegen. Ein kurzer Blick genügte Christina, um zu verstehen, was in der Nacht im Zelt des Wildbiologen geschehen war. David trug einen Ehering, aber natürlich war es schwer vorstellbar, dass ein so fescher Mann eine so hübsche junge Frau sinnlos lange darben lassen würde. Ritas Blick war in jedem Fall unmissverständlich. Sie war offenbar ganz schön verknallt in den Mann.

»Ich bin David.«

»Christina.«

»Christina ist eine Freundin von Edgar. Mein Bruder! Ich habe dir doch erzählt, dass ich einen älteren Bruder habe. Du hörst mir nie zu!«

Rita schmollte ein wenig. David erinnerte sich jetzt und nickte zustimmend.

»Sind Sie die Polizistin?«

»Das war ich. Jetzt bin ich eine ganz normale Zivilistin.«

»Und unternehmen wochentags Bergwanderungen.«

Christina ließ den Blick über die vor dem Zelt ausgebreitete Ausrüstung streifen.

»Das Camp schaut richtig professionell aus.«

»Wir machen hier auch professionelle Arbeit«, sagte Rita.

»Und dieses Fernglas dient zur Vogelbeobachtung?«

David trat an das auf dem massiven Stativ fixierte Präzisionsgerät.

»Genau. Mein wichtigstes Arbeitsgerät hier oben.«

»Wie lange bleibt das Camp?«

»Im Prinzip den ganzen Frühling über, aber sobald die meisten Zugvögel durch sind, können wir hier abbauen.«

Christina fixierte David.

»Haben Sie den toten Mann am Glashüttenkogel gesehen?«

»Was heißt gesehen? Ich habe ihn entdeckt. Durch dieses Fernglas.«

»Tatsächlich? Wie ist denn das abgelaufen?«

»Na, wir haben das Gerät gerade aufgebaut und die ersten Tests gemacht. Da habe ich eine regungslose Gestalt gesehen und gleich gewusst, dass da etwas nicht stimmt. Wir sind rübergelaufen. Die Bergrettung war ziemlich schnell vor Ort, aber es war schon zu spät. Der Mann war tot. Ermordet, wie sich herausgestellt hat.«

»Wo lag der Mann?«

»Diese Richtung. Ein Stückchen unterhalb des Gipfels.«

»Darf ich durch das Glas die Stelle sehen?«

»Na klar. Ich stelle es zuerst auf die Entfernung ein.«

Christina drückte ihre Stirn an das Okular. Erstaunlich. Die Steine auf dem Glashüttenkogel lagen zum Greifen nah.

*

Christina parkte das Auto in einem ihr unbekannten Viertel. Edgar hatte bei den Kreuzungen die Richtung gewiesen. Sie waren am späten Nachmittag losgefahren, und nun sank der Abend über Graz herab. Die Landeshauptstadt der Steiermark hatte einen kurzen Regenguss erlebt, doch ein milder Frühlingshauch trocknete schnell die Straßen. Sie marschierten los. Ihr Ziel war der Geidorfplatz. Das dortige Programmkino war ein Ort, den Edgar immer wieder besuchte. Christina kannte das Kino nicht, Graz war für sie eine weitgehend unbekannte Stadt. In Wien hatte sie sich schnell zurecht gefunden, auch in Linz hatte sie in einer Großstadt gelebt.

Grün-weiß lackierte Busse rollten zügig durch die Straßen. Ein paar Bäume sorgten auf dem Platz für Schatten. In Blickweite lag der Stadtpark. Sie betraten das Kino und mischten sich unter die Gäste. Das Kino hatte mehrere kleine Säle, in denen Filme gespielt wurden, die in den großen Kinosälen nicht oder nur sehr kurz gezeigt wurden. Eine französische Komödie stand auf dem Programm. Durchwegs junge Leute hatten sich für einen Abend mit charmant frivoler Unterhaltung eingefunden, die nur französische Filmemacher niveauvoll in Bilder fassen konnten.

Sie kauften Karten. Christina schaute auf die Uhr.

»Noch eine halbe Stunde bis zum Beginn.«

»Willst du Popcorn?«

Christina winkte ab.

»Danke nein.

»Ein kleiner Spaziergang?«

»Das ja.«

Sie verließen das Kino wieder und gingen einige Schritte durch die Gassen. Eine Baumgruppe vor einem Haus kam in Sicht. Edgar blickte um sich und zog Christina in den Schatten des Gartens. Das Haus war unbeleuchtet. Edgar umschlang Christinas Hüfte. Sie lehnten an einer stämmigen Eiche.

»Hat dir schon jemand gesagt, dass du einen fantastischen Hintern hast?«

»Das eine oder andere Mal hörte ich derartige Andeutungen.«

»Und dein Kleid ist hinreißend.«

»Du machst auch was her.«

Sie küssten sich.

»Zieh dein Höschen aus.«

Christina rieb sich an Edgars Becken und fasste unter den Saum ihres Kleides. Sie war dabei, eine kleine Verrücktheit zu begehen. Das war ihr klar. Als sie eine junge Frau gewesen war, hatte sie immer viel gearbeitet, hatte sich nie zu erotischen Eskapaden hinreißen lassen, war bestimmt vielen jungen Männern kühl vorgekommen. Was tat sie jetzt? Ein Quickie im Garten einer stillen Seitengasse? Warum nicht. Nimm im Leben, was du kriegst, und gib, was du geben kannst. Christina hielt das Höschen vor Edgars Augen.

»Was sagst du jetzt?«

»Dass ich gerade einen Ständer kriege.«

»Du bist begabt darin.«

»Irgendetwas muss der Mensch ja können.«

»Nicht die schlechteste Fähigkeit.«

Er fasste Christina am Hintern und küsste sie stürmisch. Sie zog ihn an sich. Ohne von ihr abzulassen, ließ Edgar seine Hosen runter. Und schon war er in ihr. Sie atmeten im Gleichtakt zu einem schnellen Höhepunkt.

Die beiden lösten sich voneinander. Edgar strahlte über das ganze Gesicht. Ja, er erlebte einen glücklichen Moment. Kann die Sammlung geglückter Momente ein Weg des Lebens sein? Zumindest ein gangbarer, wie Christina dachte. Sie wusste in diesem Moment aber auch, dass solche Momente rar bleiben sollten. Ein wenig musste sie aufpassen, dass sich Edgar nicht zu sehr an sie band. Christina schlüpfte wieder in ihr Höschen und zupfte Kleid und Jacke zurecht. Auch Edgar richtete seine Kleidung.

»Du bist wieder salonfähig«, sagte Christina mit einem schiefen Schmunzeln.

Edgar gaffte sie ganz hingerissen an. Und Christina bemerkte in dem Moment, dass das Geschwisterpaar Edgar und Rita offenbar zu schwärmerischer Liebe neigte. Edgar himmelte sie selbst an, und Rita diesen feschen Biologen David.

»Ich will bei dir einziehen.«

Sie verließen die stille Gasse.

»Mein Haus ist ja noch gar nicht fertig.«

»Viel fehlt nicht mehr.«

Sie gingen ein paar Schritte.

»Kommt das nicht ein bisschen schnell?«

»Ja, das stimmt. Aber ich will bei dir wohnen.«

»Das will ich aber nicht.«

»Nicht?«

Christina hielt an und hauchte ihm einen Kuss auf die Wange. Bei allen Verrücktheiten, die man sich an lauen Frühlingsabenden einfallen lassen konnte, so liebte sie doch klare Linien.

»Wenn du mich treffen willst, mit mir am Kamin sitzen oder in einer stillen Gasse in Graz allerlei Unfug anstellen willst, dann ruf mich an. Aber ich lebe alleine.«

War er enttäuscht? Christina beobachtete ihn. Unklar. Sie wurde aus seiner Miene nicht schlau.

»Du klingst so sicher und bestimmt.«

»So bin ich nun einmal.«

»Finde ich toll.«

Sie zuckte mit den Schultern.

»Aber jetzt lass uns sehen, was der Film an Zerstreuung zu bieten hat.«

Bald erreichten sie wieder das Kino und verschwanden darin.

*

Christina betätigte den Blinker und bog von der Landesstraße ab. Eine kurze Zufahrt führte zum Haus. Sie befand sich hier im Tiefland der Koralpe, die nach Osten laufende Niederung des Gebirgszuges war von vielen Bachläufen durchzogen. Hier hatte der Teiplbach in Jahrtausenden die Landschaft geformt. Und in den letzten Jahrzehnten vor allem auch der Mensch. Kleine Siedlungen, Nutzwald und kleinräumige Landwirtschaft prägten die Gegend am Unterlauf des Baches. Das Haus stand außerhalb eines kleinen Dorfes am Rande einer sumpfigen Wiese. Das Gebäude war nicht groß, und an Renovierung hatte hier auch schon länger niemand gedacht. Die Nebengebäude schauten noch vernachlässigter aus. Allerlei Zeug lag herum. In einer offenen Scheune stand ein ausrangierter Kleintraktor. Schwer vorstellbar, dass sich das Fahrzeug noch einmal bewegen ließ.

Christina klappte die Tür ihres Wagens zu und hängte ihre Handtasche über die Schulter. Wer außer Bernd Rebhandl wohnte in diesem Haus? Und dass mehrere Menschen hier wohnen mussten, sah Christina an den zum Trocknen aufgehängten Frauen- und Männerkleidern. Und in einem Fenster war Licht. Die Hühner lebten hier gut. Eine ganze Schar zog, angeführt von einem Gockel, über den Hof. Hier störten keine Zäune und Gitter sie bei ihrer Suche nach Fressbarem. Nur nachts kehrten sie wohl gerne in den halb verfallenen Stall zurück, denn so nahe am Waldrand hatten Hühner die umher streifenden Füchse zu fürchten.

Ein Mann trat aus der Scheune. Er steckte in Latzhose und Arbeitsschuhen. Er klopfte sich Staub von Jacke und Hose. Christina tippte auf Holzarbeit mit elektrischen Maschinen. Christina erkannte Bernd sofort. Auch er erkannte sie. Sie trat näher.

»Guten Tag, Herr Rebhandl.«

»Tag.«

»Mein Name ist Christina Kayserling. Wir sind einander einmal begegnet. Können Sie sich erinnern?«

»Ja.«

»Herr Rebhandl, ist es möglich, dass wir beide uns ein Weilchen unterhalten?«

»Worüber?«

Christina schmunzelte in sich hinein. Das hatte immer zu einer der schwierigsten Herausforderung ihrer ehemaligen Arbeit gezählt, nämlich verstockte und mürrische Männer zum Reden zu bringen. Manchmal war es ihr gelungen, das richtige Stichwort zu geben oder das passende Thema anzuschneiden, woraufhin diese Männer dann gesprudelt hatten wie Gebirgsbäche nach der Schneeschmelze. Manchmal war es bei vergeblichen Versuchen geblieben.

»Ich möchte mit Ihnen über den Fund von Albin Ninaus auf dem Glashüttenkogel sprechen.«

Der junge Mann Ende 20 sagte nichts, bewegte sich nicht, ja, es regte sich kein Gesichtsmuskel. Christina wartete auf irgendeine Reaktion.

»Sind Sie von der Polizei?«

»Nein, ich bin keine Polizistin.«

»Schaut aber so aus.«

»Das ist meine Privatkleidung, Herr Rebhandl. Ich trage keine Uniform.«

»Trotzdem.«

»Trotzdem *was*?«

»Das schwarze Auto. Wie Sie reden. Wie Sie sich umschauen. Sie treten auf wie eine Agentin. Ob Polizei oder nicht.«

»Ich kann Ihnen versichern, dass ich keine Polizistin und schon gar nicht Agentin irgendeiner Organisation bin. Aber Sie haben ein gutes Auge, Herr Rebhandl, es stimmt, ich habe einige Jahre als Polizistin gearbeitet. Ich habe aber inzwischen den Dienst gekündigt.«

»Hab ich gleich gemerkt, dass Sie eine Agentin sind.«

»Sie kennen sich offenbar mit der Polizei gut aus.«

Bernd Rebhandl kniff die Augen zusammen und spähte um sich. Aber hier beobachtete ihn niemand außer einer alten Frau, die sich an das beleuchtete Fenster gestellt hatte und durch die geschlossenen Scheiben schaute.

»Ich kenne mich nicht aus. Bin kein Polizist.«

»Ist die Frau am Fenster Ihre Mutter?«

»Tante. Meine Mutter ist unterwegs. Einkaufen.«

»Wie viele Personen leben hier im Haus?«

»Vier.«

»Ihre Mutter, Ihre Tante und Sie. Wer ist die vierte Person?«

Der Mann schaute sie störrisch an.

»Personenkontrolle?«

»Sie müssen mir nichts sagen, ich bin wirklich nur eine Privatperson, die ein bisschen plaudern will.«

»Mein Cousin lebt auch da. Er schläft jetzt. Er schläft eh die meiste Zeit. Zurückgeblieben. Der Michi ist behindert.«

»Ich verstehe.«

»Was wollen Sie von mir?«

»Habe ich schon gesagt. Ich bitte Sie, mir vom Leichenfund auf dem Glashüttenkogel zu erzählen.«

Bernd Rebhandl schaute zum Fenster, an dem seine Tante stand. Er nickte Christina zu.

»Kommen Sie mit.«

Christina folgte Bernd in die Scheune. Er hatte an einer alten Hobelbank gearbeitet. Eine Stichsäge, eine Bohrmaschine, ein Handhobel und weiteres Werkzeug lagen herum. Eine Menge Bretter stapelten sich auf und neben der Hobelbank. Der Sinn der Arbeit erschloss sich Christina nicht auf den ersten Blick. Egal, sie wollte hören, wie der Mann die Geschichte erzählte. Bislang waren ihr noch keine Ungereimtheiten bei den Umweltschützern aufgefallen. Rita und

David hatten vollständig deckungsgleiche Aussagen getätigt. Wahrscheinlich führten die Gespräche mit diesen nachweislich zufälligen Zeugen zu gar nichts. In Friedels Datensatz waren die Namen und die Aussagen der Zeugen notiert gewesen. Sie arbeitete sich eigentlich auf das Geratewohl voran. Ohne Polizeiapparat im Rücken, fühlten sich Recherchen völlig ungewohnt an. Seltsam irgendwie. Es war, als ob sie ungesichert eine Felswand hochkletterte. Christina hatte dann und wann Klettertouren unternommen, nicht sehr häufig, sie erwanderte die Berge lieber, aber sie kannte das Gefühl der Bergsteiger, die es in die schwierigsten Wände zog. Ein Gefühl, nach dem man süchtig werden konnte. Ein falscher Schritt oder ein unbedachter Handgriff, und man stürzte ab. Jeder Muskelzug musste richtig gesetzt sein, jeder Augenaufschlag einem Ziel dienen, nämlich den Hang zu überleben und zu bezwingen.

»Haben Sie ein Aufnahmegerät in der Tasche?«

»Nein.«

»Läuft eine versteckte Kamera?«

»Auch nicht.«

»Damit das klar ist, ich erlaube nicht, dass Sie irgendetwas von dem, was ich sage, aufzeichnen. Egal auf welche Art, es darf nichts dokumentiert werden. Können Sie das gewährleisten?«

»Das kann ich. Mein Wort darauf.«

Bernd stellte einen Werkstattsessel neben die Hobelbank und wies Christina an, Platz zu nehmen. Er selbst setzte sich auf den Holzstapel. Christina hatte einen ungefähren Eindruck von dem Mann gewonnen.

»Fürchten Sie, beobachtet zu werden, Herr Rebhandl?«

Er verdrehte den Blick.

»Was heißt fürchten? Ich werde beobachtet. Seit den Waldbesetzungen werden wir alle beobachtet.«

»Sie alle? Wen meinen Sie damit?«

»Na die Waldbesetzer. Die Umweltschützer. Natürlich werden wir beobachtet. Internet und Telefon, überall Kameras. Was glauben Sie, warum ich politische Aktivität im Wald mache. Was meinen Sie?«

Der Mann schaute Christina mit starrem Blick an. Sie überlegte, ob medizinische Hilfe angeraten war. Abwarten. Was kam da noch? Christina überlegte die Frage.

»Vielleicht, weil es im Wald weniger Kameras und Telefone gibt als in Städten.«

Bernd nickte zustimmend. Er hatte Feuer gefangen. Endlich jemand, der ihn gleich verstand. Wie oft war es ihm in seinem Leben ergangen, dass die Leute einfach nicht verstanden hatten, was er sagen wollte.

»Ganz genau.«

Christina vermerkte für sich: Glückstreffer.

»Aber selbst im Wald will ja die Polizei alle Bürger kontrollieren und unter Beobachtung halten. Das ist gar kein Überwachungsstaat hier, gar nicht, wir leben in einem ganz freien Land. Sagen alle. Ganz frei. Haben Sie ein Handy?«

»Ja.«

»In der Handtasche?«

»Ja.«

»Dann werden wir überwacht. Auch wenn Sie mir Ihr Wort geben, dass Sie mich nicht überwachen, heißt das nicht, dass wir beide nicht überwacht werden.«

»Soll ich mein Handy ausschalten und den Akku entfernen?«

»Besser wäre es schon. Und am besten schalten Sie es nie wieder ein. Ich habe auch kein Handy. Werde nie eines haben.«

Christina griff in die Tasche und nahm den Akku aus dem Handy.

»Also gut, das Handy ist aus. Was wissen Sie über den Mord an Albin Ninaus?«

Er rieb seine Hände aneinander. Ernste Miene, ein spähender Blick. Christina fand, dass eine dringende ärztliche Behandlung nicht notwendig war. Der Mann war kein schizophrener Paranoiker, den man medikamentös behandeln musste, er war ein kauziger Kerl, der sein Leben im Griff hatte und bei guter Gesundheit ein schrulliger Greis werden konnte. Wahrscheinlich könnte der Mann das Haus in viel besserem Zustand halten, wenn er eine Frau hätte, für die sich die Ordnung auch lohnte. Attraktiv war er nicht, klug war er nicht, er war schräg und lebte in einem schäbigen Haus am Rande einer sumpfigen Wiese. Das waren keine guten Startbedingungen für das Wettrennen um eine Braut. Aber noch war er nicht zu alt dafür. Die Arbeit mit Holz schien er zu beherrschen.

»Zuerst habe ich gedacht, dass die Bonzen des Kartells nur uns Umweltschützer überwachen, aber die überwachen sich selbst noch mehr. Kompletter Verfolgungswahn bei diesen Typen. Das macht das Geld mit den Leuten. Eine miese Seuche ist das Geld. Und alle rennen dem Geld hinterher. Die sind gefährlich. Deswegen habe ich sie auch überwacht. Eine Zeit lang.«

Christina spitzte die Ohren.

»Wen haben Sie überwacht?«

»Na, die Leute des Kartells. Diesen Herrn Biologen, der Gutachten schreibt, als wären es Einkaufszettel der Bauindustrie. Und diesen Quacksalber. Ninaus. Der abgekratzt ist. Und den Oberhai Stadler. Anwälte sind eine Pest.«

»Wie haben Sie die Personen überwacht?«

»Bin ihnen hinterhergegangen, hab ihre Gewohnheiten notiert. Ein paar Tage hab ich das getan.«

»Wann war das?«

»Vor einem halben Jahr. Nein, länger. Ich hab längst damit aufgehört.«

»Haben Sie das der Polizei gesagt, als Sie befragt wurden?«

»Sicher nicht! Die Polizei ist durch und durch korrupt. Denen sage ich nicht mal meine Schuhgröße.«

»Das klingt alles ein wenig beunruhigend, Herr Rebhandl.«

»David hat gesagt, ich soll es lassen. Wir sind die Gutmenschen, wir spielen fair, hat David gesagt. Aber die Scheißmenschen fangen jetzt an zu killen.«

Christina streckte den Rücken.

»Wer fängt an zu killen?«

»Der Arzt. Ninaus. Kannten Sie den Arzt?«

»Nicht persönlich.«

»Aber Sie haben den Namen genannt. Was wissen Sie über Albin Ninaus?«, fragte Bernd.

»Ich fürchte, ich weiß sehr wenig.«

Sonst würde ich nicht all die Fragen stellen, lag Christina schon auf der Zunge, sie sprach es aber nicht aus.

»Er war Teil eines Kartells. Und was will das Kartell?«

»Sagen Sie es mir.«

»Das Kartell will die gesamte Koralpe zubetonieren. Und massig daran verdienen. Immer das Geld. Die Kerle sind gierig drauf wie Junkies auf Stoff.«

»Nehmen Sie Stoff?«, fragte Christina so beiläufig wie möglich.

»Stoff? Nein. Bier. Oder mal einen Schnaps. Bei Hochzeiten Wein. Das ist mein Stoff.«

»Wer war noch in dem Kartell?«

»Na Poschauer natürlich. Der Millionär. Und Baumeister. Herr Superklug, die Arschbacke. Jetzt haben sie ihm den Strick gedreht. Die sind außer Kontrolle. Ich dachte ja, die wollen uns Umweltschützer abknallen. Machen die gar nicht. Die killen sich gegenseitig.«

Christina versuchte, aus all den Andeutungen irgendeine Botschaft herauszuhören. Schwierig.

»Und dann der Steinhändler aus Schwanberg«, murmelte Bernd in düstere Gedanken versunken.

»Was war mit ihm?«

Ein Ruf in den unbekannten Wald.

»Curd Brendelberg. Auch so einer aus dem Kartell. Gangster, Killer, Umweltverschmutzer. Das ist eine Bande.«

»Woher kennen Sie den Mann?«

»Ich kenne seine Frau. Anna Brendelberg. Drei Tage in der Woche fahre ich mit dem Krankenwagen. Teilzeitjob beim Roten Kreuz. Nach dem Zivildienst habe ich alle Prüfungen gemacht. Bin ausgebildeter Sanitäter.«

Der Stolz in seiner Stimme war unüberhörbar, Christina verzog anerkennend ihre Miene.

»Respekt, toller Job. Und da haben Sie Frau Brendelberg kennengelernt?«

»Arme Frau. Hat ALS. So eine Nervensache. Sie fährt regelmäßig zur Physiotherapie. Da habe ich sie paar Mal getroffen. Die ist eine echte Grüne. Hat mir gleich getaugt. Paar Mal richtig toll mit ihr gequatscht. Trotz der Krankheit.«

Christina konnte sich erinnern, den Namen Brendelberg irgendwo in Friedels Datensatz gefunden zu haben. Lohnte sich eine Recherche? Das war ja häufig die Frage bei Ermittlungen. Da hörte man eine Andeutung, sah plötzlich eine Möglichkeit, konnte wichtige Zusammenhänge erahnen, und doch blieb alles nur vage. Manche aufgeschnappten Andeutungen hatten zu klaren Fortschritten in den Ermittlungen geführt, manche hatten einfach nur Zeit und Energie gekostet. Oft musste man sich auf seinen Instinkt verlassen. Keine sehr sichere Sache. Also die ominöse weibliche Intuition, der man auch viele dunkle Seiten nachsagte, war für Christina nichts anderes als ein Ratespiel, das man mit Einfühlungsvermögen und logischen Schlussfolgerungen spielen musste.

Einmal hatte ein männlicher Arbeitskollege zu ihr gesagt, es gruselte ihn vor ihr, weil sie eine Frau mit rationalem Verstand sei. Christina hatte ziemlich harsch geantwortet, dass ihr auch gruselte, weil er, der Herr Kollege, eine Schusswaffe bei sich führe, aber nicht einmal ansatzweise auf rationalen Verstand zurückgreifen könne. Im Lauf ihres Lebens hatten immer wieder männliche Kollegen versucht, sie mit Macho-Sprüchen als Frau kleinzureden. Kein Einziger hatte sich nicht mindestens eine blutige Nase bei ihr geholt. Auf ihren Ruf als Kratzbürste war sie sogar ein bisschen stolz.

Wenngleich es natürlich nicht immer ein bequemer Ruf war. In manchen schwierigen Situationen fühlte sie die Sehnsucht, einfach nur auf einen Mann zu warten, der sie schützend in den Arm nahm und alle Probleme löste oder zumindest fernhielt. Wilhelm hatte das getan. Damals, als sie sich kennengelernt hatten, hatte er das auf seine unwiderstehliche Art einfach getan. Er hatte sie in den Arm genommen und mit der Ferse die Problemtür hinter sich zugeworfen. Gemeinsam mit Wilhelm war es ihr einige Jahre lang gelungen, die Arbeit vom Privatleben sauber zu trennen. Sie hatte das geschafft, weil Wilhelm es auch geschafft hatte. Eigentlich waren sie ein verdammt gutes Paar, dachte Christina, sie hatten das Leben gemeinsam in den Griff bekommen. So lange eben das gemeinsame Leben gewährt hatte. Egal, rief sich Christina selbst zu, lebe in der Gegenwart, lebe im Hier und Jetzt! Sie schob alle abschweifenden Gedanken zur Seite und konzentrierte sich wieder auf den Mann ihr gegenüber.

»Da sind Profikiller im Einsatz, das kann ich Ihnen sagen. Die Oberbonzen machen sich nicht selbst die Hände schmutzig, die kaufen ein paar internationale Profis. Russen. Mexikaner. Nigerianer. Was weiß ich, woher. Irre, was das Geld aus Menschen macht. Und die Polizei fischt wie immer im Trüben. Die können höchstens ein paar Umweltschützer mit Wasserwerfern duschen, mehr ist da echt nicht drinnen. Vergiss die Polizei. Die Polizei macht, was die Oberbonzen anschaffen.«

»Wie sind Sie überhaupt zu den Umweltschützern gekommen?«

»In der Grazer Altstadt hat mich mal ein Mädchen angesprochen. Ob ich die neue Broschüre schon kenne und ob ich eine Kleinigkeit spenden mag. Hab ich getan. Bin zu den Treffen gegangen. Da waren lässige Leute. Die waren echt freundlich. Also bin ich mit ihnen in den Wald gegangen. Gegen das Kraftwerk an der Schwarzen Sulm.«

Der Ton des Mannes nahm an Eindringlichkeit zu.

»Ich war auch schon an der Nordsee. Demo gegen Windpark. Und in Italien und in Belgien. Voll die Demo. Echt jetzt. Aber friedlich. Wir sind die Umweltschützer, nicht die Brandstifter.«

Ein einfach gestrickter Mann, fand Christina, und wenn man ein bisschen auf ihn zugehen konnte, dann war er bestimmt ein prima Kerl. Mit den Umweltschutzgruppen hatte er sozialen Umgang und einen Auftrag im Leben. Doch Christina erinnerte sich an die Begegnung vor Ritas Haustür. Sie nahm Bernd scharf in den Blick.

»Herr Rebhandl, eines müssen wir beide noch klären.«

»Und zwar?«

»Wenn Sie an eine Frau denken, denken Sie da manchmal an Gewalt?«

Diese Frage brachte ihn ziemlich aus dem Konzept. Er schüttelte ungläubig den Kopf.

»Was ist das für eine Frage?«

Christina winkte ab.

»Ganz egal, was Sie denken, ich möchte nur sagen, dass Frauen Gewalt strikt ablehnen. Wissen Sie, was ich meine?«

»Keine Ahnung.«

»Sie fordern von mir, dass ich den Akku aus dem Handy nehme, damit Sie sich sicher fühlen. Das haben Sie doch getan?«

»Ja schon.«

»Dann fordere ich, dass Frauen niemals mit Gewalt genommen werden dürfen. Niemals. Damit sie sich sicher fühlen können.«

»Ich weiß gar nicht, wovon Sie sprechen.«

»Umso besser. Dann werden wir zwei ja noch dicke Freunde. Aber eines noch.«

»Was denn jetzt schon wieder?«

»Vergessen Sie Rita. Die passt nicht zu Ihnen. Die hält sich für etwas Besseres.«

Er zog eine lange Miene.

»Hab ich auch schon bemerkt. Die rennt dauernd nur David nach. Alle Mädels rennen David nach.«

»Wie verstehen Sie sich mit David?«

»Super. Er ist echt ein lässiger Kerl. Was der alles weiß! Doktor der Biologie. David war immer freundlich zu mir. Aber die Mädchen rennen ihm dauernd hinterher. Da bleibt keine für mich übrig.«

Christina erhob sich und reichte dem Mann die Hand zum Abschied.

»Keine Sorge, Herr Rebhandl, Sie sind noch jung, das Leben ist lang, und was der morgige Tag bringt, können wir heute noch nicht wissen.«

Der Mann schüttelte ihr die Hand zum Abschied. Aus seiner Miene wurde Christina nicht gleich schlau.

»Ich habe es ja gewusst.«

»Was haben Sie gewusst?«

Bernd steckte seine Hände in die Taschen der Latzhose.

»Na, dass Sie eine Agentin sind.«

Christina lächelte höflich.

»Auf Wiedersehen, Herr Rebhandl.«

»Wiedersehen.«

Christina marschierte zum Wagen, startete und fuhr ab. Hatte sie irgendetwas in Erfahrung gebracht? Unklar. Im Bild hingen noch dunkle Schatten. Würde sie diese erhellen können? Auf der Landesstraße stieg sie tief ins Gas. So schnell war sie seit vielen Monaten nicht unterwegs gewesen.

*

Alexander Stadler tigerte durch sein Haus. Um sich zu zerstreuen, hatte er den Fernseher eingeschaltet und sich durch die Kanäle gezappt. Eine Sendung war blöder als die andere. Schnulzen, Castingshows, Naturdokumentationen und schlechte Nachrichten aus aller Welt. Und das sollte das Hauptabendprogramm sein? Allen voran gingen ihm die Krimi-Seifenopern massiv auf den Wecker. Idiotische Filme mit Toten. Gerade an Tote wollte er gar nicht erinnert werden.

Wer hatte Albin und Herwig ermordet?

Und warum?

War er der Nächste?

Immerhin hatte er mit den beiden einige lukrative Geschäfte eingefädelt. Er war sich sicher, dass irgendeine geschäftliche Verbindung hinter den Mordanschlägen stand. Wozu war er Anwalt? Er musste aus professionellen Gründen mit dem Schlimmsten rechnen, und das Schlimmste war, dass da ein geprellter Verlierer sich an ihnen rächen wollte. So etwas Ähnliches hatte er auch mit Jörg Seiner besprochen. Zweimal hatte er den Polizisten persönlich getroffen, einmal hatten sie telefoniert. Warum der Scheißkerl nicht eine

Streife zu seinem persönlichen Schutz abstellte? Das machte Alexander förmlich rasend. So ein Trottel. Ein Polizist eben. Intelligenz war bei Polizisten nicht weit verbreitet. Und Seiner bildete darin keine Ausnahme, dachte Alexander.

War Luise die Täterin?

Er hatte sie vor ein paar Tagen in dieser Bar besucht. Gefährlich hatte sie nicht gewirkt. Eher verwirrt und verunsichert. Schwer vorstellbar, dass Luise zwei präzise geplante Mordanschläge ausüben konnte, Luise konnte ja nicht einmal einen Einkaufsplan für das nächste Wochenende erstellen. Als er sie so gesehen hatte, geschmackvoll geschminkt und ganz in Schwarz, aber hochgeschlossen, hatte es ihn nicht kalt gelassen. Ja, er stand noch auf sie. All die Affären und Bordellbesuche in den letzten Monaten hatten ihm höchstens kurzzeitig Ablenkung verschafft, in Wahrheit wollte er immer nur Luise. Aber er war auch von ihr zutiefst beleidigt worden. Diese verdammte Scheidung! Ein echter Scheidungskrieg hätte vielleicht alle Gefühle in ihm zerstört, aber Luise hatte sich abgeklärt, bescheiden und einsichtig gezeigt. Eigentlich imponierend. Trotzdem hasste er sie. Warum war sie fortgelaufen, als er sie am nötigsten gehabt hatte? Damals, als die Sache mit Curd …

Wer war intelligent genug, um zwei Giftmorde auszuführen, ohne irgendwelche Spuren zu hinterlassen?

Ein Gedanke tauchte auf.

War das möglich? Konnte *sie* Albin und Herwig ermordet haben?

Unmöglich. Wie hätte sie das schaffen sollen?

Mit Gehilfen, die ihre Pläne ausführten?

Vielleicht.

»Scheißdreck!«, brüllte Alexander und boxte in die Luft.

Er war am Ausflippen. So viel stand schon mal fest. Wie sollte er sich wieder auf Normaldrehzahl runterbringen? Er goss sich an der Bar ein Glas Whiskey ein. Nicht zu knapp.

Ein Eiswürfel klimperte im Glas. Alexander nahm einen tiefen Schluck. Und spürte sofort die belebende Wirkung des Alkohols.

Er trat an den Wandtresor, tippte die Geheimnummer ein und öffnete die Tür. Im Tresor lagen vertrauliche Dokumente, Bargeld, ein hübscher Vorrat an Tabletten und eine Pistole. Er packte ein Säckchen mit Tabletten und warf es auf das Sofa. Treibstoff für die nächsten paar Tage.

Und er griff zur Waffe. Er hatte länger nicht damit geschossen. Eine Übungsrunde am Schießstand war angesagt. Er griff auch zur Patronenschachtel.

Das war der Krieg. Er war bereit für die Schlacht.

*

Sie pumpte mit der Handpumpe etwas Wasser in den Zuber. Christina griff nach der Bürste und reinigte methodisch ihre Hände. Zu zweit hatten sie die Bretter für den Holzzaun beim Küchengarten vorbereitet. Bei einem Bauern in der Gegend hatte Christina luftgetrocknete Bretter aus Fichte gekauft. Und wahrscheinlich dem alten Fuchs einen verdammt guten Preis bezahlt. Gut für ihn. Christina und Edgar hatten im Lauf des Tages die Bretter zugeschnitten. Edgar hatte an der Kreissäge gestanden, Christina hatte ihm die Bretter zugereicht. Damit war für sie der Arbeitstag erledigt, immerhin hatte es fünf Uhr geschlagen, der Feierabend konnte kommen. Ein sehr lauer Abend. Das Wetter zeigte sich von seiner besten Seite, milde Wärme lag über dem Weinland.

Edgar war noch voller Energie und hatte begonnen, die Bretter zum zukünftigen Küchengarten zu schaffen. Christina setzte sich an den Rand des Brunnens. Der Brunnen bestand aus einem in die Erde gesenkten Behälter, der mit Regenwasser befüllt wurde und über einen Überlauf zum Bach verfügte. Dieser Wasserspeicher war von den Vorbesitzern stehen geblieben, Christina hatte das System nur in Schwung gebracht. Wie oft hatte sie sich schon am Brunnen vor dem Haus gewaschen? Unzählige Male. Im letzten Spätsommer, als sie das Haus bezogen hatte, hatte sie viele Wochen nur das Wasser des Brunnens zum Leben gehabt. Sie hatte das Wasser auch getrunken. Aber ja. Solange sauberes Wasser aus den Wolken fiel, konnte man dieses auch trinken. Und sollte ein Molch oder ein anderer windiger Hausgeist im Wasserbehälter wohnen und seine Gaben hinterlassen, so hatte sie wenigstens etwas, worauf sie sich freuen konnte. Beim Wassertrinken.

Christina schmunzelte über ihre verrückten Gedanken. Sie hatte einen Eimer kaltes Wasser in den Schatten gestellt. Und in das kalte Wasser eine Flasche Weißwein. Durch den Aufenthalt im Wasser hatte sich das Etikett von der Weinflasche gelöst. Sie langte nach der Flasche. Das grüne Glas sah aus wie in diesen alten Schwarz-Weiß-Filmen, wo die Menschen auch Wein aus Flaschen ohne jegliches Etikett tranken. Sie kostete. Die Temperatur war ideal, der Geschmack wunderbar erfrischend.

Von drüben klang das Lärmen eines arbeitenden Mannes. Christinas Blick verdüsterte sich. Wollte der Kerl tatsächlich heute gar nicht aufhören, mit dem Werkzeug zu klappern? Sie nahm noch einen Schluck, fasste einen vorwitzig vorbeiziehenden Gedanken und hielt ihn für einen Augenblick fest. Sie schaute sich um. Warum nicht? Gab es einen besseren Zeitpunkt, das Leben auszukosten, als an einem sonnenhellen Frühlingsabend?

Christina stellte das Glas ab, schlüpfte aus den Schuhen und streifte Arbeitshose und Hemd ab. Sie spritzte sich Wasser auf den Körper und wusch den Schweiß von der Haut. Barfuß marschierte sie ins Haus, fasste ein Handtuch aus dem Bad und entledigte sich der klatschnassen Unterwäsche.

Nackt schritt sie in ihr Schlafzimmer, öffnete den Schrank und suchte nach einem passenden Kleid. Und wurde schnell fündig. Helle Farben, viel Grün und Blau, knapp und kurz, ein tiefer Ausschnitt. Sie hatte das Kleid selten getragen. Christina streifte das Kleid über. So hatte Wilhelm sie gerne gesehen. Und dann mit ihr geschlafen. Ging sie jetzt mit diesem Kleid fremd? Diese Frage stellte sich ihr. Sie drehte sich vor dem Spiegel und wiegte den Kopf. Mit einem schnellen Griff hatte sie das Kleid aus- und ein anderes in gelben und roten Tönen übergezogen. Auch sehr frühlingshaft. Sie warf sich herum und schnappte im Vorbeigehen eine Decke vom Bett.

In der Küche schnitt sie etwas Brot, legte in eine Schüssel Tomaten, Paprika, Radieschen und Käse. Sie griff sich noch eine herumliegende Zeitschrift über Gartengestaltung und verließ, mit ihren Schätzen beladen, das Haus. Unter einem Apfelbaum breitete sie die Decke aus. Christina holte den Eimer mit dem Wein und einen Krug Wasser. Ein kecker Feldsperling wurde auf ihre Aktivitäten aufmerksam und gesellte sich mit gierigem Blick auf das Brot zu Christina. Diese setzte sich auf die Decke und brach ein Stückchen für den kleinen Vogel ab. Der Sperling schaute sich noch vorsichtig um, dann stürzte er auf den Krümel und flog damit davon.

Christina langte nach der Zeitschrift, schlug sie auf, legte sich auf den Bauch und las diese und jene Überschrift. Und noch immer hämmerte dieser rohe Kerl auf das unschuldige Holz. Wie lange noch? Sie schmunzelte in sich hinein. Ihr Blick blieb an einem Artikel über die Anlage von Kräuterbeeten hängen. Sie las ein paar Absätze.

»Ich arbeite hier bis zum Umfallen, und du hast es dir schon bequem gemacht.«

Christina schaute über ihre Schulter.

»Ach Edgar, mein Lieber, meiner Meinung nach könntest du längst mit diesem unseligen Lärm aufhören.«

Er kam näher und fasste sie genauer ins Auge.

»Du hast dich schick gemacht.«

»Ich bin eine Freundin des Gedankens, zum jeweiligen Anlass die passende Kleidung zu tragen. Zum Arbeiten Arbeitskleidung, für ein Frühlingspicknick dann lieber Picknick-Kleidung.«

»Dass du heute noch ein Picknick machen willst, hast du gar nicht gesagt.«

Christina zupfte den Saum ihres Kleides über ihr Gesäß hoch.

»Muss jeder spontan gefasste Gedanke schlecht sein? Nein, ich glaube beinahe, dass spontane Ideen auch einen Wert im Leben haben können.«

»Und was für einen Wert noch dazu«, sagte Edgar und kniete sich neben Christina nieder. Er fasste mit den Händen nach ihren Oberschenkeln und drückte sein Gesicht auf ihren Hintern. Er biss sie. Christina kicherte.

»Bitte mach dich doch am Brunnen frisch und dann setz dich zu mir auf die Decke. Ich habe da ein kleines Abendessen vorbereitet.«

»Der Einladung kann ich nicht widerstehen.«

Er lief zum Brunnen und riss sich die Arbeitskleidung vom Körper. Christina sah ihm amüsiert dabei zu. Sie griff nach einem Stück Brot und biss in eine Tomate. Christina verzog anerkennend den Mund. Edgar wusch sich gründlich. Und zog sich zu diesem Zweck nackt aus. Ein kurzer Blick streifte die Ferne.

Na, wenn da ein Jäger oder Förster auf dem Hochsitz sein Fernglas geschärft hatte, würde er tatsächlich ein anmutiges Schauspiel zu sehen bekommen.

Als Edgar sich nackt auf der Decke niederließ, rollte sie über ihn und flötete den Abendtanz.

EIN JAHR ZUVOR

»Die Jungs vom Honda-Club haben angerufen.«

»Ich fahre Yamaha.«

»Der Wetterbericht für das Wochenende ist gut. Sonnenschein, trockene Fahrbahnen und gute Fernsicht. Was meinst du?«

Die beiden Männer betraten das Restaurant in der Grazer Altstadt und suchten nach einem Platz. Sie wurden fündig. Das war kein Lokal, bei dem man wochenlang vorher einen Tisch reservieren musste. Manchmal konnte es passieren, dass man zu Mittag keinen Platz mehr fand, aber in der Regel konnte man hier jederzeit zum Essen einkehren. Alexander Stadler und Herwig Poschauer hatten sich kurzfristig zum Mittagessen verabredet. Herwig hatte angerufen, weil er am Vormittag ohnedies in der Innenstadt zu tun gehabt hatte.

»Pfuh, Motorradfahren ist derzeit kein Thema für mich.«

Herwig runzelte die Stirn. Er war leidenschaftlicher Biker und spornte seine Kumpels immer wieder zu Touren an. Und da er ausschließlich Motorräder der Marke Honda fuhr, war er schon vor Jahren dem Honda-Club beigetreten.

»Bist du so im Stress?«

»Arbeit, Arbeit, Arbeit.«

Die beiden setzten sich und studierten die aushängende Speisekarte. Ein Kellner kam an ihren Tisch.

»Für mich das Menü 1. Und einmal Soda-Zitrone«, bestellte Alexander.

»Was haben Sie für eine Suppe?«

»Grießnockerlsuppe. Als Alternative kann ich Ihnen Frittatensuppe anbieten.«

»Grießnockerl bitte. Und Menü 2.«

»Was darf es zu trinken sein?«

»Gespritzter Apfelsaft. Groß bitte.«

Der Kellner notierte die Bestellungen, bedankte sich und sauste davon. Wie immer zu Mittag war die Gaststube ziemlich voll. Die Preise waren nicht gerade niedrig, dafür waren Küche und Service sehr gut, die Lage in der Nähe des Hauptplatzes ideal. Alexander kam mindestens einmal pro Woche hierher zum Essen. Viele in der Altstadt berufstätige Leute verbrachten hier ihre Mittagspause.

»Du hast am Telefon ein paar Andeutungen gemacht«, begann Alexander das Gespräch.

Herwig nickte zustimmend.

»Die Sache mit Brendelberg ist jetzt abgeschlossen.«

Alexander nickte verstehend.

»Das heißt, das Würstel bleibt auf seinen Steinen sitzen.«

»So ist es. Also ganz ehrlich, dass so ein Mann sich überhaupt Unternehmer schimpfen darf, ist eigentlich eine Frechheit.«

Alexander zuckte mit den Schultern.

»Um blöde Steine aus dem Berg zu kratzen, muss man kein Genie sein.«

»Allerdings. Und seine Frau scheint eine echte Giftschlange zu sein.«

»Stur bis zum Abwinken. Eine Grüne. Die sind so. Lebensfremd.«

»Ich habe mich ein bisschen umgehört. Brendelberg steht das Wasser bis zum Hals.«

»Davon habe ich auch schon gehört.«

»Vielleicht ändert er ja seine Meinung und verkauft uns den Wald doch noch.«

Stadler verzog seine Lippen.

»Weißt du was, Herwig? Der Scheißwald kann mir gestohlen bleiben.«

Herwig hob seine Augenbrauen und lehnte sich zurück. Alexander sah ziemlich blass aus. Dunkle Ringe unter den rot unterlaufenen Augen, die Finger tippten nervös auf dem Tisch herum. Hatte er zu viel oder zu wenig von dem Zeug genommen? Oder die Tabletten wieder mit Whiskey runtergespült? Dabei hatte ihnen Albin doch eindringlich erklärt, dass sie nicht beides gleichzeitig nehmen sollten, entweder Amphetamine oder Alkohol, niemals beides auf einmal. Sofern man den Karren nicht gegen die Wand fahren wollte. Wollte Alexander seinen Karren an die Wand fahren? Herwig witterte eine Schwäche an seinem Kumpel. Vielleicht war das ein Grund für seine überragenden Geschäftserfolge: Herwig hatte ein feines Sensorium für die Schwächen anderer.

Wenig später servierte der Kellner die Suppe. Die beiden griffen zu ihren Löffeln.

»Und alles klar bei dir?«

Alexander blickte hoch.

»Aber ja, alles klar. Wieso fragst du?«

»Du siehst gestresst aus.«

Alexander zuckte mit den Schultern und wandte sich der Suppe zu. Schweigend aßen sie die Teller leer.

»Hast zu Hause Probleme?«

Alexander kniff die Augen zusammen. Irgendetwas führte Herwig im Schilde. Oder er wusste irgendetwas. Was?

»Probleme kommen und gehen. Mal erledigt man sie schnell, dann zieht es sich dahin.«

»Derzeit zieht es sich dahin, nicht wahr?«

Alexander legte seine Handflächen auf den Tisch. Blöd brauchte man ihm nicht zu kommen, und der Ton, den Herwig anschlug, klang verdächtig nach Stunk. Und für Stunk hatte Alexander ein feines Sensorium. Anwalt eben, ein Profi für Streitfälle jeder Art.

»Was willst du damit sagen?«

Herwig schaute sich ausgiebig im Lokal um. Er ließ sich Zeit mit seiner Antwort.

»Gestern habe ich deine Frau getroffen.«

Alexander zog seine Lippen breit. Daher wehte also der Wind.

»Schön für dich.«

»Allerdings. Deine Frau ist immer wieder ein netter Anblick.«

»Habt ihr es miteinander getrieben?«

Herwig lachte. Eindeutig, Alexander war in der Defensive, der Herr Anwalt hatte einen wunden Punkt.

»Wo denkst du hin? Ich war geschäftlich unterwegs, da habe ich keine Zeit für Spielereien. Deine Frau war sehr gesprächig. Irgendwie rührselig.«

»Und du hast ihr deine erprobt starke Schulter zum Ausweinen angeboten.«

»Nichts habe ich getan. Ich mische mich doch nicht in eure Eheprobleme.«

»Sehr vornehm.«

Herwig zuckte mit den Schultern.

»Na ja, ich versuche zumindest, eine vornehme Haltung zu wahren.«

Der Satz stand eine Weile zwischen den Männern. Alexander bemerkte, wie Wut in ihm hochkochte.

»Was willst damit andeuten?«

Herwigs Miene wurde hart und unnahbar.

»Halt dein Weibsstück unter Kontrolle, mein Freund. Ich finde es widerwärtig, wenn die Frau durch die Gegend rennt und irgendwelche Leute um Geld anschnorrt. Billig.«

Alexander schnappte nach Luft.

»Sie hat dich …«

»Sie wollte Geld von mir leihen. Leihen! Als ob sie jemals einen Cent zurückzahlen könnte. So eine billige Farce.«

Wut, immer mehr Wut, unbeschreibliche Wut.

»Wenn du ihr Geld gibst, hast du ein Problem mit mir.«

Herwig lächelte vergnügt. Ja, da hatte er eine wunde Stelle gefunden. Es machte Spaß, den Herrn Anwalt ein bisschen durch die Mangel zu drehen.

»Ich gebe ihr schon Geld. Das habe ich Luise auch so gesagt. Und zwar, wenn sie mit mir übers Wochenende nach Kitzbühel oder nach Venedig fährt. Geld gegen Leistung. Alte Unternehmerweisheit. Im Jackpot liegen 1.000 Euro. Einmal 1.000-Euro-Döner mit alles, Joghurtsoße, Zwiebel und extra scharf.«

Herwig fand seinen Witz gelungen, er lachte. Alexander lachte nicht. Er musterte den groß gewachsenen Baumeister mit den untrüglichen Anzeichen baldiger Korpulenz. Alexander hasste es, verspottet zu werden. Noch dazu, wenn er den Spott nicht mit gleicher Münze zurückzahlen konnte. Nun, er hatte ein gutes Gedächtnis, er würde die höhnischen Worte seines Freundes bestimmt nicht vergessen. Und eines Tages zahlte man jede Rechnung auf die eine oder andere Art. Jetzt aber musste er eine Demütigung hinnehmen, daran gab es nichts zu rütteln. Herwig war noch nicht fertig.

Der Baumeister stützte beide Ellbogen auf den Tisch und beugte sich nach vorne. Er flüsterte jetzt.

»Und wenn du deine Frau nicht unter Kontrolle hast und sie meiner Frau dumme Geschichten erzählt, dann habe ich nicht nur ein Problem mit dir, sondern du hast auch eines mit mir.«

Herwig lehnte sich zurück. Der Kellner servierte die Hauptspeisen, zwei Teller und zwei kleine Salatschüsseln.

Die Mienen der beiden Männer hellten sich auf, sie lächelten einander zu. Sie waren beide Profis. Herwig griff zu Gabel und Messer.

»Hm, riecht wunderbar. Bin schon hungrig.«

Alexander nickte. Friss dich nur voll, Fettsack, heute wirst du satt, wer weiß schon, was morgen ist, dachte er.

»Sage ich ja, die Küche hier ist schwer in Ordnung.«

*

Anna Brendelberg erhob sich vom Sofa, griff nach den Gehstöcken und setzte einen Schritt vor den anderen. Nach ihrer Rückkehr aus der Klinik hatte sie versucht, ohne die Stöcke zu gehen, dann aber wäre sie beinahe gestürzt. Schon knapp nach der Diagnose hatten Curd und Anna ihr Schlafzimmer im Obergeschoss aufgegeben und waren ebenerdig in das Gästezimmer gezogen. Der Raum hatte ohnedies die längste Zeit leer gestanden, sie bekamen selten Gäste, und noch seltener blieben diese über Nacht.

Ein köstlicher Küchenduft zog durchs Haus, Sieglinde hatte einen Erdäpfelstrudel in das Backrohr geschoben. Anna liebte Erdäpfelstrudel, und Sieglinde verstand auch, dieses Gericht köstlich zuzubereiten. Anna lächelte. In Wahrheit war alles, was Sieglinde kochte, von erlesener Qualität.

Anna erreichte den Salon und setzte sich an den Tisch. Sie hörte Geräusche an der Eingangstür. Wie immer war ihr Mann pünktlich. Curd erschien im Salon, begrüßte Anna mit einem Kuss und setzte sich zu Tisch. Anna bemerkte gleich seine Nervosität.

»Alles klar bei dir?«

»So lala.«

»Probleme in der Firma?«

Er hatte ihr von der Absage der Poschauer AG nur kurz erzählt. Gestern Abend hatte er nicht ausführlich über die Arbeit sprechen wollen, er hatte Anna knapp über die Wendung in diesem Geschäftsfall informiert und dann das Thema nicht wieder aufgegriffen. Sie hatten in aller Ruhe und

Beschaulichkeit Tee getrunken, gelesen und waren früh zu Bett gegangen. Auch die Haushälterin hatte das Kommen des Hausherrn bemerkt, also trug sie das Essen auf. Auf dem Teller dampfte der Strudel, dazu wurde grüner Salat gereicht. Curd goss sich aus dem Krug Wasser ein und trank das Glas in einem Zug aus. Unter alltäglichem Geplauder nahmen sie ihr Mittagessen ein. Curd stellte das benutzte Geschirr auf ein Tablett und trug es in die Küche. Dort brühte er zwei Tassen Kaffee auf und nahm das eben benutzte Tablett, um die kleinen Tassen ins Esszimmer zu bringen. Anna saß nicht mehr auf ihrem Platz.

»Ich bin nebenan!«, rief sie durch die offenstehende Tür.

Curd betrat den Raum und servierte den Kaffee.

»Heute etwas Zucker?«

»Ja, warum nicht.«

Meist trank Anna Kaffee ungesüßt, nur ab und zu machte sie eine Ausnahme. Curd versenkte in beide Tassen je ein Stück Würfelzucker. Er rührte.

»Lass nur, das mache ich schon.«

Also stellte er die Tasse vor sie hin und nahm ihr gegenüber Platz. Tatsächlich ergriff sie das Löffelchen sehr geschickt und rührte um.

»Du machst das großartig.«

»Vielen Dank für das Kompliment. Ich bin auch ganz zufrieden.«

Doch beim Ablegen des Löffels geschah ein Missgeschick. Der Löffel fiel ihr aus der Hand und hinterließ einen Fleck auf dem Tischtuch. Curd sprang hoch und wollte ihr beistehen.

»Bleib bitte sitzen, Curd. Ein Fleck mehr oder weniger macht gar nichts.«

Also setzte er sich.

»Willst du mir sagen, was dich bedrückt?«

»Ich will.«

Anna wartete. Curd nippte an seiner Tasse.

»Aber es fällt dir schwer. Verstehe ich dein Zögern richtig?«

»Der Kaffee ist noch sehr heiß.«

Er stellte die Tasse wieder ab. Anna legte die Hände im Schoß aufeinander. Sie ließ ihm Zeit. Wenn er etwas sagen wollte, dann würde er das tun. Manchmal dauerte es ein Weilchen, bis er so weit war. Das kannte sie von ihrem Mann seit jungen Jahren. Anna schaute auf die Terrasse. Das Wetter war prächtig, sehr frühlingshaft.

»Öffne doch bitte die Terrassentür. Die frische Luft wird uns guttun.«

Curd nickte und tat, worum er gebeten worden war. Milde Luft strömte herein. Ein kurzer Kontrollblick zeigte ihm, dass Anna im Laufe des Vormittags Vogelfutter bereitgestellt hatte. Auf einen Blick sah er zwei Amseln und eine etwas abseits sitzende Wacholderdrossel. Er kehrte an den Tisch zurück.

»Ich habe Luise getroffen.«

Anna horchte genau in den kurzen Satz. Es hatte ihn viel Mut gekostet, ihn auszusprechen.

»Wann?«

»Heute Vormittag.«

Sie legte ihren Kopf schief und wartete.

»Ich habe sie heute Morgen in dem Hotel, in dem sie derzeit logiert, besucht und ihr Geld gegeben.«

Anna zog die Augenbrauen hoch.

»Geld wofür? Für Liebesdienste?«

»Aber nein, sag doch nicht so hässliche Dinge. Sie hat Alexander verlassen und will ihr Leben auf eigene Beine stellen. Und sie hat mich aufgesucht und mich um Geld gebeten. Quasi ein zinsloses Darlehen ohne exaktem Zahlungsziel. Sie erstattet mir das Geld zurück, sobald sie kann.«

»Und habt ihr wieder miteinander geschlafen?«

Curd verneinte entschieden.

»Bitte, liebe Anna, bedenke, dass ich in einer schwachen Stunde nicht Herr meiner Handlungen war, dass ich aber in dieser Situation gerüstet und gewappnet aufgetreten bin. Als Luise sich auf ihre Art für meine Hilfe bedanken wollte, habe ich Anstand und Moral gezeigt. Ich hoffe sehr, dass sie die Lektion gelernt hat.«

»Du hast ihr Geld gegeben, um ihr zu helfen?«

»Ja. Natürlich ist es ein Versuch. Ich weiß nicht, ob sie ihre Probleme in den Griff bekommt. Ich hoffe es. In der Tiefe ihrer Seele erkenne ich ein verlorenes und vereinsamtes kleines Mädchen. Deswegen habe ich ihr geholfen.«

»Verlorenen und vereinsamten kleinen Mädchen kannst du nicht widerstehen. Schließlich hast du mich auch genau deswegen geheiratet.«

Curd runzelte die Stirn.

»Verloren? Du? Anna, du bist die Stärke in Person. Deswegen habe ich dich geheiratet. In jedem Augenblick unseres gemeinsamen Lebens hast du mich mit deinem klaren Geist gestützt und gestärkt.«

Anna schmunzelte. Sie wusste nicht so recht, was sie fühlen oder denken sollte. In jedem Fall mochte sie diese Frau immer weniger, die sich wie ein Parasit an ihren Mann hängte. Vielleicht sollte sie diese Luise einmal zum Tee einladen. Die spontane Idee gefiel ihr ausnehmend gut.

»Wie viel hast du ihr gegeben?«

»100.000 Euro.«

Anna schnappte nach Luft. Ein stolzer Preis für eine Liebesnacht. Ja, die Einladung zum Tee konnte durchaus interessant werden.

»Curd, bist du sicher, dass du die Lage im Griff hast?«

»Ja. Oder lass es mich so sagen: Ich hoffe es.«

»Hast du eine Quittung erhalten?«

»Nein.«

»Das heißt, sie könnte noch heute Abend in ein Flugzeug steigen und mit dem Geld zwei oder drei Jahre lang in Thailand oder Indien auf großem Fuß leben.«

»Rein theoretisch ja.«

»Dann will ich doch hoffen, dass dein moralisches Vorbild diese Frau wirklich zu korrektem Handeln motiviert.«

»Das ist auch meine Hoffnung. Hoffen darf man immer.«

»Hast du es aus deiner Tasche bezahlt oder von der Firma genommen?«

»Ich kann doch kein Geld für private Zwecke aus der Firmenkasse nehmen! Es war mein Geld.«

»Das heißt, du bist jetzt weitgehend blank.«

»Weitgehend.«

Anna überlegte kurz.

»Verzeih mir, lieber Curd, wenn ich dir in dieser Situation nicht unter die Arme greife. Diese finanzielle Transaktion musst du alleine stemmen.«

»Natürlich. Ich bitte dich nicht um Geld. Was brauche ich denn schon? Ich habe ja alles.«

Anna nahm einen Schluck Kaffee und schaute eine Weile zur Terrassentür. Curd wartete.

»Bist du mir böse?«

Anna ließ sich mit der Antwort Zeit.

»Nein. Ich nehme dich, wie du bist. Ich sehe, wie du versuchst, immer das Richtige zu tun. Was in einer Welt wie der unseren nicht selten wie Naivität wirken mag. Doch genau deswegen liebe ich dich. Und werde dich immer lieben. Selbst wenn du dich von mir irgendwann entfernen wirst.«

»Ich werde mich nie von dir entfernen!«

»Doch.«

»Niemals.«

»Du wirst dich von mir entfernen, ich werde mich von dir entfernen. Dieses Schicksal steht uns bevor. Nicht erst in 30 oder 40 Jahren, wenn wir beide alt und gebrechlich sind. Ich werde in fünf Jahren mit hoher Wahrscheinlichkeit nicht mehr leben. Du kennst die Prognose. Spätestens dann werden wir uns voneinander entfernen.«

Curd klammerte sich förmlich an die Kaffeetasse. Diesen Ausdruck in Annas Gesicht hatte er in den letzten Wochen immer wieder entdeckt. Es war ein Ausdruck von Stille, Ernsthaftigkeit und Selbsterkenntnis. Sie machte sich keinerlei Illusionen über ihren Zustand. Und wenn sie Angst hatte, dann kam sie unwahrscheinlich gut zurecht damit. Natürlich hatte sie Angst, dachte Curd, Angst war ein normales Gefühl, aber der Mut seiner Frau war mehr als beeindruckend.

»Curd, meine größte Hoffnung ist, dass du nach meinem Tod Glück im Leben findest. Du wirst alleine gehen müssen, ich kann dir nicht mehr folgen. Es ist dein Weg. Und Menschen wie dieser Luise, diesem Alexander und seinen Motorradfreunden solltest du aus dem Weg gehen. Diese Menschen stört es nicht, wenn sie andere verletzen, solange nur sie ihr überschätztes Ego aufblähen können. Aber ich bin sehr zuversichtlich. Du bist ein kluger Mann. Du bist ein moralischer Mann. Ein guter Mensch. Guten Menschen kann man jede nur erdenkliche Bosheit antun, und doch werden sie gute Menschen bleiben. Das stimmt mich überaus hoffnungsvoll für die Zukunft der Menschheit. Denke nur, lieber Curd, wie viele Brutalitäten und Grausamkeiten die Menschen einander im Lauf der Geschichte angetan haben. Und doch gibt es Menschen wie dich. Menschen, die einander helfen, die füreinander da sind. Das macht mich sehr zuversichtlich. Nicht für mich selbst. Mein Weg ist vorgezeichnet, bald werde ich nicht mehr in der Welt sein, aber die Welt wird bestehen bleiben. Die Wälder auf der Koralpe, die Kürbisse auf den Äckern, der Wein an den Hängen, die Vögel auf der Terrasse, das Wasser in der Sulm – mein Mann Curd wird dies alles noch viele Jahre erleben und sich daran erfreuen. Dieser Gedanke gibt mir viel Kraft. Du weißt, es hat lange gedauert, bis ich mich damit abgefunden habe, keine Kinder gebären zu können, und jetzt, in dieser ausweglosen Lage, kommt dieser Schmerz wieder hoch. Es wäre für mich ein gutes Gefühl, wenn ich wüsste, dass du für unser Kind da wärest. Es hat nicht sein sollen. Ich werde dich alleine zurücklassen. Aber du bist natürlich nicht alleine. Die Welt ist voller Menschen, voller Leben, du musst dir nur die richtigen Menschen suchen, mit denen du deine Zeit teilen möchtest. Ich bin mir sicher, dass du es richtig machst, dass du ein guter Mensch bleiben wirst.«

Anna schaute ihrem Mann tief in die Augen. Er erwiderte den Blick. Plötzlich feixte Anna Curd pfiffig an.

»Und jetzt gib mir einen Kuss, närrischer Kerl! 100.000 Euro für ein leichtes Mädchen! Das ist verrückt, absurd und lustig in einem. So etwas kann wirklich nur dir einfallen.«

GEGENWART

Anna Brendelberg nickte Sieglinde zu.

»Vielen Dank.«

»Und Anna, wenn irgendetwas sein sollte, dann ruf mich gleich an.«

»Das werde ich.«

»In eineinhalb Stunden bin ich wieder da.«

Sie hatten das schon vor der Abfahrt besprochen, aber Sieglinde wiederholte sich häufig. Daran hatte sich Anna schon seit Langem gewöhnt. Einmal pro Woche fuhren die beiden Frauen nach Deutschlandsberg zur Physiotherapie. Sieglinde war nicht nur eine gute Köchin, sie kümmerte sich auch sonst gewissenhaft um das Wohl ihrer Arbeitgeberin. Annas Auto war groß genug für den Rollstuhl, und es verfügte über Schiebetüren an der Seite, so konnte sie mit etwas Unterstützung ein- und aussteigen. Wenn Sieglinde keine Zeit für die Fahrt in die Bezirkshauptstadt hatte, musste Anna einen Krankentransporter rufen. Die Sanitäter kannten sie längst und waren auch immer sehr höflich. Anna hatte während der Fahrten manche unterhaltsame Gespräche mit den Sanitätern oder Zivildienern geführt. Natürlich unterstützte sie auch das örtliche Rote Kreuz mit einer monatlichen Spende.

Die Frau grüßte noch einmal und machte sich auf den Weg. Sieglinde hatte einige Besorgungen in der Stadt zu erledigen, also hatten die beiden Frauen ausgemacht, dass Anna in einem Café am Hauptplatz auf die Rückfahrt nach Schwanberg warten würde.

Mit einem Seitenblick bemerkte Anna, dass sich jemand

an den Nebentisch setzte. Es war elf Uhr Vormittag. Das Café war gut besucht, nur wenige Tische waren noch frei. Die junge Kellnerin trat an Anna heran.

»Grüß Gott, Frau Brendelberg. Was darf es sein?«

»Guten Tag. Bringen Sie mir bitte ein Glas Apfelsaft. Einen Strohhalm dazu. Und was haben Sie an frischen Mehlspeisen?«

»Wir haben Topfentorte, Apfelstrudel und Mohnkuchen.«

Anna erwog die Auswahl.

»Einen Apfelstrudel bitte. Und bringen Sie mir bitte die Zeitung.«

»Sehr gerne.«

»Vielen Dank.«

Die Kellnerin kannte Anna. Es war nicht ihr erster Besuch in diesem Lokal. Wenig später standen das Glas und der Teller vor ihr auf dem Tisch. Sie schlug die Zeitung auf. Anna überflog einen Artikel auf der innenpolitischen Seite, blätterte weiter und las in den Regionalnachrichten von einem schlimmen Verkehrsunfall, einer Hochzeit in den Promikreisen des Landes und einen Artikel über eine engagierte Yogalehrerin, die ein interessantes Flüchtlingsprojekt aufgezogen hatte.

Um den Apfelsaft nicht zu verschütten, trank sie mit dem Strohhalm. Anna griff zur Gabel und nahm einen Happen vom Strudel. Sehr gut. Die Bäckerei, die dem Café die Kuchen und Torten lieferte, arbeitete verlässlich gut. Der Konditor verstand es vortrefflich, das Aroma der Äpfel mit einem Hauch Zimt zu verfeinern, nicht zu viel, nicht zu wenig.

Anna drückte mit zitternder Hand die Gabel erneut in den Strudel, da rutschte sie ihr aus der Hand und fiel zu Boden. Anna verzog das Gesicht. Sie schaute nach der Kellnerin, doch die kassierte eben bei einer Gruppe von Senioren und war in ein lebhaftes Gespräch mit den Gästen verwickelt. Die Kellnerin hatte die fallende Gabel nicht gehört. Anna richtete sich im Rollstuhl ein wenig auf. Sie konnte sich unmöglich selbstständig so weit bücken, um die Gabel aufzuheben.

»Darf ich Ihnen behilflich sein?«

Anna hob den Blick und sah zwei klare Augen in einem freundlich lächelnden Gesicht. Es war Sympathie auf den ersten Blick. Die Frau vom Nebentisch war aufgestanden.

»Das wäre sehr freundlich von Ihnen.«

Christina nickte und hob die Gabel auf.

»Am besten wird sein, ich bringe Ihnen eine neue Gabel.«

»Ach, das geht schon so. Ein paar Bakterien bringen mich nicht um.«

Christina wandte sich um und holte von der Theke eine neue Kuchengabel.

»Bitte sehr.«

»Danke.«

Christina wollte sich wieder setzen.

»Entschuldigung.«

»Ja?«

»Würden Sie bitte so lieb sein und den Strudel für mich portionieren? Damit wäre mir sehr geholfen.«

»Natürlich.«

Christina nahm die Gabel wieder zur Hand und zerteilte den Strudel.

»Wissen Sie, die Stücke in den Mund zu schieben, ist nicht das Problem, das Zerteilen leider schon. Ich kann so kleine Werkzeuge kaum führen.«

Christina fiel die Artikulation der Frau auf. Die Stimme klang schön, rund und sehr entspannt. Ein leichtes Lallen war aber nicht zu überhören.

»Ist das in Ordnung so?«

»Ja, das ist großartig. Vielen Dank. Warten Sie auf jemanden?«

»Nein. Ich will nur eine Tasse Kaffee trinken.«

»Der Kaffee hier ist gut. Die Mehlspeisen auch.«

»Ich werde eine Kostprobe nehmen.«

»Sie sind aber nicht von hier.«

»Hören Sie das an meiner Sprache?«

»Das Weststeirische hat einen unverkennbaren Klang. Ich tippe auf Wien oder Niederösterreich.«

»Sie sind eine Einheimische?«

»Ja. Hier geboren und aufgewachsen.«

»Ich würde Ihre Aussprache nicht als typisch weststeirisch erkennen.«

»Erziehungssache. Meine Mutter hat strikt darauf bestanden, dass im Haus Schriftsprache gesprochen wird. Mundart war verpönt. ›Sprich schön!‹ Das war ihr Mantra. So hört man meine weststeirischen Wurzeln kaum. Und in der Schule und auf der Uni habe ich auch nach der Schrift sprechen müssen. Das prägt natürlich.«

Christina nickte.

»Ich bin in Niederösterreich aufgewachsen und habe ein paar Jahre in Wien gelebt. Also Ihre Zuordnung hat schon gepasst.«

»Meine Ohren haben mich also nicht getrogen.«

Christina schaute sich kurz im Lokal um.

»Haben Sie etwas dagegen, wenn ich mich ein wenig zu Ihnen setze?«

»Im Gegenteil. Ich freue mich sehr über Gesellschaft. Wenn man in meiner Situation ist, dann kann ein kleines Schwätzchen im Kaffeehaus eine sehr erfreuliche Sache sein.«

»Na, die Gelegenheit will ich doch nicht versäumen.«

Christina packte ihre Tasche und setzte sich Anna gegenüber. Sie winkte der Kellnerin und bestellte ein Stück Mohnkuchen und eine Tasse Kaffee.

»Darf ich mich vorstellen. Anna Brendelberg.«

»Christina Kayserling.«

»Sind Sie geschäftlich in Deutschlandsberg?«

»Na ja, ich war zum Einkaufen im Möbelhaus und wollte nicht gleich wieder nach Hause fahren. Die Kartons mit der Kommode liegen im Auto.«

»Nach Hause nach Niederösterreich?«

»Ich wohne seit einigen Monaten in der Gegend.«

»Ich höre immer wieder von Leuten, die es in die Weststeiermark zieht.«

»Eigentlich wohne ich in der Südsteiermark. An der Weinstraße.«

»Da sind Sie doch ein Stückchen gefahren, um im Möbelhaus einzukaufen. Liegt nicht Leibnitz näher?«

»Das ja. Aber ich habe eine bestimmte Kommode gekauft, die ich nur hier kriegen konnte. Ein Sonderangebot.«

Anna mühte sich wieder mit der Gabel ab.

»Soll ich Sie füttern?«

»Bitte nicht. Dann käme ich mir gleich noch viel hilfloser vor. Und ich will so selbstständig wie möglich sein.«

Anna schaffte es, einen Happen zu nehmen.

»Amyotrophe Lateralsklerose. Kurz ALS. Das ist mein Problem.«

Christina hatte vor ihrer Arbeit bei der Polizei eine Ausbildung als Krankenpflegerin absolviert, daher konnte sie die Krankheit zuordnen. Eine Frau in auswegloser Lage.

»Ihre Begleiterin erledigt Besorgungen?«

»Ja. In anderthalb Stunden wird sie wieder da sein. Sieglinde ist sehr verlässlich. Und ich genieße es, im Kaffeehaus zu sitzen. Zu Hause bin ich ohnedies die meiste Zeit.«

»Wohnen Sie hier in der Stadt?«

»Nein. Mein Haus gehört zur Gemeinde Schwanberg, aber es liegt doch ein Stückchen außerhalb der Siedlung. Auf einem Hügel über einem Bach. Das Haus ist sehr groß für mich alleine. Ein sehr stiller Ort. Daher freut es mich, einmal pro Woche zur Therapie gefahren zu werden. Und von Zeit zu Zeit kann ich sogar ausgehen und Apfelstrudel essen. Das bereitet mir große Freude.«

Die Aussage schien nicht übertrieben. Christina hörte die Freude nur zu klar aus den Worten der Frau.

»Wobei *ausgehen* in meinem Fall keck formuliert ist. Eher auf acht Rädern *ausrollen*. Mit dem Rollstuhl und dem Auto. Und Sieglinde ist auch eine großartige Autofahrerin. Ich kann ja mit meinem Wagen alleine gar nichts anfangen, daher nutzt Sieglinde ihn auch für ihre privaten Zwecke. Sie hat eine große Familie, da wird so ein VW Bus schon mal gebraucht.«

Christina legte den Kopf ein wenig zur Seite.

»Leben Sie wirklich alleine in einem Haus?«

Anna zwinkerte zustimmend.

»Ja. Also unter der Voraussetzung, dass Sie all die vielen Tiere, die in der Nähe oder sogar im und am Haus leben, nicht dazuzählen. Sieglinde kommt fast täglich. Auch mein Hausarzt macht regelmäßig Hausbesuche. Letztens hat mich sogar mein Zahnarzt besucht. Reine Kontrolle ohne Befunde. Meine Zähne halten sehr gut. Die gute Pflege seit Kindestagen macht sich jetzt bezahlt.«

Christina schmunzelte.

»Tiere habe ich auch vor meinem Haus.«

»Schön ist das, nicht wahr? Ich liebe es, dem geschäftigen Treiben der Vögel an der Futterstelle zuzusehen. Rehe kommen praktisch täglich bis auf mein Grundstück, und Gämsen sehe ich gelegentlich auch. Wenn ich abends sehr still bin, sehe ich manchmal den Fuchs. Mein Haus liegt im Einzugsgebiet des Hochwaldes.«

Christina machte sich eine Vorstellung vom Leben dieser Frau. Sie selbst lebte auch an einem abgelegenen Ort, und Anna und sie waren ungefähr gleich alt, doch der Unterschied war, dass Christina im Notfall selbst Holzhacken, Gemüsebeete anlegen und Tiere füttern konnte.

»Ich stelle mir das sehr schwer vor.«

»Was meinen Sie? Als Rollstuhlfahrerin alleine in einer Bergvilla zu leben?«

»Ja.«

»Das Schicksal bricht über das Leben herein, dem Menschen bleibt nur, sich danach zu richten. Ich war nicht immer allein, ich war verheiratet. War. Vergangenheitsform. Curd ist tot. Jetzt bin ich Witwe. Das ist die Gegenwart.«

Christina atmete ein und hielt die Luft für ein Weilchen an. Anna bemerkte diese Regung. Sie schaute Christina an.

»Ich habe da eine Saite angeschlagen, nicht wahr?«

»So kann man es ausdrücken.«

»Ich verstehe noch nicht deren Klang.«

»Mein Mann war 13 Jahre älter als ich. Vergangenheitsform. Knapp über 50. Er war sehr verantwortungsbewusst. Wissen Sie, Wilhelm hat jeden Tag den Ehrgeiz gehabt, das Leben gut zu gestalten. Auf die eine oder andere Weise. Manchmal ist das daneben gegangen, manchmal hat er Erfolg gehabt. Er war Unternehmer. Viel auf Reisen. Die Angestellten haben Vertrauen in die Leistung der Firma gehabt und gern dort gearbeitet.«

»Was ist passiert?«

»Zwei Schlaganfälle kurz hintereinander. Er hat nicht lange gelitten.«

»Zwei Witwen im Kaffeehaus.«

»So sieht es aus.«

»Das sind die Wege des Schicksals. Verschlungen und nebelverhangen.«

»Wollen wir uns duzen?«

»Anna.«

»Christina.«

»Ich glaube, jetzt wage ich sogar eine Tasse Kaffee«, sagte Anna.

Christina winkte der Kellnerin.

»Bingen Sie mir bitte einen Verlängerten. In einer großen Tasse. Sie wissen schon.«

»Sehr gerne, Frau Brendelberg.«

Die Kellnerin machte sich an der Kaffeemaschine zu schaffen.

»Dein Name ist hier bekannt.«

»Ja. Ich bin so etwas wie ein Stammgast. Und man muss sagen, der Name Brendelberg ist in der Region bekannt. Es ist der Name meines verstorbenen Mannes. Die Familie Brendelberg betreibt seit Jahrzehnten einen Steinhandel. Mein Mann hat die Firma bis zu seinem Tod geführt. Der Großvater meines Mannes war viele Jahre Bürgermeister von Stainz. Ein Onkel ist ein etablierter Apfelbauer. Und meine Familie lebt auch seit Jahrhunderten in der Region.«

»Unsere Männer waren beide Unternehmer.«

»Im Leben finden sich immer wieder schöne Gelegenheiten, sich über Koinzidenzen oder Parallelitäten zu wundern.«

»Woran ist Curd gestorben?«

Anna schaute Christina neugierig an.

»Ich habe den Namen nur einmal so nebenbei erwähnt, und du hast ihn dir gemerkt. Erstaunlich.«

Christina nickte kurz.

»Ich höre den Leuten zu.«

»Meine Güte, was für eine großartige Aussage! Zuhören! Daran mangelt es so oft in der Kommunikation der Menschen. Und dann wundern sich die Leute, dass sie aneinander vorbeireden. Aber zuhören will keiner.«

Die Kellnerin servierte den Kaffee in einer voluminösen halbgefüllten Teetasse. Anna bedankte sich und griff mit beiden Händen nach der Tasse. Die Tasse zitterte, aber die Flüssigkeit schwappte nicht über. Anna trank und stellte die Tasse wohlbehalten wieder ab.

Christina nickte anerkennend.

»Das war toll.«

»Ich bin auch zufrieden. Mit den Beinen geht es nicht mehr so gut. Ich kann kaum drei Schritte gehen. Dabei war ich früher sehr gut zu Fuß. Wir haben viele wunderbare Wanderungen unternommen.«

»Wir auch. Vom Salzkammergut bis ins Gesäuse kenne ich viele Berge.«

»Ich kenne die Koralpe seit Kindheitstagen sehr gut. Naturgemäß. Auch im Salzkammergut waren wir oft unterwegs. Eigentlich überall in den Ostalpen. Und einmal im Jahr sind wir für zwei Wochen in die Toskana gefahren. Mal mit dem Auto aufs Land, mal mit der Bahn in die Städte.«

Christina leerte ihre Tasse.

»Ich kann nicht sagen, dass meine geistigen Leistungen wegen des Bewegungsmangels gravierend nachgelassen hätten, aber ich bemerke an mir Veränderungen. Der Geist passt sich an die neue Situation an. Meine Tage sind sehr ereignisarm, vor allem wenn man bedenkt, dass ich studiert habe, dass ich meine Waldbesitzungen verwaltet habe, dass ich Curd in vielen Arbeitsbelangen unterstützt habe, dass ich recht ordentlich Klavier spielen konnte und viele Bücher gelesen habe. Mit dem Umblättern von Büchern habe ich große Probleme. Bei Zeitungen macht es nichts aus, wenn ich beim Blättern die Seiten zerknittere. Mit dem E-Book-Reader geht das Lesen gut. Ich lese nach wie vor regelmäßig, aber am häufigsten lebe ich in der Vergangenheit. In meinen Erinnerungen. Meine Güte, Christina, denk nur, in welch günstiger Lage ich bin! Ich habe viele schöne Erinnerungen. Ist das nicht ein großes Glück?«

Christina hielt für eine Sekunde den Atem an. Sie war beeindruckt von dieser unheilbar kranken Frau im Rollstuhl, die von Glück und günstiger Lage sprach. Mut bis zuletzt, schoss es Christina durch den Kopf. Was waren da schon ihre Probleme? Kleinigkeiten.

»Er wählte den Freitod.«

Christina verschränkte die Arme und lehnte sich zurück. Diese brutalen Hiebe des Schicksals. Und doch war Anna nicht bis zur Selbstaufgabe verzweifelt. Christina überlegte. Würde sie solchen Mut entwickeln können? Sie wusste es nicht.

»Curd litt immer wieder an Depressionen. Lange Zeit konnte er gut damit umgehen. Wahrscheinlich habe ich ihm dabei gar nicht wenig geholfen. Nur durch meine Existenz. Zumindest hat er das wiederholt so gesagt. Ich dachte, er wäre trotz meiner Erkrankung stabil, aber man kann in einen Menschen nicht hineinschauen. Auch nicht in den eigenen Mann.«

Für eine Weile lag Schweigen zwischen den beiden Frauen. Anna hob den Blick.

»Darf ich dich um etwas bitten?«

»Selbstverständlich.«

»Ich muss mal für kleine Mädchen. Der Kaffee treibt. Da brauche ich einen stützenden Arm.«

Christina nickte und erhob sich.

»Selbstverständlich.«

*

Sie schlenderte zum zehnten Mal rund um die große Kirche. Ein Backsteinbau aus dem späten 19. Jahrhundert, im neugotischen Stil des damals populären Historismus erbaut. Christina mochte das Stadtviertel. Saubere Straßen, makellos erhaltene Wohnhäuser aus der Gründerzeit, Menschen, die in Ruhe und Wohlstand ihr Tagwerk verrichteten. In der Nähe lag eine Volksschule. Gruppen von Kindern mit Schultaschen waren auf dem Platz bei der Kirche unterwegs. Mittagszeit, die Schule war vorbei, in den properen Wohnungen des Viertels wartete das Essen auf die hungrigen Mäuler, dann waren noch die Aufgaben zu erledigen, und bestimmt blieb am Nachmittag noch Zeit für ein Spiel. Der Spielplatz im nahen Park würde heute kaum frequentiert werden. Es regnete. Nicht sehr stark, aber dafür schon seit den frühen Morgenstunden. Der Wetterbericht hatte erst für den Abend das Ende des Niederschlags angekündigt. Langsam wurde Christinas Jacke nass. Sie war so unauffällig wie möglich gekleidet, sie trug eine wetterfeste Sportjacke, Jeans und leichte Wanderschuhe. Nach dem Frühstück war sie aufgebrochen, das Auto hatte sie am Stadtrand von Graz abgestellt und dann den Bus genommen.

Die blonde Frau trat auf die Straße, schaute sich um, zog eine Mütze über ihren Kopf und marschierte los.

Also weiter. Christina heftete sich an die Fersen der Frau. Eine Beschattung war immer sowohl ein Glücks- als auch ein Geduldsspiel. In großen Menschenaufläufen konnte man eine Zielperson allzu leicht verlieren. Hier aber musste es schon mit dem Teufel zugehen, wenn die Frau entwischen sollte. Luise Stadler ging den gleichen Weg zurück, den sie vor einer Stunde gekommen war. Sie ging nach Hause. Christina hatte die Adresse herausbekommen und sich das Haus und die Gegend angesehen. Anderthalb Stunden war sie auf und ab gegangen und hatte hin und her überlegt, ob sie die Treppe hochsteigen und an die Tür klopfen sollte. Sie hatte sich für das Warten entschieden. Immerhin hatte sie herausbekommen, dass Luise Stadler als Kellnerin in einer Innenstadtbar arbeitete und ihre Arbeitstage frühmorgens beendete. Bei einem solchen Job war der Vormittag Schlafenszeit. Es gab keinen Grund und schon gar keine Veranlassung, die Frau aus dem Bett zu klingeln.

Gegen elf war Luise aus dem Haus gekommen. Nur ein paar Blocks weiter auf dem Platz direkt bei der Kirche war sie in einem Haus verschwunden. Christina hatte gewartet. Jetzt also wieder der Heimweg. Luise hatte irgendjemanden besucht.

Ein paar Informationen hatte Christina sammeln können. In den Daten von Friedel war nicht viel über Luise Stadler zu finden gewesen, eigentlich stand der Name nur an einer einzigen Stelle, aber genau diese Stelle hatte Christina hierher geführt. Albin Ninaus war von der Polizei im vorigen Jahr zum Suizid eines Mannes namens Curd Brendelberg befragt worden. Das hatte in dem Akt zum Mord an Ninaus gestanden, und eine Liste von Leuten, die damals ebenfalls befragt worden waren. Die Namen Alexander und Luise Stadler fanden sich darunter. Christina hatte herausgefunden, dass die Ehe der beiden vor acht Monaten geschieden worden war. Christina wiegte den Kopf. Wieso verfolgte sie eine so kalte Spur? In ihrer Zeit als Polizistin hätte sie eine solche Recherche niemals unternommen, kein vernünftiger und professionell arbeitender Polizist würde diese Spur länger als fünf Minuten verfolgen. Warum stand sie eigentlich hier? Weil ein halb durchgeknallter Umweltschützer aus dem Hinterland irgendwelche Verschwörungstheorien wälzte. Eine Schnapsidee in Wahrheit. Und vielleicht gerade deswegen interessant.

Luise Stadler betrat ihr Wohnhaus. Die Frau hatte Christina nicht bemerkt, obwohl sie immer wieder nervös um sich geblickt hatte. Wonach hatte sie bei den kurzen Fußmärschen Ausschau gehalten? Nach einem Mann, der sie verfolgte?

Nach der Polizei? Sie hatte sich verdächtig benommen. Eine Frau auf Abwegen. So hatte Luise gewirkt. Christina war neugierig. Wen hatte sie um elf Uhr vormittags für eine Stunde besucht? Einen heimlichen Liebhaber? Eine Freundin zum Kaffeeklatsch wohl kaum. Dafür war die Frau zu nervös gewesen.

Christina trat an das mehrstöckige Wohnhaus heran. Ein Plattenbau aus den 70er-Jahren, der trotz der nüchternen Architektur in diesem Viertel nicht allzu fehl am Platze wirkte. Das Haus war hässlich, aber gut erhalten und gepflegt.

Das Haustor stand einen Spalt offen. Die Tür klemmte ein bisschen. Christina brauchte niemanden über die Gegensprechanlage aufzuscheuchen. Das war gut. Sie drückte die Tür auf und trat in den Flur. Vierter Stock. Christina nahm die Treppe.

Kurz atmete sie durch. Dann drückte sie die Klingel.

Sie brauchte nicht lange zu warten. Die Tür schwang auf.

Christina suchte direkten Blickkontakt.

Was hatte die Frau geschluckt? Irgendetwas musste sie genommen haben. Der verschleierte Blick, die rot unterlaufenen Augen. Alkohol wahrscheinlich nicht.

»Sie wünschen?«

»Guten Tag, Frau Stadler, mein Name ist Christina Kayserling.«

»Guten Tag.«

»Frau Stadler, ich möchte Sie fragen, ob ich mich kurz mit Ihnen unterhalten kann.«

Luises Blick fiel auf Christinas durchnässte Jacke.

»Unterhalten? Worüber? Und woher kennen Sie meinen Namen?«

Christina warf einen Blick über ihre Schulter zur Treppe.

»Vielleicht wäre es besser, wenn ich Ihnen die Antwort nicht auf dem Flur gebe.«

»Wie sind Sie überhaupt ins Haus gekommen?«

»Das Haustor stand offen.«

»Worüber möchten Sie sprechen?«

»Über Curd Brendelberg.«

Luise schnappte nach Luft. Die Überraschung war nicht gespielt.

»Über Curd?«

»Ja.«

»Sind Sie eine Verwandte von Curd?«

Eine Idee durchzuckte Christina. Was für eine prima Lüge.

»Nein. Ich recherchiere für ein Buch über rätselhafte Tode.«

Luises Stirn verfinsterte sich.

»Sind Sie Journalistin?«

»Eigentlich nicht, ich arbeite für keine Zeitschrift. Ich bin Buchautorin. Sachbücher zu kriminalistischen Themen sind mein Fachgebiet.«

»Und was hat das mit Curd zu tun?«

»Reine Recherche.«

Luise überlegte kurz und öffnete die Tür.

»Ich gebe Ihnen fünf Minuten.«

»Das sollte reichen.«

Die Wohnung war bescheiden eingerichtet. Die beiden Frauen standen im Wohnzimmer. Christinas Blick fiel auf die winzige Küche. Die Tür zum Kabinett stand offen. Christina schätzte die Größe der ganzen Wohnung auf 45 Quadratmeter. Genug für eine Person. Die Wohnung einer alleinstehenden Kellnerin.

»Also, Sie haben von Curd Brendelberg gehört und sind aus irgendwelchen Gründen neugierig. So viel habe ich bis jetzt verstanden.«

»Das ist korrekt.«

»Was wollen Sie wissen?«

Christina nahm Luises Spannung deutlich wahr. Was kein Kunststück war, die Frau war allzu offensichtlich nervös.

»In erster Linie möchte ich fragen, in welcher Beziehung Sie zu Curd Brendelberg gestanden haben.«

»Ich habe ihn halt gekannt. Wie man viele Männer kennt.«

»War Brendelberg ein Geschäftspartner Ihres Exmannes?«

»Sozusagen. Oder nein. Eigentlich waren sie keine Geschäftspartner. Alexander wollte mit Curd ins Geschäft kommen, aber da ist nichts draus geworden. Und dann hat Curd den Tod gewählt.«

Ein dumpfer Ton von Verzweiflung klang in den Worten. Christina war erstaunt, wie klar sie die Schwingungen der Menschen wahrnehmen konnte. Konnte man das als Lebenserfahrung bezeichnen? Ihr fiel auf die Schnelle kein besseres Wort dafür ein.

»Frau Stadler, ich habe recherchiert, dass Sie Curd Brendelberg vor dessen Suizid mehrmals getroffen haben.«

Luise warf Christina einen streitbaren Blick zu.

»Na was Sie nicht alles wissen. Sehr interessant. Rauchen Sie Gras?«

Christina legte den Kopf schief.

»Nein. Ich bin Nichtraucherin.«

»Auch egal. Ich rauche jetzt mal eine. Wenn Sie wollen, dann setzen Sie sich. Wenn nicht, dann hauen Sie ab.«

Luise schnappte die auf dem Tisch liegende Jacke und kramte aus der Tasche einen Tabakbeutel und ein dickes Säckchen mit Gras. Nun, es war nicht schwer zu kombinieren, wen Luise Stadler zuvor besucht hatte. Praktisch, wenn der Lieferant gleich um die Ecke wohnte. Christina legte ihre Jacke ab und setzte sich.

»Werden Sie mich anzeigen, weil ich in meiner Wohnung einen Joint durchziehe?«

»Nichts werde ich tun. Ich werde nur nicht daran ziehen.

Anderenfalls müsste ich für die Reinigung des Teppichs aufkommen.«

Luise lächelte über den kleinen Witz. Sie drehte mit geübten Fingern aus etwas Tabak und einer Prise Gras einen kleinen Joint und entflammte ihn.

»Rauchen Sie viel?«

»Geht so. Könnte weniger sein.«

»Auch im Job?«

»Nein, Gott bewahre! Das wäre nur lästig. Im Job bin ich klar. Ich trinke auch praktisch nie Alkohol, obwohl ich in einer Bar arbeite. Alkohol hat mir ohnedies nie besonders geschmeckt. Da, das ist meine Welt.«

Sie zeigte auf den Fernseher.

»Hab so ein TV-Abo. Und zieh mir Serien rein. Ich gehe joggen. Zweimal die Woche. Manchmal nur einmal. In der Bar bin ich ohnedies immer auf den Beinen.«

Das Leben hatte deutlich sichtbare Spuren im Gesicht der blonden Frau hinterlassen, und das Inhalieren des Rauches schien diese Spuren noch tiefer einzukerben.

»Mit wem haben Sie über die Geschichte mit Curd Brendelberg gesprochen?«

»Mit der Polizei.«

»Sonst noch?«

»Sonst niemand. Die Leute, die ich so kenne, interessiert mein vergangenes Leben nicht. Und das ist gut so.«

»Was hat die Polizei gefragt?«

»Ob ich einen Grund kenne, weswegen Curd sich umgebracht hat.«

»Und kennen Sie einen?«

»Nein! Woher auch? Ich habe Curd nur ein paar Mal getroffen.«

»Aber sein Schicksal scheint Sie nach wie vor zu beschäftigen.«

»Das schon. Er war ein guter Mensch. Solche Leute trifft man selten. Oder fast nie. Verstehen Sie, ein wirklich guter Mensch. Kein Selbstdarsteller, der den Moralapostel spielt, um vor seinen Freunden gut dazustehen. Eigentlich habe ich nie zuvor und nie danach einen so ungekünstelten und hilfsbereiten Menschen wie Curd getroffen. Er war ein Phänomen.«

Luise starrte zum Fenster hinaus. Das Marihuana tat seine Wirkung, die Frau versank förmlich in sich. Christina ließ ihr Zeit.

»Er hat mir Geld gegeben.«

»Wie viel Geld?«

»Eine Menge. Richtig Schotter. Für die Scheidung. Ich habe ihn darum gebeten, und er hat mir das Geld einfach so überreicht. Ein Wahnsinn eigentlich.«

Die Augen der Frau füllten sich mit Tränen. Sie kämpfte dagegen an und wischte sich mit der Hand über das Gesicht.

»Wie kam es dazu?«

Luise zuckte mit den Achseln.

»Ich habe ihn gefragt, er hat zugestimmt. So einfach.«

»Verstehe ich nicht. Curd Brendelberg war ein erfolgreicher Geschäftsmann, immerhin hat er einen Traditionsbetrieb gut geführt. Mir erscheint nicht einsichtig, dass ein Geschäftsmann, selbst wenn er ein guter Mensch ist, einer nur flüchtig mit ihm bekannten Frau Geld schenkt. Nämlich sogar richtig Schotter.«

Luise nahm einen Zug. Ihre Miene war verkniffen, ihre Schultern verspannt.

»Hat er aber. So ist es.«

Die Frau würde nicht sprechen. Nicht gleich zumindest. Also musste Christina die Strategie ändern.

»Ich habe gehört, dass Ihr Exmann die Leiche von Curd Brendelberg entdeckt hat.«

»Nicht wirklich. Er hat einen Termin bei Curd gehabt und ist nach Schwanberg gefahren. Wegen dieser geschäftlichen Dinge. Keine Ahnung, worum es gegangen ist. Scheißegal. Curd hat nicht geöffnet, also hat Alexander herumtelefoniert, bis irgendjemand gekommen ist und das Haus aufgesperrt hat. Ich glaube, das war die Haushälterin. Oder die Pflegehilfskraft. Keine Ahnung. Curds Frau ist schwer krank und braucht Pflege.«

»Das heißt, Curds Frau hätte die Tür gar nicht öffnen können.«

»Die war doch gar nicht zu Hause. War im Krankenhaus. Wo sie leider immer wieder ist. Scheiß Leben. Danke nein, da möchte ich nicht tauschen. Mir tut die Frau leid.«

»Und die Haushälterin hat dann die Leiche entdeckt.«

»Ja, irgendwie so. Volle Scheiße. Curd hat sich von seiner Terrasse kopfüber in den Tod gestürzt. Er war sofort tot. Das hat mir die Polizei gesagt.«

Christina überdachte die Situation. Ganz klar, dass in einem solchen Fall kriminalpolizeiliche Ermittlungen stattfinden mussten. Sie selbst hatte in drei Suiziden mögliche kriminelle Hintergründe recherchiert. Und in allen drei Fällen hatte sich der Suizid eindeutig als Todesursache herausgestellt. So wie sie Friedels Daten interpretierte, waren die Ermittlungen geführt und bald abgeschlossen worden. Was, wenn der Freitod gar nicht so frei gewesen war? Wer hatte Curd gefunden? Die Haushälterin. Und der Anwalt Alexander Stadler ist in der Nähe gewesen. Vielleicht war ihr Stochern in alten Geschichten nicht so nutzlos, wie sie zuerst angenommen hatte. Christina fasste Luise scharf ins Auge. Die Frau schaute schnell zum Fenster.

»Frau Stadler, haben …«

»Ich muss diesen Namen endlich loswerden. Ich hasse ihn. Die meisten Leute nennen mich einfach beim Vornamen. Aber wenn Sie *Frau Stadler* zu mir sagen, klingt das richtig abstoßend.«

»Ich kann Sie auch mit dem Vornamen anreden.«

»Ach, drauf geschissen. Ich mag den Namen einfach nicht. Muss mal auf das Amt gehen und meinen Mädchennamen wieder annehmen.«

»Lief die Scheidung von Alexander schwierig ab?«

»Nein. Glatt raus aus dem Gefängnis. Zum Glück. Die Ehe war Dreck.«

»Das tut mir leid.«

»Mir auch.«

Luise nahm noch einen Zug und zerdrückte den Joint im Aschenbecher.

»Haben Sie ein Verhältnis mit Curd Brendelberg gehabt?«

Da war wieder dieser streitbare, aber auch zutiefst verunsicherte, ja geradezu verzweifelte Blick. Und wieder kämpfte sie mit den Tränen. Wieder erfolgreich.

»Sie können sich gar nicht vorstellen, wie beschissen ich mich fühle.«

»Erklären Sie bitte.«

Luise starrte wieder zum Fenster hinaus. Ein Weilchen verstrich.

»Ja. Ich habe ihn rumgekriegt. Alexander hat gewollt, dass ich ihn rumkriege. Damit er ihn erpressen kann. So ein Arschloch! Und ich blöde Gans habe da mitgespielt. Ich könnte mich heute noch ohrfeigen.«

Eine interessante Information, die so nicht in Friedels Daten zu finden gewesen war.

»Sie haben für Ihren Exmann den Lockvogel gespielt?«

Luise warf mit saurer Miene ihre Arme hoch. Sie war laut.

»Ein paar Mal! *wir sind lockvögel baby*! Kennen Sie den Roman von Elfriede Jelinek? Ich habe als Maturantin das Buch gelesen. Jetzt lese ich keine Bücher mehr. Weil ich dafür zu blöd bin. Ich bin auch für ein ordentliches Studium, für einen echten Job, für ein echtes Leben zu blöd. Scheiße noch mal!«

Langsam dämmerte Christina, warum die Frau so verzweifelt war.

»Ich habe gehört, dass Curd Brendelberg ein sehr sensibler Mann war. Sehr dünnhäutig.«

»Das war er wohl.«

»Haben Sie Schuldgefühle, Frau Stadler?«

Lähmendes Schweigen. Christina wartete wieder. Sie hatte keine Eile. Die Wunden der Frau ihr gegenüber lagen offen.

»Ich habe ihn verführt, während seine Frau auf Reha war. Und er hat sich in mich verliebt, oh ja, das hat er, volle Kanne verknallt war er. Ich kenne das, wenn die Männer ausflippen. Ich habe ihn schachmatt gesetzt. Und dann auch noch Geld genommen. 100.000 Euro. Fette Beute. Scheiße, Scheiße, Scheiße. Er hat das nicht verkraftet und ist über die Terrasse gegangen.«

Luise griff wieder zum Tabakbeutel. Sie sprach mehr zu sich selbst als zu ihrer Besucherin.

»Ich war eine dreckige Schlampe. Eine Hure. Und ich büße jetzt dafür.«

Christina sagte nichts.

»12.000 habe ich ausgegeben. Für ein paar Möbel und um Schulden zurückzuzahlen. Die Wohnung gehört mir nicht. Untermiete. Den großen Rest habe ich noch. Liegt auf einem Sparbuch. Wenn ich irgendwie könnte, würde ich das Geld Anna zurückgeben, aber ich traue mich nicht, ihr unter die Augen zu treten. Das Leben ist merkwürdig. Vielleicht spende ich den Schotter einem Tierheim.«

War Christina vorangekommen? Sie grübelte. Vielleicht ja, vielleicht nein. Aber eine Spur lag vor ihr. Sie wusste noch nicht, wohin die Spur führen würde.

»Wollen Sie echt nicht mitrauchen? Gutes Zeug.«

Christina erhob sich.

»Frau Stadler, ich glaube die fünf Minuten sind schon vorbei.«

»Ich fange erst um sechs Uhr zu arbeiten an. Bis dahin habe ich Zeit.«

»Ich werde wieder aufbrechen. Danke für das Gespräch.«

»Wie war noch mal Ihr Name?«

Christina wusste, dass Luise den Namen nach fünf Minuten wieder vergessen haben würde. Bei der Menge Gras kein Wunder.

»Christina. Ich heiße Christina.«

»Sind wir jetzt per Du?«

»Warum nicht. Ich bin mit vielen Menschen per Du.«

»Also, Christina, wenn du nicht mit mir kiffst, kannst du dich gleich davonscheren. Raus hier.«

»Auf Wiedersehen.«

Beinahe lautlos huschte Christina die Treppe hinab.

*

Manchmal brauchte man einfach Glück. Und ein Glück war, dass Christina den Mann in nur drei Stunden Arbeit aus der Menge gepickt hatte. Es fühlte sich seltsam an, wenn sie an das Wort Arbeit dachte. Sie arbeitete doch nicht mehr als Polizistin! Also war das Verfolgen von Spuren keine Arbeit im engeren Sinn, sondern reiner Zeitvertreib einer finanziell unabhängigen Witwe. Ein verrückter Zeitvertreib. Wäre es nicht besser für sie, den Nachmittag mit Vogelfüttern und Teetrinken im Grünen zu verbringen? Nun, sie gestand sich ein, dass nach den vergangenen einsamen Monaten des Herbstes und Winters in ihrer langsam gedeihenden Baustelle das städtische Leben belebend wirkte. Zuletzt der irrwitzige Kinoabend mit Edgar, nun ein Tag Recherchearbeit in Graz. Am Hauptplatz waren wie an jedem Tag zu dieser Zeit unzählige Menschen unterwegs.

Christina hatte in Erfahrung gebracht, wo das Büro des Anwalts Alexander Stadler und wo der für sein Auto reservierte Parkplatz in der Tiefgarage lagen. Sie war nach dem Gespräch mit Luise Stadler mit der Straßenbahn in die Innenstadt gefahren und in die Parkgarage gegangen. Das Auto hatte an Ort und Stelle gestanden. Über zwei Stunden war sie um die Häuserblocks spaziert und hatte alle Gassen und Durchhäuser in der unmittelbaren Gegend des Büros unter Beobachtung genommen. Kurz nach drei Uhr nachmittags hatte Stadler das Gebäude verlassen und war mit schnellen Schritten zum Hauptplatz marschiert.

Christina hing an ihm dran. Sie überlegte schnell. Viel Zeit hatte sie nicht. Der Mann war flott unterwegs, und er stand wohl nur deswegen am Würstelstand, weil er auf die Schnelle den Magen füllen musste. Also nichts wie los. Allerdings war der Mann Anwalt. Mit Anwälten hatte sie früher immer wieder anstrengende Gespräche geführt. Sie musste verdammt auf der Hut sein oder die Sache sofort beenden.

Beenden?

Eine Welle von Wut schoss in ihren Bauch. Der Mann hatte seine Ehefrau als Waffe benutzt. Und irgendwelche miesen Geschäfte damit gemacht. Keine gute Ausgangslage für eine dicke Freundschaft. Christina wusste, Aggression gehörte zu ihrem Charakter. Es hatte sich immer richtig angefühlt, als Frau mittlerer Größe und mittleren Gewichts über sehr gute Kampfsportkenntnisse zu verfügen. Für eine echte Karriere als Kampfsportlerin war sie als junge Frau nicht massig und muskulös genug gewesen, und sie hatte auch andere Interessen verfolgt, aber die Tricks der Meister hatte sie gründlich erlernt. Auch die Schusswaffe im Holster war kaum ein wirkliches Problem für sie gewesen. Ja, es war für sie in Ordnung gewesen, als Polizistin für Recht und Ordnung zu sorgen. Noch wusste Alexander Stadler nicht, dass sich da eine Raubkatze auf Beutegang näherte.

»Bitte eine Flasche Eistee.«

Der Verkäufer nickte und langte in den Kühlschrank. Christina zählte ein paar Münzen auf den Tresen. Sie nahm die Flasche, der Mann die Münzen. Aus den Augenwinkeln sah sie, wie Alexander mit hastigen Bissen ein Paar Frankfurter verschlang. Sie schraubte die Flasche auf, nahm einen kleinen Schluck. Sie stellte sich neben Alexander.

»Entschuldigen Sie bitte.«

Alexander schaute zur Seite.

»Ja?«

Der Blickkontakt war irritierend. Irgendetwas stimmte da nicht. Dass er sie im ersten Augenblick gleich hinsichtlich ihrer Eignung als Sexualpartnerin taxierte, störte Christina nicht. War ein normaler Reflex bei Männern. Und so gravierend unterschieden sich darin Frauen von Männern nicht. Es war auch nicht der unsympathische Ausdruck in seinem definitiv männlich attraktiven Gesicht, der sie störte. Es waren die Augen. Irgendetwas hatte er genommen, schätzte Christina. Drogen? Medikamente? Alkohol schien es nicht zu sein. Er trank Mineralwasser zu seinen Würsteln, und von einer Alkoholfahne war nichts zu bemerken.

»Sind Sie der Anwalt Alexander Stadler?«

»Allerdings.«

»Mein Name ist Christina Kayserling.«

»Sehr angenehm. Woher kennen Sie meinen Namen?«

»Dazu muss ich ein bisschen ausholen.«

Ganz automatisch schaute sich Alexander um. Es war ein methodisches Spähen. Der Mann war zweifellos routiniert darin, sich immer und überall abzusichern, er war immer auf der Hut, immer bereit, einen Angriff aus dem Hinterhalt abzuwehren. So zumindest wirkte er auf Christina. Das denkbar schwierigste Gegenüber für ein Gespräch.

»Hoffentlich nicht zu lange. Ich habe heute noch Termine.«

»Keine Sorge, ich fasse mich so kurz wie möglich.«

»Schön.«

»Ich bin Autorin. Derzeit beschäftigt mich die Recherche für ein Buchprojekt. Und in diesem Zusammenhang möchte ich Ihnen ein paar Fragen stellen.«

Alexander zog seine Stirn in Falten.

»Ein Interview? Sie wollen mich interviewen?«

»So kann man es sagen.«

»Ich stehe für Interviews nicht zur Verfügung. Zu aktuellen Fällen darf ich aus rechtlichen Gründen nichts sagen und zu vergangenen Fällen möchte ich nichts sagen.«

»Es geht nicht um einen Ihrer Fälle, es geht um den Tod eines Mannes.«

Seine Miene zeigte Skepsis. Er wischte mit der Semmel den letzten Rest von Senf vom Pappteller und griff dann zum Mineralwasser.

»Habe ich mir das richtig gemerkt? Ihr Name ist Kayserling?«

»Ja.«

»Nie gehört. Was schreiben Sie eigentlich für Bücher?«

»Wahre Kriminalfälle. ›True Crime‹ nennt man das im Buchhandel.«

Alexander schmunzelte schief. Christina bemerkte, wie sich seine Haltung um eine Nuance lockerte. Vor einer Buchautorin hatte er also keine Angst, im Gegenteil, Fragen einer Buchautorin von True-Crime-Büchern ließen ihn sogar amüsiert lächeln.

»Gott bewahre, Bücher über Kriminalfälle können mir wirklich gestohlen bleiben. Egal ob wahr oder erfunden.

Nichts gegen Sie und Ihre Arbeit, aber ich lese berufsbedingt genug Akten über wahre Kriminalfälle.«

»Viele Menschen interessieren sich für solche Geschichten.«

»Soll so sein, ich aber nicht.«

»Vielleicht können Sie mir mit einer Antwort ein Stückchen weiterhelfen.«

»Ich bin ganz Ohr.«

»Herr Magister Stadler, Sie als Anwalt wissen, Sie müssen auf meine Fragen gar nicht antworten. Ich bin eine Privatperson, wenn Sie mir etwas sagen, dann …«

Er machte eine wegwerfende Handbewegung.

»Also was ich aus rechtlichen Gründen tun und lassen darf, weiß ich sehr gut. Stellen Sie endlich Ihre Frage.«

Christina kniff ein wenig die Augen zusammen. Sie hielt seine Miene genau im Blick.

»Wie, Herr Stadler, ist es vor knapp einem Jahr abgelaufen, als Sie und Frau Sieglinde Hofer die Leiche von Curd Brendelberg gefunden haben?«

Stahlbeton.

Ein besseres Wort fiel Christina nicht ein. Seine Miene verwandelte sich in einem Augenblick in Stahlbeton. Aus dieser Miene war nichts abzulesen. Und das erstaunte Christina immerhin. Aber er war Anwalt, er hatte diese Miene bestimmt hundertfach vor Gericht aufgesetzt. War ja klar, dachte Christina, mit Anwälten zu reden, war immer wieder eine Herausforderung. Er zögerte ein Weilchen.

»Sie stöbern also in alten Geschichten.«

»Das ist mein Handwerk.«

»Satteln Sie um. Bücher zu schreiben, lohnt sich nicht. Sehr schlechte Einkommensaussichten.«

»Haben Sie eine Antwort auf meine Frage?«

»Ja.«

»Ich lausche.«

Alexander griff zur Wasserflasche und trank sie aus.

»Rufen Sie in meinem Büro an, dann wird man Ihnen einen Termin geben. Konsultationen werden nach den üblichen Tarifen abgerechnet. Die Nummer finden Sie in jedem Telefonbuch.«

Keine Chance. Er war nicht einen Millimeter zurückgewichen. Warum aber, das fragte sich Christina, hatte er so fugenlos das Tor zugemacht?

»Haben Sie noch weitere Fragen, Frau Kayserling?«

»Nein, keine weitere Fragen.«

»Dann wünsche ich einen Guten Tag.«

»Guten Tag, Herr Stadler.«

Damit marschierte er durch das Menschengewühl am Hauptplatz davon. Christina beobachtete die verschwindende Gestalt. Sie fluchte in sich hinein. Sie war auf dunkle Geheimnisse gestoßen, das lag offen, aber die Ursachen und Tiefen dieser Geheimnisse verstand sie noch nicht. Zumindest hatte sie noch kein klares Bild, sondern hegte nur finstere Vermutungen.

Im Gegensatz zu ihrer Stimmung wandelte sich der zuvor verregnete Frühlingstag in einen hellen Nachmittag. Worauf hatte sie sich da eingelassen?

*

Alexander blieb mitten in der Fußgängerzone stehen, zog sein Smartphone aus dem Jackett und wischte darauf herum. Es sah so aus, als ob er E-Mails oder SMS checkte, in Wahrheit aber spähte er um sich. War die Frau mit der Sportjacke hinter ihm her? Scheinbar nicht.

Verdammt! Was wollte sie von Curd Brendelberg? Wie kam sie auf den beschissenen Namen?

Sein Blutdruck musste im roten Bereich liegen. So fühlte er sich.

Was sollte er tun?

Er versuchte, seine Gedanken zu ordnen. Und tat sich ungewöhnlich schwer damit. Dabei war er immer so gut im Fokussieren gewesen. Auf der Uni und später im Beruf. Die Fähigkeit, sich auf das Wesentliche zu konzentrieren, war sein Erfolgsgeheimnis gewesen. Kam ihm diese Fähigkeit abhanden?

Zwei Giftmorde! Seine Freunde waren kaltblütig gekillt worden.

War sie die Täterin?

Er schnappte nach Luft. Möglich wäre es. Giftmorde deuteten auf weibliche Täterinnen hin. Hatte die Killerin jetzt ihn ins Visier genommen?

Alexander drehte sich blitzartig um und eilte zurück zum Hauptplatz, stellte sich hinter eine Säule des Rathauseingangs und schaute sich um. Keine Spur von der Frau mit der Sportjacke.

Wie war der Vorname gewesen? Carina? Christine? Jetzt hatte er es wieder! Christina Kayserling. Eine Buchautorin. Hatte sie schon Bücher veröffentlicht? Vorteilhaft, wenn man über ein gutes Gedächtnis verfügte. Mit eiligen Schritten marschierte er in Richtung Büro. Er hätte ein Foto von der Frau knipsen sollen. Verpasst. Im Büro würde er alle Hebel in Bewegung setzen, um alles über die Frau Wissenswertes in Erfahrung zu bringen. Kurz geisterte ihm durch den Kopf, Inspektor Seiner anzurufen. Er verwarf den Gedanken so schnell, wie er ihn gefasst hatte. Nur keine Polizei!

Das hier war ein Solojob.

EIN JAHR ZUVOR

Er griff nach dem Glas und kippte sich den Rest in den Rachen. Der Eiswürfel klimperte im Glas, als er es schwungvoll abstellte. Wie viel hatte er schon getrunken? Alexander Stadler grinste. Zu viel für das Auto. Viel zu viel. Er wusste gar nicht mehr, wo er seine Karre abgestellt hatte. Egal. Irgendwo. Wahrscheinlich würde morgen ein Strafzettel im Scheibenwischer klemmen. Zur Hölle damit.

»He, Schätzchen!«

Die Barfrau stand am Tresen und unterhielt sich mit einem der Mädchen.

»Bedienung! Hallo!«

Jetzt hatte sie Alexander gehört. Er hob das Glas mit der linken Hand hoch, mit dem rechten Zeigefinger zeigte er darauf. Die Barfrau nickte und machte sich daran, einen weiteren Drink zuzubereiten. Gin Tonic mit Eis. Er würde sich irgendwann ein Taxi rufen lassen. Wie spät war es? Er blickte auf seine Armbanduhr. Halb ein Uhr früh. Die Nacht war noch jung. Jung wie die Mädchen in diesem Bordell. Kaum eine war älter als 25. Nur die Barfrau, die war um die 40. Wahrscheinlich hatte sie früher auch im ältesten Gewerbe der Welt gearbeitet. Die Frau brachte das Getränk. Alexander grinste sie breit an. Sie lächelte zurück. Nachdem sie das Glas abgestellt hatte, griff er nach ihrer Hand und hielt sie fest. Er beugte sich ihr entgegen.

»Sag mal, Schätzchen, wie heißt du?«

»Vanessa.«

»Vanessa. Ein sehr schöner Künstlername. Klangvoll, melodiös, man glaubt, du wärst eine amerikanische Schlagersängerin. Oder heißt du wirklich so?«

»Ich heiße Vanessa.«

»Also gut, dann nenne ich dich auch so. Ich heiße Alex.«

»Weiß ich doch.«

Alexander runzelte die Stirn.

»Das weißt du?«

»Jessica hat es mir gesagt.«

Sie zeigte zu jenem Mädchen, mit dem Alexander gleich nach seiner Ankunft im Separee verschwunden war. Er hatte nicht lange gesucht, sondern das erstbeste hübsche Mädchen gebucht und im Zimmer richtig hergenommen. Sie hatte ihren Job tadellos erledigt, also hatte er sich nach dem Stündchen auf dem Zimmer noch an die Bar gesetzt und sich ein paar Runden Gin Tonic servieren lassen.

»Bring der Kleinen noch einen Drink. Heute bin ich spendabel.«

»Wenn du meine Hand loslässt, kann ich das erledigen.«

»Euer Lokal ist sehr gemütlich. Anrüchiges Ambiente, hübsche Damen, gute Drinks.«

»Wir wollen, dass du dich wohlfühlst.«

Alexander nickte zustimmend.

»Also Vanessa, die Sache ist Folgende: Meine Frau will sich scheiden lassen. Diese Kanaille ist in ein Hotel gezogen und …«

Zwei Männer traten aus einem Hinterzimmer, einer stellte sich hinter die Bar, der andere davor. Die Mienen der Männer waren völlig entspannt, der Mann hinter der Bar öffnete zwei Flaschen Cola und stellte sie auf den Tresen. Rein äußerlich ähnelten die beiden einander, groß gewachsene Südosteuropäer mit massigen Muskelpaketen aus unzähligen Stunden in der Kraftkammer, beide trugen Kinnbärte, der eine hatte sein schütter werdendes Haar komplett abrasiert, der andere trug eine schicke Föhnfrisur. Die beiden warteten auf ein Zeichen, die Barfrau gab es ihnen, also machten sie es sich gemütlich und nuckelten an ihren Cola Flaschen. Aber sie blieben präsent. Nun, dafür wurden sie auch bezahlt.

»Du, Alex.«

Die Barfrau unterbrach den Redefluss Alexanders.

»Ja?«

»Ich verstehe deine Situation und ich höre dir auch gerne zu, aber ich muss meine Arbeit tun.«

Alexander schaute hoch, sah, dass eben drei leicht angetrunkene Männer mittleren Alters in das Lokal kamen. Die herumlungernden Mädchen erhoben sich und nahmen die drei Männer in ihre Mitte.

»Ja natürlich. Die Wirtschaft muss florieren, geht es der Wirtschaft gut, geht es uns allen gut, und bekanntlich ist der Dienstleistungssektor eine Stütze der heimischen Ökonomie. Und das Abmelken männlichen Samens ist eine soziokulturell höchst bedeutsame Tätigkeit. Wer weiß, wie viele grausame Morde in Graz täglich passieren würden, wenn nicht die hochlöblichen Damen hier und in ähnlichen Institutionen für den sozialen Frieden sorgen würden? Also ich würde meine untreue Frau ganz bestimmt windelweich prügeln, wenn mir nicht … Wie heißt die Kleine noch?«

»Jessica.«

»Ja Jessica, genau. Wenn mir die süße Jessica nicht die Sterne vom Himmel geholt hätte. Diese verdammte Schlampe. Nicht Jessica! Sie ist ein Engel. Vergiss nicht auf den Drink für sie. Meine Frau ist eine dreckige Schlampe.«

Die Barfrau zog ihre Hand zurück. Sie nickte Alexander zu.

»Vielleicht solltest du nach diesem Drink aufhören. Wenn du willst, rufe ich ein Taxi für dich.«

Alexander pochte auf den Tresen.

»Recht so, meine Gute! Schmeiß mich hinaus, bevor ich meinen Revolver ziehe und deine zwei zweifelsfrei ungebildeten und außerordentlich unsympathischen Schlägertypen über den Haufen schieße.«

Das Lächeln der Frau gefror. Sie trat einen Schritt zurück. »Jetzt solltest du gehen.«

Alexander erhob sich und bemerkte, wie betrunken er war. »Mach meine Rechnung fertig. Ich zahle bar.«

Wenig später torkelte Alexander durch die Gassen. Er wusste, wo der nächste Taxistand war. Nur einmal um den Block. In einem dunklen Winkel urinierte er. Musste er kotzen? Nein. So viel Gin war es doch nicht gewesen. Wenn er Luise jetzt in die Finger kriegen würde, dann würde er ihr eine Lektion erteilen, die sie so schnell nicht vergessen würde. Er würde sie gefügig machen. Verdammte Scheiße! Er war voller Zorn. Der Ausflug ins Bordell hatte ihm nur kurzfristig Abkühlung verschafft, kaum wieder vor der Tür, kochte die Wut wieder hoch. Er hasste sich selbst, weil er auf diese eine Frau immer noch so fixiert war. Hübsche Frauen gab es doch wie Sand am Meer, warum konnte er die eine nicht einfach in die Wüste schicken und sich eine andere nehmen? Allein der Gedanke, nicht mehr über Luise verfügen zu können, sich nicht mehr mit ihr zu vergnügen, sie nicht mehr für seine Zwecke einzusetzen, sie nicht mehr seinen Freunden anzubieten und somit gute Geschäfte anbahnen zu können, machte ihn rasend.

War das Liebe?

Alexander spuckte geräuschvoll in den Rinnstein. Wahrscheinlich. Verdammt, er liebte Luise. Diese beschissene Liebe. Zum Trottel wurde man dadurch. Liebe war etwas für Schwächlinge, für Versager. War er ein Versager? Nein, er war der beste Anwalt dieser Stadt und ein bedeutender Geschäftsmann. Er schaffte alles und kriegte alles, wen er nicht kaufen konnte, machte er fertig, und schon bald würde seine dumme sexy Frau kleinlaut wieder vor der Tür stehen.

So wie er es ihr prophezeit hatte, auf allen Vieren würde sie angekrochen kommen und ihn anbetteln, sie wieder zurückzunehmen.

Alexander lachte laut, bog um die Ecke und steuerte das erste der drei wartenden Taxis an.

Natürlich würde er siegen. Hatte er doch bislang immer.

*

Curd holte mit dem Hammer aus und schlug den Pflock in den Boden. Nächste Woche würden die Handwerker kommen. Zwei Haselnussbüsche würden gerodet, und mit einem Kleinbagger würde der steile Hügel abgegraben werden müssen. Curd hatte alles genau ausgemessen und geplant, der in einer weiten Kurve angelegte Weg würde flach genug die Höhendifferenz vom Vorplatz zum Haustor überbrücken, sodass er mit relativ geringer Kraftanstrengung den Rollstuhl hochschieben können würde. Jetzt noch der letzte Pflock. Curd schlug ihn ein. Mit den Pflöcken steckte er den Verlauf des Wegs ab. Er hatte mit dem Betriebsleiter der beauftragten Gartenbaufirma die notwendigen Arbeiten exakt besprochen, in nur drei Tagen würde der Bautrupp hier die asphaltierte Rampe anlegen. Er schaute sich noch einmal um, nickte zufrieden, dann legte er den Hammer in die Werkzeugkiste und klappte den Zollstock zusammen.

»Wir könnten neben dem Weg blühende Sträucher pflanzen.«

Curd drehte sich um und blickte zum Haustor hoch. Am Rande der Treppe stand Anna auf ihre Gehstöcke gestützt und lächelte Curd zu.

»Habe ich mir auch schon überlegt. Anstelle der Haselnüsse könnten wir Forsythie oder Schneeball setzen. Diese Sträucher werden auch nicht so groß wie eine Haselnuss.«

»Am liebsten hätte ich Flieder.«

Curd kratzte sein Kinn.

»Flieder wäre gut. Je einen Strauch vor und nach der Kehre. Ich glaube, das macht sich ganz wunderbar.«

»Und im nächsten Jahr duftet der Flieder zur Blütezeit.«

»Der Hang ist südseitig, warm und luftig. Als Standort für praktisch jeden Blütenstrauch bestens geeignet.«

»Aber Curd …«

»Ja?«

»Ich weiß noch immer nicht, warum du den Weg anlegen lässt.«

Curd legte seine Stirn in Falten.

»Das haben wir doch besprochen. Für dich. Damit du nicht die Treppe hochsteigen musst.«

»Ich habe dir meine Meinung gesagt. Ich werde den Weg nicht lange benutzen können. Ein paar Monate vielleicht.«

»Ich bin felsenfest davon überzeugt, dass du den Weg noch viele Jahre benutzen wirst.«

»Wie du meinst. Ich gehe wieder rein.«

»Ich bringe nur schnell das Werkzeug in die Werkstatt, dann komme ich nach.«

Curd bückte sich und hob die Kiste. Aus den Augenwinkeln sah er die Bewegungsmuster. Ihm kam vor, als ob die Bilder in Zeitlupe vor ihm ablaufen würden.

Anna wandte sich um, hob einen Gehstock vom Boden, ein Zittern durchlief ihre Arme und ihren Rücken, sie sackte ein wenig in die Knie. Der Schwerpunkt ihres Körpers verlagerte sich. Sie schaffte es nicht mehr rechtzeitig, den Gummistoppel des Gehstocks auf den Boden zu setzen.

Sie kippte. Noch dazu in die ganz falsche Richtung.

Ehe sie fiel, hatte Curd schon die Werkzeugkiste von sich geworfen und war wie von allen Teufeln gehetzt losgerannt. Er war schnell, sehr schnell, aber die Strecke war zu weit. Anna fiel hart auf die Steintreppe. Er hörte ein beängstigendes Geräusch. War das ein Knochen? Sie überschlug sich.

Dann war er bei ihr, warf sich unter sie und verhinderte so, dass sie die gesamte Treppe runterkullerte. Curd schaute in ihre panischen Augen.

»Ich habe dich.«

Er griff unter ihre Schultern und trug sie zur Plattform hoch. Sanft legte er sie auf den Boden. Aus einer Platzwunde auf der Stirn quoll Blut. Er griff nach ihrem linken Unterarm. Sie keuchte vor Schmerz.

»Der linke Arm ist wahrscheinlich gebrochen.«

»Die Hüfte, Curd, die Hüfte. Links.«

Er zog die Bluse hoch und schob die Hose nach unten.

»Keine offene Wunde. Aber ein Hämatom.«

Curd überlegte fieberhaft. Sieglinde war an Wochenenden nicht im Haus, sie konnte er nicht um Hilfe rufen.

»Kriegst du Luft?«

»Geht so.«

»Kann ich dich für einen Augenblick alleine lassen? Ich rufe die Rettung und hole Verbandszeug.«

»Geh nur.«

Curd hastete los, holte sein Mobiltelefon und setzte einen Notruf ab. Noch während er telefonierte, rannte er ins Badezimmer und öffnete den Arzneischrank. Mit dem Notfallbeutel lief er wieder vor das Haus und kniete sich neben Anna. Die Platzwunde an der Stirn blutete noch immer. Es war keine schlimme Verletzung, aber das Blut machte Curd beinahe wahnsinnig. Hektisch riss er die Verpackung einer Kompresse auf und drückte diese mit der linken Hand auf die Wunde, mit der anderen Hand tastete er nach einer weiteren Packung. Zwischen Fingern und Zähnen zerriss er die sterile Umhüllung und wischte mit der Kompresse das Blut von ihrem Gesicht. Nicht genug, er brauchte eine weitere. Also wiederholte er den Vorgang.

»Bleib ganz ruhig, der Krankenwagen ist unterwegs. Wird ein paar Minuten dauern, aber dann bist du in Sicherheit. Ganz ruhig.«

»Ich bin ganz ruhig.«

Curd schaute Anna direkt in die Augen. Er war mehr als überrascht. Ihr Blick war so klar und gefasst.

»Hast du Schmerzen?«

»Es geht so.«

Er hob die Kompresse von der Stirn hoch.

»Gleich ist die Blutung gestillt. Ich nehme noch eine frische Kompresse.«

»Wie groß ist die Wunde?«

»Drei Zentimeter. Quer über der Augenbraue.«

»Mein Arm fühlt sich ganz taub an.«

»Der hat das Meiste abbekommen.«

Anna lag still und regungslos. Ihr Blick verlor sich im Himmel. Einige weiße Wolken zogen in großer Höhe dahin, ein wunderbarer Frühlingstag, den sie zuerst in der Notaufnahme, dann auf der Bettenstation des Krankenhauses verbringen würde. Natürlich würde man sie nach einem derartigen Sturz nicht ambulant behandeln, wahrscheinlich würde sie ein paar Tage, vielleicht sogar zwei, drei Wochen in Spitalspflege bleiben müssen.

»Ich will nicht schon wieder in eine Klinik.«

»Das lässt sich aber nicht vermeiden. Sieh nur, die Blutung hat jetzt aufgehört.«

Anna spürte das Adrenalin in ihrer Blutbahn. Der Schmerz war präsent, aber irgendwie ganz weit fort, ein fernes Wetterleuchten hinter den Berggipfeln. Viel präsenter war die Traurigkeit in ihr, ihrem liebevollen und aufopfernden Ehemann so viele Sorgen zu bereiten. Sie hob ihre rechte Hand und legte sie Curd auf die Wange. Er genoss die kleine Zärtlichkeit und lächelte sie tapfer an.

»Erzähl mir eine Geschichte.«

»Wie bitte? Eine Geschichte?«

»Ja. Etwas aus deiner Kindheit oder Jugend. Irgendetwas, was du mir schon unzählige Male erzählt hast. Die Geschichte deiner ersten Mineraliensammlung. Oder wie du als 17-Jähriger alleine von Deutschlandsberg über den Speikkogel nach Lavamünd gewandert bist. Nein, erzähl mir doch die Geschichte, als du dich in der Tanzschule in mich verliebt hast.«

Curd schmunzelte. Und holte Luft. Und erzählte die Geschichte.

Ein Weilchen später näherte sich mit hoher Geschwindigkeit ein Krankenwagen. Der Wagen bremste scharf, drei Sanitäter in roten Uniformen sprangen heraus und liefen die Treppe hoch. Einer trug einen großen Notfallkoffer.

*

Warum, zum Teufel, hatte er diesen Beruf ergriffen? Er hätte zum Geheimdienst gehen sollen. Das wäre etwas gewesen. In der Beschaffung von Informationen hatte er im Lauf der Zeit eine wahre Meisterschaft entwickelt, er hatte Netze geknüpft und ausgeworfen. Kaum ein Fisch, der sich nicht darin verfing. Also zumindest was die Klienten oder Zeugen in seinen Fällen betraf. Luise war bislang seinen Netzen entschlüpft. Nun, anfangs hatte er gar nicht daran gedacht, Informationen über ihren Aufenthaltsort einzuholen, weil er davon ausgegangen war, dass sie in ein paar Tagen zu ihm zurückkehren würde. War sie aber nicht. Also hatte er seine Informationsmaschine anwerfen müssen. Im Geheimdienst hätte er bestimmt eine blendende Karriere hingelegt. Aber natürlich war der

Geheimdienst seines Landes ein Witz. In den USA konnte man als Geheimdienstler echte Karriere machen oder in Russland, aber in der kleinen Alpenrepublik schaute bestenfalls ein mäßig bezahlter Beamtenposten heraus. Außerdem machten das Internet, Facebook und Google die Arbeit als Agent auch verdammt einfach. Ein paar pickelige Nerds mit lustigen T-Shirts und ein fähiger Kryptologe mit Hochschulabschluss in Mathematik, schon konnte man als Abteilungsleiter eines US-Geheimdienstes alle schmutzigen kleinen Details im Leben der Leute in Erfahrung bringen. Auch keine Herausforderung für ihn. Für ihn, der *echte* Herausforderungen suchte.

Alexander Stadler drängte seine schweifenden Gedanken zur Seite und drückte das Gaspedal durch. Auf einer Steigung überholte er einen Kleinwagen. Aus dem Augenwinkel sah er eine ältere Frau am Steuer. Eine Oma auf dem Heimweg vom Einkauf oder unterwegs, um die Enkeltochter von der Musikschule abzuholen. Sein Wagen hatte genug PS, um selbst auf längeren Steigungen zu beschleunigen. Die Bundesstraße, die den Bezirk von Nord nach Süd durchschnitt, war eine Berg- und Talbahn, mal rauf, dann wieder runter. Die Ortschaften lagen auf den Hügeln, in den Niederungen durchzogen Bäche und kleine Flüsse die Landschaft. Eine Landschaft, für die Stadler nicht einen Blick übrig hatte. Er hatte wichtigere Dinge vor Augen.

Am Stadtrand der Bezirkshauptstadt Deutschlandsberg bremste eine Serie von Kreisverkehren den Durchzug der Fahrzeuge, aber gleich danach raste Alexander wieder über die Straße. Dann erreichte er Schwanberg, verließ die Bundesstraße und nahm den verschlungenen Weg bergauf.

War er jemals so wütend gewesen? Bestimmt nicht. So ein Dreck!

*

Er hätte es nicht für möglich gehalten, aber die im Lauf des Tages eingetroffenen Bestellungen hatten seine Stimmung erheblich gebessert. Es waren nur kleine Aufträge, ein lokaler Baumeister hatte eine Wagenladung Pflastersteine bestellt, ein Wiener Großhändler eine kleine Lieferung Qualitätssteine für die Ausstellungsräume seines Ladens. Arbeit für drei Tage, die Männer waren beschäftigt gewesen, der Stapler hatte sich bewegt, der Laster war beladen worden, es war richtig gearbeitet worden.

Seit drei Tagen lag Anna im Krankenhaus. Wie er vermutet hatte, war der Unterarm gebrochen, genauer, war die Elle dem Aufprall auf die Treppenkante nicht gewachsen gewesen. Kein komplizierter Bruch, wie der Arzt nach Analyse des Röntgenbildes gesagt hatte, aber mit ein paar Wochen Gipsverband musste Anna rechnen. Die weiteren Verletzungen waren zwar schmerzhaft, aber nicht bedrohlich. Der Sturz war zum Glück glimpflich ausgegangen. Wie Curd und Anna übereinstimmend angenommen hatten, hatte der Arzt in ihrem speziellen Fall einen einwöchigen Klinikaufenthalt angeordnet. Natürlich hätte sie einen Revers unterschreiben und sich nach einer Nacht wieder nach Hause bringen lassen können, aber Curd hatte ihr davon abgeraten. Anna hatte nur kurz dagegen opponiert.

Curd war froh, dass sie dank der Zusatzversicherung ein schönes Einzelzimmer erhalten hatte. Als er vor Jahren den Vertrag abgeschlossen hatte, war sie dagegen gewesen und hatte das System der Zusatzversicherung scharf kritisiert. Natürlich war das ein Zwei-Klassen-System – da die wohlhabenden Leute, die mit Geld schnellere Behandlung und bessere Zimmer erkaufen konnten, dort die »normalen« Patienten, die auf Behandlungen oder Operationen oft monatelang warten mussten. Das sei, so Annas Argument, eine systematische Aushöhlung gesellschaftlicher Solidarität mit dem

Fokus, die Profite der ohnedies milliardenschweren Versicherungen zu maximieren. Curd hatte ihr natürlich Recht geben müssen, er hatte Annas kritischen Reflexionen selten etwas entgegenzusetzen, im Gegenteil, er bewunderte sie wegen ihres kritischen Geistes; die Versicherungsprämie hatte er dennoch bezahlt.

Der anbrechende Abend verlief also gar nicht so schlecht, auch wenn er wieder alleine im Haus war. Sieglinde hatte ihm mittags einen kleinen Imbiss zurecht gemacht, den er abends am Küchentisch eingenommen hatte. Er hatte das Radio eingeschaltet, der belanglosen Volksmusik gelauscht und gegessen. Es war der Sender, den Sieglinde immer hörte. Nicht Curds Geschmack, aber als Kind vom Lande kannte er natürlich diese Art Musik. Einfach gestrickte Melodien, simple Texte und für den entsprechenden Klangkörper neben den elektronischen auch klassische Instrumente der Volksmusik wie Knopfharmonika, Klarinette und Hackbrett.

Nach dem Essen war Curd auf die noch sonnenwarme Terrasse getreten und hatte die wunderbare Stille und klare Luft genossen. Er hatte die Vogelstationen kontrolliert und etwas Futter nachgefüllt. Die Brüstung bei Annas Futterstation war ziemlich bekleckert. Also hatte er die Bürokleidung mit der Gartenkleidung getauscht, einen Eimer warmes Wasser, Putzmittel, eine Bürste und Gummihandschuhe geholt und sich an die Arbeit gemacht.

Curd streifte die gelben Handschuhe ab. Er besah seine Arbeit. Makellos. Er liebte Sauberkeit und Ordnung und war jederzeit bereit, dafür auch tüchtig in die Hände zu spucken. Anna hatte ihren Bereich der Terrasse aus verständlichen Gründen nicht selbst sauber halten können, und er hatte zuletzt auch wenig Zeit gefunden, sich der Vogelbeobachtung hinzugeben. Außerdem war ja Frühling, rundum blühte und gedieh die Natur, und die Vögel waren nicht mehr hauptsächlich auf Fütterung angewiesen. Die Vögel hatten jetzt auch Wichtigeres zu tun, als menschliche Beobachter zu erfreuen, sie hatten ihren Nachwuchs zu versorgen. Seinen Bereich hatte er vor knapp zwei Wochen gesäubert, jetzt also auch Annas Ecke.

Die Klingel ertönte. Curd erschrak regelrecht.

Ein irrwitziger Gedanke flog in seinem Kopf so blitzschnell hoch wie eine Blaumeise nach dem Aufpicken eines Samenkorns. Er wagte gar nicht sich einzugestehen, wie sehr er hoffte, Luise würde vor der Tür stehen. Schnell fort damit, schnell diesen Gedanken, diese Hoffnung, diese Sehnsucht wegdrängen.

Terrasse und Eingang lagen auf gegenüberliegenden Seiten des Hauses, was ja auch Stille und Abgeschiedenheit für die Terrasse bedeutete. Curd durchmaß mit schnellen Schritten den Salon und die Vorhalle. Es war noch ausreichend hell, er musste nicht das Außenlicht anknipsen. Mit großer Willensanstrengung hielt er seine Atmung flach. Er trat an das Fenster und lugte durch den Vorhang hinunter zum Parkplatz vor der Steintreppe.

Was für eine Enttäuschung. Bitter.

Nicht der weiße BMW Luises stand dort unten, sondern der schwarze ihres Ehemannes. Dunkle Wolken legten sich auf seine Stirn. Was hatte Alexander Stadler hier vor seinem Haus zu suchen? Noch ein übler Versuch, ihn unter Druck zu setzen? Noch ein lächerlicher, weil aussichtsloser Vorstoß, ihm eine Zustimmung für dieses blöde Bauprojekt abzuringen? Was wollte der Herr Anwalt von ihm? Curd riss sich zusammen und wappnete sich, so gut es ging, für die Begegnung. Er öffnete die Tür.

»Guten Abend.«

»Guten Abend.«

»Bitte entschuldige mein unangekündigtes Auftauchen.«

»Entschuldigung gewährt.«

»Ich muss dich sprechen.«

»Bitte komm näher.«

Curd trat zur Seite und ließ Alexander eintreten. Dieser schaute sich um.

»Ich hoffe, ich störe nicht euren trauten Abend.«

»Keineswegs.«

Curd fühlte die geballte Spannung seines unerwarteten Gastes. Zweifellos hielt er nur mit großer Disziplin seine Stimme gedämpft und seine Wortwahl höflich. Was bedrängte den Mann? Andererseits bemerkte auch Alexander Curds steinerne Miene. Natürlich, Alexander war Anwalt und hatte ein scharfes Auge für die Regungen seiner Mitmenschen.

»Ich muss dich unter vier Augen sprechen, also wenn du mich nur kurz deiner Frau vorstellen könntest. Du hast bestimmt einen Raum, wo wir ungestört reden können.«

»Anna ist nicht zu Hause.«

»Nicht?«

»Ich bin alleine im Haus.«

Alexander lachte auf. Ein widerwärtiges Lachen, wie Curd empfand. Was hatte eine seelenvolle Frau wie Luise nur an einem Kerl wie Alexander gefunden? Er war eine polierte Oberfläche, mehr nicht.

»Dann geht es dir wie mir.«

Curd wusste nicht, was er darauf erwidern hätte können. Er schloss die Tür.

»Komm mit.«

»Danke.«

Die beiden Männer traten in den Salon. Curd stellte sich neben den Flügel. Er bot Alexander keinen Sitzplatz an, also blieb dieser in einiger Entfernung stehen und schaute sich im Raum um.

»Ihr habt es hier sehr schön. Sehr geschmackvolles Interieur.«

»Vielen Dank für das Kompliment. Ich werde es Anna ausrichten. In erster Linie hat sie die Einrichtung gestaltet.«

»Wo ist sie überhaupt? Noch immer auf Kur?«

»Nicht auf Kur, aber im Krankenhaus.«

Stadler zog die Augenbrauen hoch.

»Ich hoffe, nichts Ernstes.«

»Ein Sturz. Sie ist zur Beobachtung in der Klinik.«

»Bitte richte meine besten Genesungswünsche aus.«

»Mach ich.«

»Ich hätte sie gerne persönlich kennengelernt. Bislang hatte ich nicht das Vergnügen.«

Frostiges Schweigen. Curd regte sich nicht. Ebenso Alexander.

»Also Alexander, worüber musst du mit mir sprechen?«

Stadler wiegte den Kopf und begann, im Zimmer auf und ab zu gehen.

»Was ich zuvor gesagt habe, hat den Kern der Sache getroffen.«

»Was genau meinst du?«

»Dass es mir so geht wie dir. Unsere Ehefrauen: Sie sind nicht da, wo sie sein sollten. Deine ist leider im Krankenhaus, meine ist irgendwohin abgetaucht. Wir sind beide Strohwitwer. Die Welt steht uns offen! Wir könnten heute Abend jeden Unsinn anstellen. Albern sein wie kleine Jungs. Wir könnten auf Aufriss gehen. Ich kenne da ein paar erstklassige Lokale. Wir könnten eine Motorradtour machen oder in der Tennishalle ein paar Bälle schlagen. Natürlich könnten wir auch in die Oper gehen. Ins Theater. Oder in ein Grazer Programmkino. Irgendwelche skandinavischen Schicksalsfilme fast ohne Dialoge, aber mit Großaufnahmen ernster und schweigsamer Gesichter. Solche Filme werden doch immer irgendwo gespielt. Purer Kulturgenuss! Na, wollen wir zwei Teufelskerle etwas Verrücktes auf die Beine stellen?«

»Nein danke, ich habe heute Abend nicht mehr vor, das Haus zu verlassen.«

»Schade. Wäre garantiert spaßig geworden. Obwohl, wäre es wirklich spaßig geworden? Mit einer Schlaftablette durch die Nacht ziehen, bedeutet, dass man irgendwann und irgendwo einfach wegpennt.«

Curd hatte sehr wohl die Spitze gegen ihn herausgehört.

»Nun, vielleicht solltest du tatsächlich eine solche nehmen und dich zu Bett legen, denn fast will mir scheinen, du hättest dringend ein paar Stunden Schlaf nötig.«

Alexander wiegte anerkennend den Kopf.

»Der war gut! Hast du eine Facebook-Seite? Ich gebe dir fünf Gefällt-mir-Klicks.«

»Ich hoffe doch sehr, du hast nicht den Weg von Graz nach Schwanberg auf dich genommen, um mit mir Unhöflichkeiten auszutauschen. Übrigens entschuldige ich mich gleich, einen unhöflichen Ton angeschlagen habe. So etwas sollte nicht passieren.«

Alexander hielt im Auf- und Abmarschieren inne. Seine Miene war höhnisch.

»Wie arrogant du bist. *Sollte nicht passieren*. Du hältst dich wohl für etwas Besseres, für einen moralischen Menschen, für einen echten Humanisten.«

»Echte Humanisten sind niemals arrogant. Sollte ich dir so erschienen sein, so bitte ich um Entschuldigung. Ich bin leider nicht perfekt und mache viele Fehler.«

»Du legst also noch einen drauf. Okay. Diese Runde geht an dich. Ich weiß, wann ich im Spiel einen Punkt abgeben muss. Der geht an dich. Aber jetzt habe ich Aufschlag.«

Curd schüttelte den Kopf.

»Alexander, wovon redest du überhaupt?«

Der Anwalt holte tief Luft. Die beiden Männer standen nun einander gegenüber. Curd wurde es ein wenig mulmig zumute, als er Alexander in die Augen blickte. Was lag in diesem Blick? War es mehr als Ärger? Curd wusste es nicht.

»Luise war bei dir.«

»Du hast sie selbst geschickt.«

»Sie war ein zweites Mal bei dir. Das weiß ich genau.«

»Das ist ein freies Land. Freie Menschen dürfen gehen, wohin sie wollen.«

»Was wollte sie?«

Curd runzelte die Stirn.

»Moment, du weißt genau, dass sie ein zweites Mal bei mir war? Spionierst du deiner Frau hinterher?«

»Es ist immer gut zu wissen, was so vor sich geht. Und ein Bekannter hat zufällig gesehen, dass Luises weißer BMW auf dem Parkplatz deiner Firma stand.«

»Findest du es nicht entwürdigend, jemandem nachzuspionieren? Am Ende hast du sogar einen Privatdetektiv konsultiert.«

Stadler lachte.

»Reg dich ab, mein Freund. Ein Privatdetektiv war nicht nötig.«

Curd wurde diese Situation immer unangenehmer. Die Anwesenheit und die Miene dieses Mannes drückten ihm den Atem ab. Er schnappte nach Luft.

»Ich will jetzt, dass du mein Haus verlässt.«

»Nein. Noch nicht.«

»Das ist mein Haus.«

»Zuerst sagst du mir, ob du Luise Geld gegeben hast.«

Curd drängte die aufstehende Panik zurück. Schon als kleiner Junge hatte er Angst vor den Aggressionen der anderen Buben gehabt. Natürlich kannte er das Gefühl von Zorn in sich, klar hatte er auch manchmal an Gewalt gedacht, aber dennoch hatte diese Emotion immer Angst in ihm ausgelöst. Und der Mann ihm gegenüber war aggressiv. Curd bemerkte erst jetzt, wie aggressiv Alexander tatsächlich war. Die Luft im Raum kam ihm auf einmal furchtbar stickig vor, obwohl die Terrassentür offen stand. Er trat darauf zu.

»Curd, antworte mir! Hat Luise dich um Geld angebettelt?«

»Ja.«

»Und hast du ihr etwas gegeben?«

»Und wenn schon?«

»Und wenn schon?«, brüllte Alexander.

»Ja, und wenn schon? Sie lebt in Scheidung von dir, also was geht es dich an, was deine Exfrau treibt?«

Stadler stürmte auf Curd zu und richtete drohend seinen Zeigefinger gegen Curds Gesicht.

»Zu einer Scheidung gehören immer zwei, und ich kann mich nicht erinnern, einer Scheidungsverhandlung beigewohnt zu haben. Und denke bloß, ich bin Anwalt, ich kenne mich mit Rechtsmaterien aus. Eine Scheidung ist eine Rechtsmaterie. Glaub mir, Curd, Luise ist nicht von mir geschieden, egal, was sie dir vorlügt.«

Curd wandte sich abrupt ab und trat auf die Terrasse. Stadler ließ nicht von ihm ab.

»Wie viel hast du ihr gegeben?«, fragte er lautstark.

Curd war einer Panik nahe. Warum diese Belastung? Warum dieser immense Stress? Der Kerl sollte verschwinden. Und zwar schnell. Fort sollte er sein. Die Vögel sollten ihn holen. Die Krähen und die Eulen. Curd trat an die Brüstung und holte tief Luft.

»Wie viel, Curd? Wie viel hast du dieser Hure in den Rachen gestopft?«

»Das ist egal.«

»Du gibst also zu, ihr Geld gegeben zu haben?«

»Ich helfe allen Menschen, die mich darum bitten.«

»Dann bitte ich dich darum, mir zu sagen, wo das Dreckstück sich versteckt hält. Das würde mir helfen. Und du kriegst dein Geld auf Heller und Pfennig zurück.«

Curd wusste, dass er sich gegen diesen Angriff stemmen musste. Zum ersten, um seine Selbstachtung nicht zu verlieren, zum zweiten, um Alexander die Unerträglichkeit seines Benehmens klarzumachen, und zum dritten, um Luise vor diesem Mann zu schützen.

»Du bist Luise nicht wert.«

Stadler glaubte, nicht recht gehört zu haben. Er starrte Curd hasserfüllt an.

»Du wartest ja nur darauf, bis deine Frau verreckt ist, bis diese ekelhafte Krankheit sie in ein Stück stinkendes Fleisch verwandelt hat, bis du ihr Erbe einstreifen kannst und du das Vermögen mit Luise in Miami und Dubai auf den Putz hauen kannst. Du willst meine Frau vor meiner Nase ficken, du Dreckskerl!«

»Bitte mäßige dich. Dein Ton ist absolut unangebracht.«

»Wie viel hast du ihr als Vorschuss auf das Erbe deiner Frau gegeben. Wie viel?«

»100.000 Euro.«

Für eine Sekunde war Alexander sprach- und regungslos. Hatte er richtig gehört? Seine Stimme gehorchte ihm nicht mehr, er sprach fast unhörbar leise.

»Bist du völlig wahnsinnig geworden?«

»Nein. Und jetzt verlasse das Haus. Ich will keinen weiteren Umgang mit dir. Und Luise will dich auch nicht mehr sehen.«

Plötzlich war er nicht länger Herr seiner selbst. Es geschah einfach. Von alleine. Eigentlich keine große Sache. Jungs schubsten sich auf Schulhöfen. Gehörte dazu. Wenn die Sache groß war, dann schubsten sie kräftiger, wilder, zielgerichteter. Hier gab es eine ganz große Sache. Er meinte es ernst, aber es war dann doch nur ein Schubs. Ein kleiner, dummer Schubs, ja, nicht so klein, aber dumm. Nicht der Rede wert. Ein Klacks. Vergessen wir die Sache wieder. Alles keine echte Tragödie. Ein Ausrutscher.

Panik ergriff Alexander Stadler.

Gerade eben hatte Curd noch vor ihm gestanden. Jetzt war er fort. Einfach nicht mehr hier auf der Terrasse. Alexander beugte sich über die Brüstung und schaute in das Bachbett 30 Meter unter ihm.

Da lag ein Mann auf den Steinen. Das linke Bein zuckte. Jetzt auch ein einziges Mal das rechte. Das Wasser im Bach färbte sich rötlich. Alexander hatte einmal gesehen, wie eine Katze überfahren worden war. Die Beine der Katze hatten gezuckt. Eine Zeit lang. Dann war es vorbei gewesen.

Auch hier. Es ging zu Ende.

Alexander drehte sich in Panik um. Was jetzt? Was tun? Verfluchte Situation. Wie jetzt weiter?

GEGENWART

Vom Regen des Vortages war gar nichts mehr zu spüren. Das Wetter fühlte sich an, als ob auf diesem Breitengrad ständig die Sonne scheinen und der Frühling niemals enden würde. Christina klappte die Tür ihres Autos zu. Genau aus diesem Grund war sie in die Südsteiermark gezogen. Das Wetter war hier meist gut, manchmal sogar sehr gut. So viel Licht und Helligkeit. Kein Wunder, dass man den Begriff »Steirische Toskana« immer wieder hörte. Christina trat durch das offen stehende Gartentor auf das Grundstück der Familie Hofer. Und dass hier eine ganze Familie wohnte, erkannte sie an dem Schaukelgestell, dem herumliegenden Spielzeug und der Wäsche an der Leine. Da hingen Wäschestücke für Kleinkinder, für Erwachsene und für ältere Leute. Die Landwirtschaft wurde wohl nicht mehr im Vollerwerb betrieben, dazu sah hier alles viel zu aufgeräumt aus. Die typische Note von Nützlichkeit und Schwerarbeit fehlte hier, das Anwesen wirkte eher wie ein Haus für Urlaub am Bauernhof.

Christina blickte zur großen Scheune hinüber. Der VW Bus von Anna Brendelberg stand neben einem schlichten Geländewagen vor dem ausladenden Gebäude. Sie wollte eben die Klingel betätigen, als im ersten Stock ein Fenster geöffnet wurde. Eine junge Frau guckte heraus.

»Grüß Gott.«

»Guten Tag! Mein Name ist Kayserling. Ich suche Frau Sieglinde Hofer.«

»Mama ist hinterm Haus im Küchengarten. Worum geht es?«

»Ich möchte kurz mit ihr sprechen.«

Die junge Frau gestikulierte.

»Einfach rund um das Haus gehen.«

»Vielen Dank!«

Christina umrundete das Haus und trat an den eingezäunten Küchengarten. Sie erkannte schon aus der Ferne die Haushälterin von Anna Brendelberg. Die Frau harkte ein Beet.

»Guten Tag, Frau Hofer.«

Sieglinde hob ihren Blick.

»Guten Tag.«

»Erkennen Sie mich wieder? Wir haben uns zuletzt im Kaffeehaus getroffen.«

»Natürlich. Vielen Dank noch mal, dass Sie mir geholfen haben, den Rollstuhl ins Auto zu heben.«

»Habe ich gerne getan. Frau Hofer, ich hätte da ein paar Fragen. Haben Sie vielleicht ein bisschen Zeit für mich?«

Sieglinde legte das Werkzeug ab und wischte sich den Schweiß von der Stirn.

»Aber ja. Eine kleine Pause kann nicht schaden.«

»Ihr Garten ist ein Traum. Hier blüht und gedeiht alles so üppig. Ein Vergnügen, sich hier aufzuhalten.«

Sieglinde nickte. Ein Anklang von Stolz lag in ihrer Miene.

»Es ist aber viel Arbeit, den Garten in Schwung zu halten.«

»Jeder Handgriff zahlt sich aus. Traumhaft schön hier bei Ihnen.«

Und das war beileibe keine übertriebene Schmeichelei, die Lage des Hofes auf einer Hügelkuppe, die weitläufigen Wiesen, die alten knorrigen Obstbäume, die geschmackvoll arrangierten Blütensträucher und die Beete des Küchengartens beeindruckten Christina wirklich. Nur nach jahrelanger Arbeit in Haus und Garten konnte ein Bauernhof in solchem Glanz erstrahlen. Christina betrat den Küchengarten und trat auf Sieglinde zu.

»Die Hand gebe ich Ihnen lieber nicht.«

Sieglinde präsentierte ihre von der Arbeit schmutzigen Hände.

»Passt schon so.«

»Sie haben also Fragen.«

Christinas Lächeln verschwand aus ihrem Gesicht.

»Korrekt. Und zwar Fragen zu einem unangenehmen Thema.«

»Unangenehm?«

»Leider ja.«

»Worum geht es?«

Christina ließ ganz automatisch den Blick kreisen. Sie lief im Defensivmodus. Ein ihr gut vertrauter Zustand. Wachsam, hellhörig, bereit, auf unvorhergesehene Ereignisse möglichst schnell zu reagieren, in Wahrheit sogar kampfbereit, aber nach außen hin völlig unverfänglich, höflich und kontaktfreudig.

»Ich bin Autorin und schreibe an einem Buch über wahre Kriminalfälle.«

»Aha.«

»Und ich bin bei meinen Recherchen auf den Tod von Curd Brendelberg gestoßen.«

Ein Schatten flog über Sieglindes Miene.

»Soweit ich weiß, haben Sie Curd Brendelbergs Leiche entdeckt.«

Die Frau seufzte.

»So eine Tragödie. Ein Jammer ist das. Ich war danach mehrere Wochen richtig niedergeschlagen. Mein Hausarzt hat gesagt, dass das eine vorübergehende depressive Episode sein könnte. Er wollte mir Tabletten verschreiben. So etwas brauche ich nicht. Ich habe hart gearbeitet. So konnte ich den Anblick überwinden.«

»Wenn es für Sie unangenehm ist, können wir das Gespräch auch beenden.«

»Nein, geht schon. Ist eine Weile her. Das Leben geht weiter. Für Anna war das halt ein verflucht harter Schlag.«

»Können Sie mir erzählen, wie das abgelaufen ist?«

»Ja, kann ich. Ich bin zum Haus gekommen und habe aufgesperrt. Ich habe ja die Schlüssel zu Haus, Keller und Dachboden. Auch den Autoschlüssel für den VW Bus habe ich.«

»Wie lange arbeiten Sie schon für Anna Brendelberg?«

»Seit einer Ewigkeit. Zuerst habe ich einmal in der Woche den Garten in Ordnung gebracht. Gemeinsam mit meiner Schwester. Es war ein Zubrot, keine volle Arbeit. Damals waren meine Kinder ja noch klein. Aber als dann bei Anna die Krankheit ausgebrochen ist, habe ich immer mehr an Arbeiten übernommen. Das, was Anna nicht mehr erledigen konnte, habe ich gemacht. Die Bezahlung ist gut. Wir hier draußen haben nicht so viele Verdienstmöglichkeiten. Mein Mann arbeitet als Ingenieur in Deutschlandsberg. In der Fabrik. Die Landwirtschaft haben wir ja längst aufgegeben. Die Felder verkauft, teilweise auch den Wald. Das Geld ist in die Renovierung des Hauses geflossen.«

»Wie ist denn Frau Brendelberg als Arbeitgeberin?«

»Anna ist ein ganz besonderer Mensch. So eine starke Frau habe ich noch nie getroffen. Hochintelligent, begabt, immer ehrlich und freundlich. Sie stammt aus einer alten Adelsfamilie. Das Geschlecht von Pettau. Da, schauen Sie zu den Bergen hoch. Die Hälfte der Wälder hier gehört ihrem Bruder, ihrem Cousin und ihr. Reiche Leute. Aber nicht arrogant. Und Anna war eine großartige Pianistin. In ihrer Jugend hat sie ein paar Preise gewonnen. Ich verstehe nicht so viel von klassischer Musik, aber wenn Anna gespielt hat, ist auch mir die Spucke weggeblieben.«

Christina lauschte den Aussagen. Sieglindes Blick schweifte in die Ferne, für ein paar Augenblicke war sie in Gedanken versunken.

»Eine auffällige Schönheit war sie in jungen Jahren nicht. Auf ihre Art war sie schon attraktiv. Das ist meine Meinung. Geschmäcker sind verschieden. Und die beiden haben so gut zusammen gepasst. Curd war ein feiner Kerl. Verstehen Sie, was ich meine? Ein guter Mensch. Wer kann das von sich schon behaupten? Es war so traurig, dass gerade er sich das Leben genommen hat. Deprimierend.«

Es war offensichtlich, dass Sieglinde gerne und viel sprach. Christina musste mit einfachen Fragen den Sprachfluss nur lenken.

»Sie haben also das Haus betreten und Ihre Arbeit erledigt. Dabei haben Sie den Leichnam entdeckt?«

»Nein. Ich bin nicht hingekommen, um zu arbeiten. In der Zeit war Anna im Krankenhaus. Wenn Curd alleine zu Hause war, habe ich wenig zu tun gehabt. Da hat es gereicht, alle zwei bis drei Tage mal vorbeizuschauen, zu kochen, ein wenig zu putzen und alles in Ordnung zu halten. Er hat, wenn Anna in der Klinik war, sehr viel im Büro gearbeitet und war immer wieder im Gasthaus zum Essen. Da fiel nicht viel Arbeit an.«

»Weswegen sind Sie dann hingefahren?«

»Ich wurde angerufen.

»Erzählen Sie bitte genauer.«

»Da klingelte das Telefon, und der Herr Anwalt hat sich bei mir erkundigt, ob ich weiß, wo Herr Brendelberg ist. Woher soll ich das wissen, habe ich gefragt. Der Anwalt ist wegen einer geschäftlichen Besprechung extra aus Graz gekommen und dann vor der verschlossenen Tür gestanden. Da bin ich hinüber gefahren und habe aufgesperrt.«

Christina runzelte die Stirn.

»Wie war der Name des Anwalts?«

»Muss ich nachdenken. Moment. Wie hat der Mann … Stadler. Das war es! Magister Irgendwas Stadler.«

»Alexander Stadler?«

»Genau.«

»Und der Anwalt hat Sie gebeten, im Haus nach dem Rechten zu sehen?«

»Nein. Er hat sich nur erkundigt, wo er Curd erreichen kann. Und er hat gefragt, ob Curd öfter unzuverlässig ist und Termine einfach so sausen lässt. Was er aber nie getan hat. Curd war die Verlässlichkeit in Person. Immer pünktlich, immer höflich, immer korrekt. Der ließ doch niemals einen ausgemachten Termin sausen, vor allem dann nicht, wenn jemand extra aus Graz nach Schwanberg fährt. Ich habe mir Sorgen gemacht und bin gleich losgefahren. Mit dem Auto bin ich ja in nicht einmal zehn Minuten bei der Villa.«

»Warum haben Sie sich Sorgen gemacht? Haben Sie befürchtet, dass er sich etwas antun könnte?«

»Aber nein! Ich habe mir niemals vorstellen können, dass sich Curd etwas antut. Nicht, solange Anna noch lebt. Nach ihrem Tod? Tja. Was soll ich sagen?«

»Ich habe gehört, dass Herr Brendelberg unter Depressionen gelitten hat.«

»Das stimmt. Er hat auch immer wieder Medikamente genommen. Aber dass er seinem Leben ein Ende setzt, habe ich einfach nicht glauben können. Ich bin damals hinüber gefahren, weil ich befürchtet habe, dass es ihm schlecht gehen könnte und er sich deswegen in seinem Zimmer eingeschlossen hat. Aber die Tür zu seinem Zimmer war offen. Ich bin durch das Haus gegangen und habe gerufen. Die Tür zur Terrasse war offen. Wenn Curd unterwegs gewesen ist, hat er das Haus immer sorgfältig abgeschlossen. Eine Terrassentür offen zu lassen, war einfach nicht seine Art. Tja, da bin ich auf die Terrasse hinaus. Alles normal wie immer. Ich weiß gar nicht mehr wieso, aber ich habe dann über die Brüstung geschaut und dann habe …«

Die Frau war ergriffen. Sie wischte sich über die wässrigen Augen.

»Es war ein furchtbarer Anblick.«

»Das kann ich mir gut vorstellen.«

»Schrecklich.

»Soweit ich weiß, gab es keinen Abschiedsbrief.«

»Ja. Herr Stadler hat sofort die Polizei gerufen, die hat das ganze Haus durchsucht, aber nichts gefunden.«

»Herr Stadler war also die ganze Zeit bei Ihnen?«

»Nicht bei mir. Er hat in der Halle gewartet. Ein sehr höflicher Mann. Und gebildet. Sehr taktvoll. Es hat mir in der Situation geholfen, dass er da war. Auch bei den Gesprächen mit der Polizei. Wirklich sehr hilfreich.«

Christina überdachte das Gehörte. Ein immer klareres Bild formte sich vor ihren Augen.

»Die Polizei hat dann Untersuchungen angestellt. Mir wurde erklärt, dass die Polizei im Fall von Selbstmorden nachfragen muss, also habe ich alles genau erzählt. Viel genauer als jetzt, wirklich jede Einzelheit.«

»Und die Polizei hat dann den Freitod festgestellt.«

»Ja. Wissen Sie, dass ich nach all der Aufregung und dem Schock auf Curd richtig böse geworden bin. Mein Mann sagt, ich soll mich für solche Gedanken schämen, aber ich finde, Curd hat im Tod gezeigt, dass er doch nicht so ein toller Mann war. Kein Held, wirklich nicht. Er hat seine schwerkranke Frau im Stich gelassen. Für Anna war das die Hölle. Das ganze Dorf war außer sich. Eine furchtbare Tragödie. Obwohl ich über die Ereignisse inzwischen hinweg bin, passiert es mir manchmal immer noch, dass ich Curd auf den Steinen liegen sehe. Mitten in der Blutlache. Scheußlich.«

»Das kann ich sehr gut verstehen, Frau Hofer.«

Sieglinde schaute wieder sinnierend in die Ferne. Dann runzelte sie die Stirn und fixierte Christina.

»Sie haben gesagt, Sie schreiben ein Buch über wahre Verbrechen.«

»Korrekt.«

»Wieso fragen Sie dann nach Curd Brendelberg? Das war doch kein Verbrechen.«

Christina wiegte den Kopf.

»Ich interessiere mich ganz allgemein für schicksalhafte Begebenheiten.«

Sieglinde war mit dieser Antwort zufrieden. Sie nickte.

»Schicksalhafte Begebenheiten. Das haben Sie sehr treffend gesagt.«

Christina richtete den Gurt ihrer Handtasche. Ihr Puls kam schnell und stark. Sie hatte jetzt ein sehr konkretes Bild der Ereignisse. Die Erzählung der Haushälterin hatte ihre Theorie mit jedem Wort bestätigt.

»Eine Frage noch, Frau Hofer.«

»Ja?«

»Warum arbeiten Sie heute nicht bei Frau Brendelberg?«

»Sie hat mir über das Wochenende freigegeben. Ich habe drei Tage Urlaub. Anna weiß ja, dass ich meinen Küchengarten über alles liebe. Also habe ich vorgekocht, Kleidung vorbereitet, alles so eingerichtet, dass Anna alleine zurechtkommt. Und ich rufe zweimal pro Tag an, um mich zu vergewissern, dass es ihr gut geht. Wenn etwas sein sollte, bin ich in zehn Minuten drüben. Deswegen habe ich ja mein Handy immer eingesteckt.«

»Ich habe Frau Brendelberg im Kaffeehaus getroffen. Ist es wirklich zu verantworten, sie drei Tage alleine zu lassen?«

»Das geht schon. Bei sich zu Hause ist sie viel selbstbewusster als in der Öffentlichkeit. Ich glaube, dass es niemals einen mutigeren Menschen gegeben hat als Anna Brendelberg. Ich habe sie selten, aber manchmal doch in ihrem Turnzimmer gesehen. Großartig! Sie gibt sich die allergrößte

Mühe, ihren Körper in Bewegung zu halten. Sie ist so tapfer. Ich bewundere diese Frau. Irgendwann wird sie sich nicht mehr bewegen können. Gar nicht. Völlige Lähmung. Warum trifft es immer die Falschen? Das Schicksal ist ungerecht.«

Christina atmete scharf ein. Drei Tage Urlaub. Allergrößte Mühe. Ein Turnzimmer.

»Gerade heute beim Frühstück habe ich mit meinem Mann über die Familie Brendelberg gesprochen. Obwohl Franz die Geschichten nicht mehr hören mag. Er meckert immer. Auf den Tag genau ein Jahr ist es her, dass ich Curd gefunden habe.«

Christina glaubte ein dumpfes Donnergrollen über den Bergen zu hören, doch es war ein Grollen in ihrem Kopf.

»Sind Sie sich mit dem Datum sicher, Frau Hofer?«

»Freilich. Ich merke mir jedes Datum. Schon seit der Schulzeit.«

Tempo jetzt. Christina reichte Sieglinde Hofer die Hand zum Abschied.

»Vielen Dank für das Gespräch, Frau Hofer. Leider muss ich jetzt los. Auf Wiedersehen.«

»Auf Wiedersehen.«

Die Frau Mitte 50 stemmte ihre Fäuste in die Hüften und schaute ihrer Besucherin hinterher. Warum hatte die es auf einmal so eilig, dachte sie noch, zuckte mit den Achseln und griff wieder zur Harke.

*

Alexander Stadler stieg aus der Duschkabine und langte nach dem Handtuch. Nackt lief er durch sein Haus in das Schlafzimmer. Fast ein bisschen hektisch griff er nach Kleidungsstücken. Eine Unterhose, Jeans, Socken, ein Hemd, wahllos herausgegriffen. Für sein heutiges Vorhaben brauchte er sich nicht extra in Schale zu werfen, im Gegenteil, für die zu erledigende Arbeit an diesem Samstag waren unauffällige Klamotten eher von Vorteil.

Kaum hatte er die Augen geöffnet, hatte er den Verlauf des Tages exakt vor sich gesehen. Es war unausweichlich, es war der beste Wege, der einzige Weg. Ein Solojob. Seit gestern, als diese bezahlte Killerin ihn angesprochen hatte, war für ihn alles klar. Er konnte nicht mehr zurück, sie konnte nicht mehr zurück, der Zug war abgefahren und bahnte sich unaufhaltsam seinen Weg ans Ende der Reise. Das Ende für ihre Reise. Das war ja klar. Er würde sich nicht geschlagen geben, im Gegenteil, er würde siegen. Der Endkampf. Das Duell. Er saß am längeren Ast.

Ein kurzer Blick in den Spiegel.

Wie immer sah er gut aus. Richtig toll.

Alexander trat näher an den Spiegel heran.

Na ja, die Augen waren noch rot unterlaufen. Gestern Nacht hatte er ein paar Drinks mehr als sonst genommen. War sein Haar in den letzten Tagen grau geworden? Mit leichter Panik drehte er seinen Kopf vor dem Spiegel. Verdammt, sein Haar war wirklich um mehr als eine Nuance grauer geworden. Völlig klar, warum das so war.

Die Giftmorde.

Albin und Herwig, seine Kumpels. Natürlich waren ihm die beiden auf die Nerven gegangen, natürlich waren sie Trottel gewesen, aber sie waren reiche und einflussreiche Trottel gewesen. Die beiden einzigen Gründe, weswegen er sich mit Trotteln abgab, waren deren Reichtum und Einfluss.

Jetzt waren sie tot. Eiskalt gekillt.

Und er war der Nächste. Völlig klar.

Gestern hatte er im Büro alles Nötige in Erfahrung gebracht. Diese angebliche Autorin hatte noch nie ein Buch veröffentlicht. Zumindest nicht unter dem von ihr genannten Namen. Alexander war sich sicher, dass sie gar keine Autorin war. Die kalten Augen hatten sie verraten. Das war die Killerin mit den Giftampullen. Und wer diese Schlange auf ihn und seine Kumpel angesetzt hatte, war nicht schwer zu erraten.

»Hey Anna, du Kretin, du kriegst mich nicht. Und diese Killerin erst recht nicht. Ihr habt euch mit einem Tiger angelegt.«

Alexander griff in den Kleiderschrank. Zwischen den Pullovern lag die Waffe. Er zog sie hervor und schaute wieder in den Spiegel. Gut aussehend, erfolgreich, knallhart, ein echter Killer. Er würde dieses verfaulende Weib von ihrer Krankheit erlösen. Ein wahrer Samariter! Er hatte die richtig dosierte Medizin für Anna! Die Dosis maß neun Millimeter.

*

Der Motor heulte hoch, Christina stieg tief ins Gaspedal. Zehn Minuten brauchte Sieglinde Hofer von ihrem Haus zu Anna Brendelbergs Villa, Christina hatte vor, es in der halben Zeit zu schaffen. Sie vollzog das Überholmanöver auf der kurvenreichen Straße. Der abgehängte Autofahrer betätigte die Lichthupe, Christina sah es im Rückspiegel. Ihr verstorbener Ehemann hatte den Mercedes damals für seine langen Dienstreisen gekauft und hatte auf gute Motorisierung geachtet. 200 Pferde galoppierten unter der Motorhaube. Die Reifen heulten in der Kurve.

Christina ermahnte sich. Erstens wollte sie nicht wegen überhöhter Geschwindigkeit den Wagen in den Graben setzen, und zweitens musste sie ein Telefonat führen. Sie reduzierte das Tempo und griff zu ihrem Handy. Telefonieren ohne Freisprecheinrichtung war während des Autofahrens verboten. Sie kannte die Zahlen der Verkehrsunfälle, die wegen Telefonierens und Simsens während des Autofahrens passierten. Oft waren es schwere Unfälle.

Christina ächzte. Wie verdammt penibel sie war. Unerträglich eigentlich. Und doch unumgänglich. Sie musste es sich eingestehen, die Hochgeschwindigkeitsfahrt über die Bergstraße der Koralpe war ein Kick, den sie anders niemals erleben konnte.

Scheißsituation!

Sie drückte das Handy an ihr Ohr. Das Freizeichen ertönte.

»Jörg Seiner.«

Sie erkannte die Stimme des Chefinspektors.

»Guten Morgen, Herr Seiner. Christina Kayserling spricht hier.«

»Guten Morgen, Frau Kayserling.«

»Herr Seiner, hören Sie mir bitte genau zu.«

Der Polizist lehnte sich zurück. Der Starkstrom, unter dem seine Gesprächspartnerin stand, war in der ersten Sekunde schon zu spüren.

»Ich höre zu.«

»Herr Seiner, ich bin in Schwanberg, ich fahre mit hoher Geschwindigkeit die Straße zum Haus von Anna Brendelberg hoch. Ich werde dort in zwei bis drei Minuten eintreffen. Anna Brendelberg ist die von Ihnen gesuchte Giftmörderin.«

»Sind Sie sich sicher?«

»Ich bin mir sicher. Kann natürlich sein, dass ich mich irre, aber das werden wir in Kürze herausfinden.«

»Wie kommen Sie auf die Person?«

»Ich habe in ein Wespennest gestochert und beobachtet, was da alles hochfliegt. Kennen Sie den Namen Curd Brendelberg? Der Name steht bestimmt in Ihren Akten. Albin Ninaus und Herwig Poschauer haben vor einem Jahr mehrmals Kontakt zu diesem Mann gehabt. Knapp vor dessen Freitod. Es könnte sein, dass dieser Suizid gar keiner war.

Oder dass die Witwe von Curd Brendelberg glaubt, dass es kein Suizid war.«

»Der befürchtete Rachefeldzug?«

»Ich denke ja.«

Christina hörte schnelles Tastaturklappern durch das Telefon.

»Ich habe die Adresse von Anna Brendelberg. Moment! Da steht, dass Anna Brendelberg an ALS erkrankt ist und im Rollstuhl sitzt. Sie kann nicht die Täterin gewesen sein.«

»Das müssen wir noch klären. Entweder hat sie allen etwas vorgespielt und kann sehr wohl gehen und mit dem Auto fahren, oder sie hat einen Komplizen.«

»Verstehe. Ich setze alle Hebel in Bewegung.«

»Eines noch, Herr Seiner! Das Wichtigste überhaupt!«

»Was?«

»Das nächste Opfer ist meiner Meinung nach der Anwalt Alexander Stadler. Ich fürchte fast, dass Stadler das Primärziel der Serie ist.«

»Dann braucht der Mann sofort Personenschutz.«

»Unbedingt. Weil ich glaube, dass der Mordanschlag heute ausgeführt werden könnte.«

»Okay.«

»Bitte nehmen Sie meinen Anruf nicht auf die leichte Schulter. Ich bin sehr beunruhigt, was den heutigen Tag angeht.«

»Keine Sorge, ich nehme das ernst.«

»Sehr gut.«

»Und eines, Frau Kayserling!«

»Ja?«

»Gehen Sie nicht in das Haus von Anna Brendelberg! Wenn das wahr ist, was Sie vermuten, dann riskieren Sie Ihr Leben. Jetzt ist die Polizei am Zug.«

Christina sah in der Ferne die Kreuzung, an der sie die

Landesstraße verlassen und auf die Zufahrtsstraße zur Villa einbiegen musste.

»Der Streifenwagen soll gleich losfahren.«

»Keine Sorge, die sind schon unterwegs. Dann werden wir Ihren Verdacht prüfen.«

»In Ordnung, Herr Seiner.«

»Behalten Sie Ihr Telefon in Griffweite. Auf Wiederhören, Frau Kayserling.«

»Auf Wiederhören.«

Christina legte das Handy auf den Beifahrersitz und bog in die Zufahrtsstraße ein.

*

Welche Jacke? Alexander griff nach der braunen Lederjacke. Ein düsteres Lachen rollte aus der Tiefe seiner Kehle. Wie Bruce Willis in diesen Actionfilmen. Der Mann hatte nur eine coole Fresse ziehen und eine braune Lederjacke tragen müssen und war zum Weltstar geworden. Alexander dachte nicht im Entferntesten daran, ein Weltstar zu werden, es reichte völlig, die Oberhand zu behalten.

Er steckte die Waffe am Rücken in den Gürtel seiner Hose und zog die Lederjacke an. Also los. Die Tür klappte hinter ihm zu, mit ausholenden Schritten marschierte er auf sein Auto zu.

Natürlich würde er die Waffe nicht verwenden! Er war ja kein Vollidiot. Die Polizei mit den wissenschaftlichen Methoden der Forensik würde ihn innerhalb von ein paar Stunden ausgeforscht haben. Aber wenn eine praktisch bewegungsunfähige Frau mit fortgeschrittener Nervenkrankheit, mochte sie noch so intelligent und zielstrebig sein, in ihrem Bett erstickte, war das ein medizinisch nicht überraschender Vorfall. Konnte schon mal passieren. Die meisten ALS-Patienten verhungerten oder erstickten irgendwann. Wenn man es klug anstellte, blieben bei der Beschleunigung des Todes praktisch keine Spuren. Und wer, wenn nicht er war dazu berufen, einen perfekten Mord auszuführen. Den Totschlag an dieser Flasche Curd hatte er ja auch lupenrein als Suizid hingestellt. War eine Meisterleistung gewesen. Und das, was heute noch kommen sollte, würde ein Geniestreich sein. Die Waffe trug er nur zur Sicherheit, falls sich die Auftragskillerin ihm nähern sollte.

Er hatte alles genau bedacht.

Diese Frau würde sich sehr bald in einen stinkenden Kadaver verwandeln. Gut so.

Und danach würde er sich Luise vornehmen. Entweder würde sie sich ihm unterwerfen oder für immer von der Bildfläche verschwinden.

Alexander setzte sich in seinen Wagen. Er fühlte sich großartig.

*

Christina rannte die Steintreppe hoch und griff nach der Klinke. Die Tür war nicht versperrt. Sie trat in die Vorhalle und hielt den Atem an. War irgendetwas zu hören? Nichts. Sie hielt mit beiden Händen ihre Waffe und schritt leise durch die Räume.

Wo war Anna?

Hämmerte ihr Puls wirklich wie ein irrer Hardrock-Schlagzeuger von innen gegen ihr Trommelfell? Es fühlte sich ganz so an.

Eine leise Stimme. Eine weibliche Stimme.

Christina schritt näher auf den Raum am Ende des Gangs zu. Die Tür stand einen Spalt offen.

Es war ein altes Volkslied. »Im Märzen der Bauer …« Christina hatte das Lied als Kind gesungen.

Vorsichtig drückte sie die Tür ein Stückchen auf. Vor einem hohen Schrank stand ein Rollstuhl. Und auf dem Rollstuhl saß jemand mit dem Rücken zur Tür. Wobei die Person nicht wirklich saß, sie hing mehr auf dem Rollstuhl.

Das Lied verstummte.

»Wer ist da?«

Christina überlegte fieberhaft, ob sie an Anna herantreten oder doch lieber die Flucht ergreifen sollte.

»Ich habe Sie genau gehört. Schon als Sie über den Flur gegangen sind. Und die Tür habe ich auch gehört. Ich höre sehr viel. Je schwächer mein Körper wird, desto stärker wird mein Gehör.«

Christina ließ den Blick kreisen. Das also war Annas Turnzimmer. Ein heller und luftiger Raum, da ein Fenster offen stand, war es ziemlich kühl. Eine breite Matte lag auf dem Boden, Gummibänder und kleine Hanteln lagen in einer Kiste, an der Mauer war eine Sprossenwand montiert, ein Rollator stand am Fenster, auf einer Kommode lag ein Stapel Handtücher.

»Leider kann ich mich Ihnen nicht zuwenden. Meine Arme und Beine versagen mir heute jeden Dienst. Sie müssen in mein Gesichtsfeld treten, damit ich Sie erkennen kann. Sofern Sie wünschen, von mir erkannt zu werden. Wenn Sie mich töten wollen, dann tun Sie es einfach. Ich bin völlig wehrlos.«

Anna lallte beim Sprechen. Viel stärker als zuletzt im Kaffeehaus. Christina ging um den Rollstuhl herum und trat somit in Annas Blickfeld.

»Ach du bist es! Was für eine angenehme Überraschung. Christina, ich bin sehr erfreut, dass du meiner Einladung gefolgt bist. Leider bin ich heute eine außerordentlich schlechte Gastgeberin, ich kann dir weder eine Tasse Tee noch sonst irgendetwas servieren. Aber wenn du möchtest, könntest du für uns beide Tee aufbrühen. Ich bin sehr durstig. Seit ungefähr fünf Stunden sitze ich da. Ich fürchte, ein Schub hat mich erwischt.«

»Anna, ich bin nicht gekommen, um mit dir Tee zu trinken.«

»Schade, dabei wäre diese Vormittagsstunde wunderbar geeignet, sie mit einer guten Tasse Tee zu begehen.«

»Ich weiß, was du getan hast.«

Stille.

»Als wir einander im Kaffeehaus zum ersten Mal begegnet sind, habe ich sofort gewusst, dass du ein besonderer Mensch bist«, sagte Anna.

»Das habe ich auch gleich von dir gewusst.«

»Wir zwei trauernden Witwen. Der Sonnenaufgang heute war von unendlicher Schönheit. Ich habe dem Gesang der Morgenvögel gelauscht. Curd und ich haben es genossen, im Frühling in den Morgenstunden dem Vogelgesang zu lauschen. Und irgendwann später haben wir uns dann geliebt. Das war so schön. Wunderbare Erinnerungen.«

»Ist dir kalt?«

»Nein. Ich bin zum Glück warm angezogen. Nur Durst habe ich.«

»Ich bringe dir Wasser.«

»Warte, Christina.«

»Ja?«

»In diesem Schrank steht meine Medizin. Das Pulver in der irdenen Flasche. Ich brauche jetzt meinen Heiltrank, aber ich kann meine Arme nicht mehr bewegen.«

»Gar nicht?«

»Leider gar nicht.«

»Ich glaube dir nicht.«

»Ich lüge nicht. Und wenn ich jemals gelogen habe, dann tut es mir schrecklich leid. Weißt du, was die bemerkenswerteste Eigenschaft von Curd war?«

»Was?«

»Er konnte nicht lügen. Schon im Ansatz einer Lüge litt er geradezu körperliche Schmerzen, also hat er es einfach bleiben lassen. Curd hat mich nicht ein einziges Mal belogen. Wie viele Frauen können das von ihren Männern sagen? Und wie viele Frauen können das von sich sagen?«

»Du hast gelogen, was deine Bewegungsfähigkeit angeht.«

»Habe ich nicht.«

»Hast du wohl. Du bist mit Curds Wagen unterwegs gewesen und hast Albin Ninaus und Herwig Poschauer Gift in ihre Trinkflaschen gemischt.«

»Woher weißt du das?«

»Ich habe recherchiert.«

»Du hast im Kaffeehaus gar nicht gesagt, dass du bei der Polizei bist.«

»Ich bin es auch nicht. Nicht mehr. Ich war einmal Kriminalpolizistin.«

»In jedem Fall habe ich niemals gelogen, was meine Bewegungsfähigkeit anbelangt. Ich bin wirklich sehr, sehr schwach, meine Muskulatur gehorcht einfach nicht mehr den Anweisungen meines Gehirns. Deswegen musste ich mich unter Drogen setzen. Nicht ich habe geschafft, Schritte zu gehen, meine Hände zu benutzen und sogar mit dem Auto zu fahren. Das war sehr schwer. Ich bin im Schneckentempo durch die Nächte gefahren. Das Autofahren war das Schwerste überhaupt. Nicht ich habe es geschafft. Der Hittrach hat es geschafft.«

Christina runzelte die Stirn.

»Der Hittrach? Wer ist das?«

Anna kicherte geisterhaft.

*

Chefinspektor Jörg Seiner wählte aus dem Menü erneut die gleiche Telefonnummer. Zum dritten Mal bereits in den letzten paar Minuten. Der Streifenwagen vor ihnen fuhr mit Blaulicht über eine ungeregelte Kreuzung am Stadtrand von Graz. Seiners dunkelgrüner Renault Laguna folgte dem Wagen in kurzer Distanz. Zum Glück fuhr er nicht selbst, sein Assistent lenkte den Wagen. Für einen solchen Fahrstil war er einfach nicht mehr jung genug.

»Der Kerl hat sein Telefon ausgeschaltet.«

»Wir sind gleich da.«

Der Streifenwagen und der Renault bogen in eine stille Seitengasse ein. Hier reihten sich durchwegs neue und luxuriöse Häuser aneinander. Eine hochpreisige Wohngegend für die ökonomische Oberschicht der Stadt. Die Gärten waren erstklassig gepflegt, die Fassaden tipptopp und die abgestellten Autos kostspielig.

»Nummer 46. Da vorne.«

Der Streifenwagen bremste. Auch Seiners Assistent stieg auf die Bremse.

Ein wuchtiger Knall.

Ein Sprühregen von Glas schlug den beiden Polizeifahrzeugen entgegen. Aus dem offenstehenden Garagentor stieg Qualm auf. Flammen schlugen aus dem Inneren des dort geparkten Wagens.

»Verdammte Scheiße!«, brüllte Seiner und sprang aus seinem Auto.

Auch die anderen Polizisten standen auf der Straße und starrten auf das Inferno in der Garage. Seiner drückte sein Telefon ans Ohr.

»Seiner hier! Wir brauchen die Feuerwehr, und zwar in Nullkommanichts. Sonst brennt hier ein ganzes Haus nieder. Und schickt sofort den Entschärfungsdienst. Was los ist? Da ist gerade eben ein Mann in seinem Auto zerrissen worden, verdammt noch mal! Also los!«

Einer der uniformierten Polizisten hatte aus dem Kofferraum seines Fahrzeugs einen kleinen Feuerlöscher genommen. Seiner hielt ihn am Oberarm zurück.

»Mit dem Achselspray völlig chancenlos. Da muss die große Spritze ran. Wir sichern die Nachbarschaft und räumen die Straße frei. Tempo.«

*

»Man merkt gleich, dass du keine Steirerin bist. Zugegeben, die Leute von heute wissen nicht mehr sehr viel vom Leben der Menschen der vergangenen Jahrhunderte. Auf der Koralpe ist schon in der Latènezeit Bergbau betrieben worden. Man hat verschiedene Erze verhüttet. Später ist auch Glas erzeugt worden. Woher, glaubst du, kommt die Ortsbezeichnung Glashütten? Ja, man hat im 17. und 18. Jahrhundert den halben Wald der Koralpe abgeholzt, um Waldglas zu produzieren. Der hochwertige Quarz im Gebirge hat diese Form der Naturzerstörung verursacht. Das Glas von der Koralpe war von guter Qualität. Und bei der Verhüttung ist der Hüttenrauch entstanden. Hittrach, wie die Einheimischen sagen. Arsenik. Hochwertiges Arsenik. Die Stimmen der Geister haben mir erklärt, wie ich den Hittrach einsetzen kann.«

Anna kicherte wieder. Ein seltsamer Klang, wie Christina fand. Das Gekicher klang amüsiert und gut gelaunt, aber auch verrückt und gleichzeitig außerordentlich diszipliniert und kalt.

»Die Stimmen der Geister?«

»Ja. Ich gehe jetzt zu den Geistern. Endlich. Lange habe ich mit ihnen verhandelt, aber endlich darf ich zu ihnen. Du musst nur die irdene Flasche aus dem Schrank nehmen, das Pulver in Wasser verrühren und mir den Trank mit einem Löffel verabreichen. Ein Löffel liegt neben der Flasche.«

»Ist da Arsen drinnen?«

»Natürlich. Meine Medizin.«

»Warum hast du Ninaus und Poschauer nicht mit Arsen getötet?«

»Weil ausreichend dosiertes Glykosid sehr schnell wirksam ist. In wenigen Minuten ist der Mensch tot. Eine tödliche Dosis Arsen erzeugt langes und qualvolles Leiden. Das konnte ich diesen beiden Männern nicht antun. Ich wollte nicht deren Leid, sondern ihren Tod. Außerdem hat es mir große Freude bereitet, das Gift aus dem Fingerhut zu extrahieren. Im Keller ist mein Labor. Du kannst es dir später gerne ansehen.«

»Und wieso willst du Arsen nehmen?«

»Hast du jemals von den steirischen Arsenessern gehört?«

»Leider nein.«

»Eine furchtbare Bildungslücke, liebe Christina. Aber ich kann sie schließen.«

»Ich bitte darum.«

»In wohlbedachten Maßen genossen, steigert Arsenik die Leistungsfähigkeit von Mensch und Tier außerordentlich. Die Pferdehändler haben früher ihren Tieren vor dem Verkauf Arsenik ins Futter gemischt. Dadurch wurden die Pferde besonders schön, kräftig und widerstandsfähig. Oder wenn der Bauer mit den Ochsen das Feld gepflügt hat, hat er ihnen Hittrach gegeben. Und selbst auch genommen. Damit fiel die Schwerstarbeit leicht. Die Bergknappen haben Hittrach gegessen, bevor sie in die Stollen gegangen sind. Eine Wunderdroge. Alles wird besser mit Arsenik. Auch die sexuelle Leistungsfähigkeit. Der Hittrach ist ein Geschenk der Berge an die Menschen. Man muss dieses Geschenk nur richtig nutzen.«

»Mit Arsen hast du das Fortschreiten deiner Krankheit zurückgedrängt, nicht wahr?«

Anna zwinkerte Christina anerkennend zu.

»Du bist eine kluge Frau. Leider habe ich in den letzten drei Tagen meine Medizin nicht genommen. Ich dachte, ich würde es schaffen. Mein Vorrat an Hittrach ist beschränkt, und den letzten Rest musste ich mir aufsparen. Leider erfolgt jetzt der Zusammenbruch. Ich habe mich um zwei, drei Tage in der Vorbereitung verschätzt. Außerdem gewöhnt sich der Körper an Arsen. Man braucht mit der Zeit immer höhere Dosen. Tja, sehr schade, dass wir uns nicht früher kennengelernt haben.«

»Das finde ich auch bedauerlich. Vielleicht hätte ich dich aufhalten können. Du hast zwei Menschen ermordet.«

»Habe ich nicht.«

»Doch.«

»Nein. Drei Menschen.«

»Du hast also Alexander Stadler auch schon getötet?«

»Um ganz genau zu sein, weiß ich das nicht. Ich habe in jedem Fall alles getan, was in meiner Macht stand.«

»Wieder Fingerhut?«

»Nein. Ich musste die Methode abwandeln, weil dieser Herr Anwalt niemals Getränkeflaschen in seinem Auto lässt.«

»Hast du die Männer beobachtet?«

»Teilweise ja.«

»Teilweise? Hattest du einen Gehilfen?«

»Einen unfreiwilligen. Aber das tut hier nichts zur Sache.«

»Ist dein unfreiwilliger Gehilfe von Beruf Sanitäter und heißt Bernd Rebhandl?«

Anna sog erstaunt Luft ein.

»Du bist gut informiert. Erstaunlich. In jedem Fall kann dieser liebe, wohl nicht sehr kluge junge Mann nichts dafür. Er hat mir nichtsahnend ein paar Informationen auf dem Silbertablett serviert. Etwa das mit den Getränkeflaschen. Da kam ich auf die Idee mit dem Fingerhut.«

»Wirst du mich auch töten?«

»Dich? Um Himmels willen, Christina, du bist meine Freundin. Eine Witwe wie ich. Das wird uns auf immer und ewig verbinden.«

Christinas Handy schlug an. Sie steckte die Waffe ein und zog das Telefon aus ihrer Jackentasche.

»Wer ist dran? Dein Geliebter? Ich hoffe doch sehr, dass du einen Geliebten hast. Meine Güte, wie sehr wünsche ich mir, von einem Mann noch einmal im Arm gehalten zu werden, seine Küsse zu spüren, meine Beine um ihn zu schlingen. Christina, du darfst bei aller Trauer um deinen verstorbenen Mann nicht darauf vergessen, dass die wichtigsten Teile deines Körpers dafür geschaffen wurden, dir Freude zu spenden. Ein Mann, der mich küsst, das wäre wunderbar. Nun, bald werde ich Berggeister küssen. Ich glaube, die Berggeister sind großartige Liebhaber. Nimm bitte den Anruf entgegen.«

Christina drückte auf die grüne Taste und presste das Telefon an ihr Ohr.

»Guten Tag, Herr Seiner. Ja, ich höre. Die Feuerwehr also. Okay. Ich verstehe. Ja, ich bin im Haus von Anna Brendelberg. Tut mir leid, dass ich Ihre Warnung ignoriert habe. Nein, Anna ist ganz ruhig und gefasst. Sie sitzt in ihrem Rollstuhl direkt vor mir. Ja, sie gibt zu, die Morde ausgeführt zu haben.«

»Seiner? Der Name kommt mir bekannt vor.«

»In der Leitung ist Chefinspektor Jörg Seiner aus Graz.«

»Ich will mit dem Mann sprechen. Aber ich kann das Telefon nicht halten. Du musst mir helfen.«

»Herr Seiner, Anna Brendelberg möchte Ihnen etwas sagen. Ja, ich halte das Telefon. Bitte, Anna. Du kannst sprechen.«

Anna zwinkerte dankbar.

»Guten Tag, Herr Inspektor. Ich hoffe Sie verstehen mich

einigermaßen. Meine Sprechweise ist nicht mehr sehr gut, ich habe mit den Sprechwerkzeugen meine liebe Not. Ist der Sprengsatz explodiert? Gut. Und hat Alexander Stadler in seinem Auto gesessen? Eine völlig verkohlte Leiche also. Ich bete zu den Berggeistern, dass niemand anderer den Wagen gestartet hat. Wie ich es gemacht habe? Passen Sie auf. Ich habe einen Zeitschalter gebaut. Die Bombe hat sich heute um zwei Uhr früh aktiviert. Beim Startvorgang sollte sie zünden. Offenbar habe ich den Apparat richtig gebaut. Ich bin sehr gelehrig, was Elektrotechnik betrifft. Ein faszinierendes Metier. Was man da alles bauen kann. Den Sprengstoff? Den konnte ich sehr leicht beschaffen. Mein ehemaliger Mann hat einen Steinbruch betrieben. Ich habe nur eine kleine Menge Sprengstoff genommen, ich wollte ja nicht halb Graz in Schutt und Asche legen. Ach, die Bombe steckt schon seit über zwei Wochen unter dem Autositz des Herrn Anwalts. Der Dummkopf hat gar nichts bemerkt. Warum ich gewartet habe? Wegen des Jahrestages. Heute vor einem Jahr ist mein Mann in den Tod gestürzt. Ich bin sehr glücklich, dass Alexander Stadler nicht mehr unter den Lebenden weilt. Ja, ich verstehe Ihre Besorgnis, Herr Inspektor, aber ich muss jetzt leider das Gespräch beenden. Es ermüdet mich ungemein, mich über das Telefon zu unterhalten. Vielen Dank, dass Sie mir zugehört haben.«

Anna neigte nur um einen Hauch den Kopf zur Seite. Christina drückte das Telefon wieder an ihr eigenes Ohr.

»Herr Seiner, hier spricht wieder Christina Kayserling. Wann ist der Streifenwagen hier? Okay, die vier, fünf Minuten bleibe ich bei Anna Brendelberg. Wir warten gemeinsam. Nicht wahr, Anna, wir warten gemeinsam auf die Polizei? Sie zwinkert mir zu. Ich fasse das als Bejahung auf. Ich rufe Sie an, sobald Ihre Leute da sind. Danke. Okay und bis später.«

»Du arbeitest also mit der Polizei zusammen.«

»Nur in diesem Fall.«

»Erstaunlich. Eine gut aussehende und kluge Frau verrichtet freiwillig Polizeiarbeit. Das ist mir unerklärlich, und, liebe Christina, das muss ich bei aller Sympathie einräumen, das macht dich auch ein bisschen abstoßend. Nicht sehr, ein bisschen. Ich freue mich jedoch, dass du, eine echte Witwe, eine verständnisvolle Leidensgenossin, meinen Weg zu den Geistern ermöglichst. Im letzten Moment versagen meine Kräfte, das ist beschämend für mich, aber ich habe gelernt, mit der Scham zu leben. Bitte gib mir jetzt meine Medizin.«

»Warum hast du es getan? Weil Alexander Stadler und seine Geschäftsfreunde deinen Mann unter Druck gesetzt und sogar einen Lockvogel auf ihn angesetzt haben?«

»Curd hat sich nicht selbst getötet.«

»Das ist deine Meinung. Die Polizei hat den Fall untersucht und ein Fremdverschulden ausgeschlossen.«

»Weil dieser Herr Anwalt ein durchtriebener Gauner ist und sich mit den Ermittlungsmethoden der Polizei auskennt. Wenn du den Schrank öffnest und mir meine Medizin gibst, kannst du auch in den Karton schauen. Darin liegen ein Datenträger und einige ausgedruckte Fotos.«

»Fotos?«

»Ja.«

»Hast du im Schrank eine Sprengfalle platziert?«

»Es gibt keinen Grund für dich, mich zu fürchten. Niemand braucht mich jetzt mehr zu fürchten, ich habe mir meinen Platz bei den Berggeistern redlich verdient, indem ich den Mord an Curd gerächt habe. Sieh bitte selbst nach. Die Fotos beweisen, dass Alexander Stadler Curd über die Brüstung gestoßen hat. Ich habe auch ein Foto ausgedruckt, auf dem man sieht, wie sich diese Schlampe Luise Curd an den Hals wirft. Ich habe überlegt, ob ich sie auch töte, mich aber dagegen entschieden. Die Frau ist die Mühe nicht wert.

Curd hätte sich ihretwegen niemals das Leben genommen. Niemals!«

»Okay, Anna, ich öffne jetzt den Schrank, aber ich gestehe, dass mir fröstelt.«

»Vertrau mir, Christina. Ich habe nur einmal im Leben eine Sprengfalle gebaut, und die war nicht für dich bestimmt.«

Christina hielt die Luft an und öffnete den Schrank. Sie sah sofort die irdene Flasche, einen kleinen Silberlöffel und einen Schuhkarton. Sie griff nach dem Karton und öffnete ihn. Tatsächlich befanden sich ein Memorystick und einige Farbfotos darin.

»Wie schon gesagt, ich komme mit der Anwendung von elektrischen Geräten sehr gut zurecht. Vielleicht hätte ich Ingenieurin werden sollen. In jedem Fall habe ich schon vor Jahren einen Bewegungsmelder auf der Terrasse installiert, der bei einer gewissen Größe der sich bewegenden Körper ein Signal an einen Fotoapparat mit gutem Teleobjektiv übermittelt. Der Fotoapparat steht auf dem Dachboden und ist starr auf die Futterstelle auf der Brüstung gerichtet. Curd hat vorzugsweise kleine Vögel gefüttert, und er wollte keine Fotos. Er hat Fotos nicht besonders gemocht. Wenn wir auf Reisen waren, habe immer ich fotografiert. Er hat sich Dinge lieber genau angesehen und gemerkt. Also habe ich den Bewegungsmelder so ausgelegt, dass bei Drosseln und größeren Vögeln der Fotoapparat klickte, bei kleinen Singvögeln aber nicht. Das war eine sehr interessante Tüftelei. Ich habe den Apparat nur selten eingeschaltet, es war ein Zufall, dass er zu dieser Zeit in Betrieb war. Und Christina, Menschen, die sich auf der Terrasse bewegen, sind nun einmal größer als eine Drossel, also hat der Fotoapparat eine vollständige Dokumentation der Auseinandersetzung aufgezeichnet. Mithin wirst du als ehemalige Polizistin verstehen, dass ich den eindeutigen Beweis für den Mord an meinem geliebten Mann habe.«

»Warum hast du diese Beweise nicht der Polizei übergeben?«

»Ich habe ja erst viele Wochen nach Curds Tod die Fotos angesehen. Ich dachte, der Apparat wäre gar nicht eingeschaltet.«

»Mord und Totschlag verjährt nicht. Du hättest damit Gerechtigkeit üben können.«

Anna seufzte.

»Mir ging es doch gar nicht um Gerechtigkeit in einem juristischen Sinne, mir ging es immer darum, den Stimmen der Berggeister zu lauschen und deren Gerechtigkeitsempfinden zu verstehen.«

Christina stellte den Karton mit den absolut eindeutigen Fotos zurück in den Schrank.

»Und jetzt, Christina, meine letzte Freundin, jetzt bitte ich dich, mir die Medizin zu verabreichen.«

Christina starrte Anna an.

»Du willst dich mit dem Arsen töten, nicht wahr?«

»Natürlich. Meine Reise zu den Geistern. Ich weiß, dass ich ein böser Berggeist sein werde. Es gibt gute Geister und böse Geister. Curd ist ein guter Geist geworden. Ich werde ein böser. Er hat mir meine Bösartigkeit verziehen. Natürlich, er ist ein guter Geist, gute Geister verzeihen immer. Vielleicht werde ich im Geisterreich der Bergwälder dank Curds Einfluss ein nicht sehr böser Geist, das könnte sein, aber vielleicht verstößt er mich auch. Das wäre sehr traurig, aber auch gerecht. Ich bin ein böser Mensch geworden, also soll ich auch ein böser Geist werden.«

»Ich glaube nicht an Geister.«

»Das ist alleine deine Entscheidung. Ich höre die Stimmen der Geister.«

»Anna, ich werde dir das Arsen nicht verabreichen.«

»Warum nicht?«

»Ich töte dich nicht. Auf keinen Fall.«

»Aber was erreichst du damit? Herr Inspektor Seiner hat seinen Fall gelöst, Curd ist kein Selbstmörder mehr, und ich habe meine irdische Strafe empfangen. Bitte gib mir jetzt meine Medizin.«

»Nein.«

»Du willst mich leiden lassen? Du willst zulassen, dass ich nicht innerhalb kurzer Zeit, sondern in einem viele Monate oder Jahre andauernden Prozess sterbe?«

»Sterben werden wir alle früher oder später. Ich töte dich garantiert nicht.«

»Das finde ich jetzt ein bisschen sentimental. Und kompliziert. Dabei ist das Leben in den Bergen einfach. Es ist hart. Hart ist einfach. Die alte weststeirische Sprache hat einen sehr treffenden Satz formuliert. Willst du ihn hören?«

»Ja.«

»Mitm Hittrach Ahndln vatülgn.«

»Was bedeutet der Satz?«

»Die Menschen in der Weststeiermark waren jahrhundertelang ein einfaches und armes Volk. Wenn es Alte und Kranke in den entlegenen Dörfern gegeben hat, deren Pflege und Versorgung für die Familien- oder Dorfgemeinschaft zu schwierig geworden ist, hat man ihnen Arsenik gegeben. In ausreichender Dosierung. Mit Arsen die Alten beseitigen. So ungefähr müsste man den Satz in die heutige Sprache übersetzen. Meine Pflege und Versorgung ist für jede Gemeinschaft zu schwierig. Also nehme ich Hittrach. Ich habe nur mehr eine Dosis. Die richtige Dosis. Du wirst sie mir verabreichen. Darum bitte ich dich.«

Beide Frauen hörten durch das offenstehende Fenster das Brummen eines hochtourigen Motors. Christina trat an das Fenster.

»Der Streifenwagen ist da«, sagte Christina.

»Dann musst du dich schnell entscheiden. Gibst du mir den Hittrach oder gibst du ihn mir nicht?«

Christina hockte sich vor den Rollstuhl und griff nach Annas Hand. Ihre Hände fühlten sich kalt und leblos an.

»Ich habe mich entschieden.«

»Du gibst mir meine Medizin also nicht.«

»Genau. Du hast drei Menschen ermordet und gehörst vor Gericht. Ganz egal, ob du krank bist oder nicht, du gehörst vor ein Gericht.«

»Diese Rechtschaffenheit klingt in meinen Ohren wie affektierte Prüderie.«

»Dann ist es halt Prüderie. Aber ich habe mich entschlossen.«

»Gut, ich akzeptiere deinen Entschluss. Vor allem, weil mein Weg zu den Geistern ohnedies nicht aufzuhalten ist. Bald werde ich nicht mehr sprechen können, irgendwann nicht mehr blinzeln, später nicht mehr atmen können. Man wird mich an eine Maschine hängen und meinen Körper irgendwie am Leben halten. Warum man das macht, weiß ich nicht, aber bitte. Ich habe alle Entscheidungen, die ich in meinem Leben selbst treffen konnte, schon hinter mir, jetzt bin ich allein ein Spielball der Menschen und der Geisterstimmen.«

»Sprichst du jetzt mit den Geistern?«

»Gerade eben nicht, denn derzeit sprechen die Stimmen nicht, sie singen.«

»Alte Volkslieder?«

»Willst du die Lieder hören?«

»Sehr gerne.«

Anna schloss die Augen. Für einige Augenblicke lag Stille im Raum. Dann erklang ein leiser Singsang. »Schlaf, Kindlein, schlaf«. Christina schluckte, das Kinderlied klang gespenstisch.

Sie erhob sich und ging in die Vorhalle. Zwei uniformierte Männer betraten das Haus.

ZWEI WOCHEN SPÄTER

Christina füllte das Glas erneut mit einem Schuss Weißwein. Sie trank schon den ganzen Nachmittag und Abend und war doch nicht betrunken. Sie schaute auf die Zeitanzeige des Bildschirms. Halb elf Uhr. Seit sechs Stunden saß sie an der Tastatur und tippte sich die Fingerkuppen wund. Christina war nicht vom Wein beschwipst, sondern vom Schreiben, denn den Wein trank sie nur in winzigen Schlucken, in geradezu homöopathischen Dosen, das Schreiben hingegen stürzte aus ihr heraus, wie ein Hochgebirgsbach in das Tal bricht. Also doch nicht wohlhabende Witwe, die kitschige Aquarelle oder Ölbilder malte, sondern wohlhabende Witwe, die sich all die dunklen Geschichten, die ihr im Laufe des Lebens begegnet waren, von der Seele schrieb. Die Idee, ein Buch zu schreiben, war ihr ganz spontan gekommen und hatte sie nicht mehr losgelassen. Einige Tage hatte sie die Idee weggedrängt, hatte die anfallende Hausarbeit erledigt, hatte ihr Domizil immer perfekter eingerichtet, hatte sich wieder in ihre Einsamkeit zurückgezogen. Im Lauf des Nachmittags allerdings hatte sie ohne erkennbaren inneren oder äußeren Anlass den Computer eingeschaltet, eine Textdatei geöffnet und einfach auf Teufel komm raus losgeschrieben.

Sie rieb ihre mittlerweile brennenden Augen. Genug für heute. Sie speicherte die Datei und fuhr den Rechner herunter. Christina ging in der Stube auf und ab. Jetzt nahm sie einen tiefen Schluck Weißwein und füllte gleich nach. Köstliches Getränk.

Wieder klingelte ihr Telefon. Zum dritten Mal an diesem Tag. Sie nahm das Telefon und schaute auf die Anzeige.

Wieder Edgar.

Zuvor war sie beschäftigt gewesen, deswegen hatte sie nicht abgehoben. Jetzt musste sie den Anruf entgegennehmen, das war sie Edgar schuldig. Er musste in Kenntnis gesetzt werden, er verdiente die Wahrheit, er musste aufhören, sich weiter Hoffnungen zu machen. Dazu war eine Aussprache nötig. Er war ein tolles Abenteuer gewesen, heiß, prickelnd, verrucht, jetzt aber musste sie es beenden, bevor er sich noch zu sehr an sie band, und bevor sie sich zu sehr an ihn gewöhnte. Klare Linien, klare Entscheidungen, beide Beine auf den Boden, der Wahrheit ins Angesicht sehen.

Christinas Weg. Kein sehr bequemer Weg, aber der einzige, den sie beschreiten konnte. Alles andere war Unfug. Nichts, worum sie sich riss. Nun, sie riss sich auch nicht um dieses Gespräch, führen musste sie es dennoch.

Christina drückte auf den grünen Knopf.

Die Nacht im steirischen Weinland war von außerordentlicher Schönheit und Stille.

ENDE

Das Neueste aus der Gmeiner-Bibliothek

Unser Lesermagazin

Bestellen Sie das kostenlose Krimi-Journal in Ihrer Buchhandlung oder unter www.gmeiner-verlag.de

Informieren Sie sich …

www … auf unserer Homepage:
www.gmeiner-verlag.de

@ … über unseren Newsletter:
Melden Sie sich für unseren Newsletter an unter www.gmeiner-verlag.de/newsletter

f … werden Sie Fan auf Facebook:
www.facebook.com/gmeiner.verlag

Mitmachen und gewinnen!

Schicken Sie uns Ihre Meinung zu unseren Büchern per Mail an gewinnspiel@gmeiner-verlag.de und nehmen Sie automatisch an unserem Jahresgewinnspiel mit »mörderisch guten« Preisen teil!

GMEINER SPANNUNG

WWW.GMEINER-VERLAG.D
Wir machen's spannen